U0615110

科幻文学群星榜

华语实力科幻作品
群星奖大满贯

侏罗纪

郑文光——著

民主与建设出版社
·北京·

© 民主与建设出版社，2022

图书在版编目（CIP）数据

侏罗纪 / 郑文光著 . — 北京 : 民主与建设出版社，
2021.7

ISBN 978-7-5139-3579-1

Ⅰ . ①侏… Ⅱ . ①郑… Ⅲ . ①幻想小说—中国—当代
Ⅳ . ① I247.5

中国版本图书馆 CIP 数据核字（2021）第 108300 号

侏罗纪
ZHULUOJI

著　　者　郑文光
责任编辑　刘　芳
封面设计　宋双成
出版发行　民主与建设出版社有限责任公司
电　　话　（010）59417747　59419778
社　　址　北京市海淀区西三环中路 10 号望海楼 E 座 7 层
邮　　编　100142
印　　刷　三河市冠宏印刷装订有限公司
版　　次　2021 年 7 月第 1 版
印　　次　2022 年 2 月第 1 次印刷
开　　本　880mm × 1300mm　1/32
印　　张　8.5
字　　数　202 千字
书　　号　ISBN 978-7-5139-3579-1
定　　价　33.80 元

注：如有印、装质量问题，请与出版社联系。

《科幻文学群星榜》编委会

总策划：**李继勇**　北京书香文雅图书文化有限公司总经理

主　编：**中国科普作家协会科幻专业委员会**

总统筹：**韩　松　静　芳**

编委会：

王晋康／中国作家协会会员，科幻创作研究基地主任，中国科幻银河奖终身成就奖及全球华语科幻星云奖终身成就奖获得者。

王　瑶／笔名夏笳，西安交通大学副教授、中文系系主任，科幻作家和科幻研究学者。

任冬梅／中国社会科学院台湾研究所副研究员，科幻研究学者。

江　波／科幻作家，全球华语科幻星云奖、中国科幻银河奖、京东文学奖获得者。

杨　枫／成都八光分文化CEO，冷湖科幻文学奖发起人之一。

李　俊／笔名宝树，科幻作家，全球华语科幻星云奖、中国科幻银河奖获得者。

肖　汉／科幻评论者，北京师范大学文学院讲师。

吴　岩／中国科普作家协会副理事长，南方科技大学教授、博士生导师、科学与人类想象力研究中心主任。

陈楸帆／世界华人科幻协会会长，传茂文化创始人。

陈　玲／中国科普作家协会秘书长。

张　凡／钓鱼城科幻中心创始人，科幻研究学者。

张　峰／笔名三丰，科学与幻想成长基金首席研究员，科幻研究学者。

罗洪斌／中国科普作家协会会员，科幻活动家。

姜振宇／四川大学文学与新闻学院中国科幻研究院院务秘书长。

姚海军／科幻世界杂志社副总编，全球华语科幻星云奖联合创始人。

贾立元／笔名飞氘，科幻作家，清华大学文学博士、中文系副教授。

姬少亭／未来事务管理局CEO。

韩　松／中国作家协会会员，中国科普作家协会科幻专业委员会主任委员。

戴锦华／北京大学中文系比较文学研究所教授、博士生导师、电影与文化研究中心主任。

李继勇／北京书香文雅图书文化有限公司总经理。

静　芳／北京书香文雅图书文化有限公司总编辑。

总序

想象新时代

“科幻文学群星榜”是由中国科普作家协会科幻专业委员会联合其他科幻组织共同推出的一套科幻书系。这是一个规模庞大的工程，目前来看，也是独一无二的工程，基本囊括了中华人民共和国成立以来老中青几代具有代表性的科幻作家的佳作。这些作家的年龄，最早的是20世纪20年代出生的，最晚的是“90后”。

科幻文学作为一种年轻的文学品类，本身就是现代化的产物。1818年，世界上第一部科幻小说《弗兰肯斯坦》诞生在第一个实现革命的国家——英国。然后，科幻文学在法国、美国、日本等工业化国家繁荣起来，进入蓬勃发展的黄金时代。科幻作品反映着科技时代人类社会的变迁和走向，反思当代人类面临的多重困境，力图打破所谓世界末日的预言，最终描绘出一个五彩斑斓、生机勃勃的新未来。

早在20世纪初，中国的一些有识之士便把科幻作品译介进来，掀起了第一次科幻热潮。它承载起“导中国人群以行进”“改变中国人的梦”的使命。20世纪50年代至60年代，随着中国的工业和科技体系的建立，科幻作家们以满腔热情擘画了一个欣欣向荣的新世界。1978年改革开放后，中国再次向现代化进军，科幻迎来新的勃兴。作家们满怀豪情地书写科学技术为实现现代化，为谋求人民的幸福生活所创造出的神奇美景。进入21世纪，随着新时代的来临，这个文学门类也进入成长的新阶段。随着《三体》等作品的问世，中国科幻迎来了新一轮热潮。作家们描绘着古老的中华民族在实现全面小康和建成现代化强国的过程中所面临的新机遇、新挑战，谱写着中国走向世界、步入太阳系舞台中央并参与宇宙演化的新篇章。

科幻文学的发展折射着中国国运的巨大变迁。当今，海内外不同领域的人们对中国的科幻文学的空前关注，实际上是关注中国的未来，关注世界第二大经济体将如何持续演进，关注14亿人的创造力将怎样影响这个星球。从现实意义上来说，这套书系不但包含这些丰富的信息，而且集中梳理了新中国科幻文学取得的辉煌成就，整理出新中国科幻文学发展的广阔脉络；而且从一个特殊的侧面，反映了中华民族从站起来、富起来到强起来的进程，见证着中国走向更加灿烂辉煌的未来。

这套书系具有以下三个特点。

一是权威性。它由中国科普作家协会科幻专业委员会主持编选，并与国内多个科幻文化组织合作，得到了包括中国科普作家协会科学文艺专业委员会、《科幻世界》杂志社、南方科技大学科学与人类想象力研究中心、未来事务管理局、八光分文化、重庆钓鱼城科幻中心等的鼎力相助。编者从中华人民共和国成立以来的海量科幻文学作品中，精选出足以体现时代特征的作品。收入书系的作者，涵盖了雨果奖、银河奖、星云奖、晨星奖、光年奖、未来科幻大师奖、引力奖、水滴奖、冷湖奖、原石奖、坐标奖、星空奖等中外各类科幻大奖的获得者。

二是系统性。它收集了中华人民共和国成立以来不同时期作家的代表作。作者中有新中国科幻奠基者和老一代作家，如郑文光、童恩正、萧建亨、刘兴诗、潘家铮、金涛、程嘉梓、张静等，也有改革开放后崛起的新生代作家，如刘慈欣、王晋康、何夕、韩松、星河、杨鹏、杨平、刘维佳、赵海虹、凌晨、潘海天、万象峰年等，以及以“80后”为主体的更新代作家，如陈楸帆、飞氘、江波、迟卉、宝树、张冉、程婧波、罗隆翔、七月、长铗、梁清散、拉拉、陈茜等，还有在21世纪崛起的全新代作家，如杨晚晴、刘洋、双翅目、石黑曜、王诺诺、孙望路、滕野、阿缺、顾适等，从而构成比较完整而连续的新中国科幻光谱，同时也是对中国科幻文学发展历史的一次系统检阅。

三是丰富性。它比较全面地展现了广域时空中新中国的科幻生态和创作风格。这里面既有科普型的，也有偏重文学意象的；既有以自然科学为主体的“硬”科幻，也有侧重社会现象的“软”科幻；既有代表科幻未来主义的，也有反映科幻现实主义的；既有传统风格的写法，也有实验性质的探索。作品的主题涵盖了中国科技、社会、文化和民生的热点。从中可以看到，一个曾经积弱的民族，如今正活跃在地球内外、大洋上下、宇宙太空、虚拟世界、纳米单元、时间航线、大脑意识等各个空间。这里有中国政府和人民引领抗击全球灾难的描述，有脱贫的中国农民以新姿态迈出太阳系的故事，也有星际飞船和机器人在银河系中奏唱国际歌的传奇。

这套书系力求构建起一个灿烂的星空，并以此映射人们敏感而多样的心灵。爱因斯坦说，想象力比知识更重要。科幻是相伴人类发展进步而产生的新兴事物，是一个民族想象力的集中反映，是科技创新的艺术表达，在人们面前呈现出一幅幅奔向明天、憧憬和创建未来的美好画卷。许许多多杰出的科学家、工程师和企业家在年轻时受科幻文学的熏陶和影响，因此走上了创造神奇新世界的道路。中国正在稳步建设创新型国家，需要更多富有创造力的人才。科幻文学也肩负着实现中国梦的责任，在点燃青少年科学梦想、激发民族想象力和创造力方面，起着不可或缺的作用。

这套书系将为广大读者，尤其是年轻人打开中国科幻和未来世界的门户，有助于人们拓宽视野、开阔思想、激发灵感、探索未知、明达见识。它也将进一步促进中外科幻、科技、文化和文明的交流，为人类的共同发展做出中国的一份独特贡献。

中国科普作家协会科幻专业委员会

2020年10月1日

创作谈

我对科幻小说的看法

郑文光

1954年，我初次创作科幻小说时，是把这类作品当作儿童科普读物对待的。新中国的第一篇科幻小说是我写的《从地球到火星》，当时这篇科幻小说很快便出现在《中国少年报》的知识版上。在那时，编辑们也认为它是普及科学知识的工具。但很快，文学界就对这个品种表达了关注。由中国作家协会编选的《儿童文学集》迅速把它收入其中。为此我受到鼓舞，又写了一些短篇，合起来出了个集子，题目是《太阳探险记》。

接下来，我看了一些翻译的科幻小说，觉得自己的那些作品实在不像文学作品，它们只是宣传了一些科学知识，人物形象着实苍白，就连科学知识也离不开已有的科技成果。在这之后很长一段时间，我没有再搞这类创作。

1977年到1978年之间，我又读了一些外国的科幻作品，这一次大多是西方的当代作品。我逐渐感到，科幻小说不是科普读物，而是小说的一个品种。

到了1979年，我进一步认为，科幻小说其实是一个文学流派，像所谓荒诞派、黑色幽默派一样。

1980年，我开始觉得科幻是一种创作方法，就像批判现实主义、社会主义现实主义等都是创作方法一样。

什么叫科幻小说？就是利用科学的创作方法写出来的小说。

大家知道，所谓科幻小说绝不是以科学为题材的小说。因为以科学为题材的小说不必专门列为一个门类，像以工业为题材的小说不必专列一类工业小说，以农业为题材的小说不必专列一类农业小说一样。

大量的科幻小说创作实践证明，科学的创作方法是一种可供选择表现角度的创作方法。它写的还是现实社会，但它可以从一个绝妙的角度来写。就好像我们给一个实体照相，可以从照出来最好看的角度、最能突出主题的角度来照一样。阿西莫夫的短篇小说《他们的乐趣》（*The Fun They Had*）就是这样的优秀例证。它以2157年的少女玛吉在日记中记载说她找到了“一本真正的书”为切入点，将未来的电脑化家庭教学与今日现实中的学校教学进行对比，以完全新颖的角度展现了当代学校给人类童年带去的温馨和满足。

用其他方式创作的小说大多是自己的生活观察，然后经过思索提炼出一个题材、酝酿出一个形象，或是把大量的事集中在一个形象上。用科学方法创作的小说则是在大量的生活素材中提出一个假设，随着这个假设的出现，显示出生活中的大量事情都要起变化。比如说，假如有人发明了一种靠动力起飞的翅膀，高的建筑物就不能有阳台了。丢东西怎么办？人们在四合院中也不能打赤膊了。因为飞起来的人在上面什么都看得见，你等于在办展览。我正是根据这种科学的创作方法写出了长篇科幻小说《神翼》。

科幻小说的这种特殊表现方式，可以在表达主题思想方面获得一些优势。它可以将生活中的素材夸张、变形，将现实世界变成虚化的世界，这就叫幻化，其最终结果可以将主题深化。我的小说《星星营》就是把那个真实的时代幻化了。我是想通过科幻的特殊方式对主题的深化。

我的创作实践一直是一种对中国科幻小说进行改造的实践。时间会对这种改造的效果进行最终的鉴定。

目录

Catalogue

侏罗纪

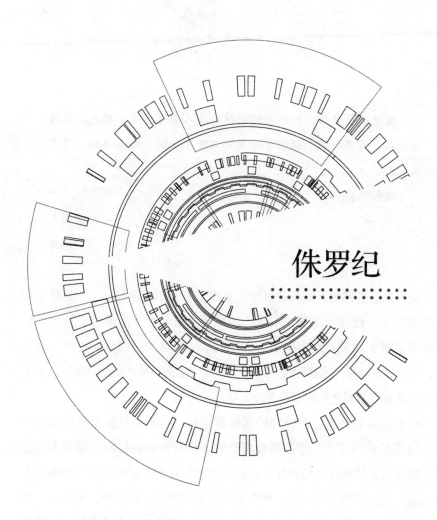

一

值此风和日丽，桃红柳绿之际，友人自远方来，贻我刺藜佳酿数樽，奇石一座。谨订于本星期日下午五时，略具薄酌，赏石品礼。

敬候明教。

清虚山人

5月5日

一方朱红的图章，古奥的篆字，盖在这张用暗花素笺、工笔赵体字写成的便条上，使我不由得发出会心的微笑。真是名不虚传的石头呆子！《聊斋志异》里爱石成癖的邢云飞得到了一块名为“清虚天石供”的神石，我的这位朋友刘晓翔呢，干脆起了个“道号”叫“清虚山人”，是不是意味着他的爱石之情绝不亚于古人呢？

我于16时45分到达刘晓翔的那幢宿舍楼。这是一片新盖楼群里的一座，是用那种浅绿色的水泥模板构筑的。楼群四周栽植的一圈半大的杨树，刚吐出来的嫩绿的杨树叶子已经“沙沙”作响了。我上到三楼他的房间门前，还没有伸手敲门呢，就听见里面有高声谈话的声音，但听得不很真切。我轻轻一推，门却只是轻轻掩着的。刘晓翔的夫人余素红，一位手脚勤快的家庭主妇，正在唠叨些什么，抬头看见我立时住了嘴。

“噢！老申，快请进！”她虽然脸上还带着愠色，却对我绽开了笑脸，“他正愁没人陪他欣赏那块宝贝石头呢！”

敢情还是为了石头！这已经不是第一次了。

为了某种癖好，家庭不和，夫妻反目。刘晓翔两口子，看来还不至于怎样，但是至少，因为那爱石的癖好，已经引起他夫人的不满了。果然，刘晓翔从里屋走出来，尴尬地笑着，低声说：“我正在做试验呢！素红却总是唠叨个没完……”

余素红本来已经走进厨房，不巧刚好听见这句话，又探出头来质问：“怪我唠叨没完？还是你老在试验，总也没个够？”

“这是科学嘛！”刘晓翔讷讷地辩解道。

余素红索性走出厨房，手上还拎了一只正在煺毛的母鸡。

“科学？”她讪笑地一问，“一块儿那么普通的石头，算哪一门子科学？”

“你不懂。”刘晓翔显得有点儿拙嘴笨腮。我这位朋友是一个不善言辞的书生，可是他夫人却是真正的能言善辩，而且经常先声夺人。他们俩都不过30岁光景，还没有孩子，平常倒也十分和睦，甚至可以说是恩爱有加，只不过余素红一向锋芒毕露，刘晓翔却是属于那种“内秀”的人。这时候，我觉得我需要帮这位老朋友一把了——当然要考虑策略，否则会适得其反。

但是，余素红比我想象中还要泼辣和好斗。

“欣赏石头？”她冷笑一声，“我也会。但是赏石讲究姿态奇巧、玲珑剔透、疏密有致，谁也不像你那样，欣赏一块光秃秃的石头！还自称什么‘清虚山人’。让人听见，不怕笑掉大牙！老申也不是外人，为何不让他见识见识你这位老朋友的宝贝！”然后她把母鸡朝上一举，“吃饭还得一阵工夫呢！”

刘晓翔只是苦笑了一下。

“好了，好了！”我调解道，伸出两只手，“还得请嫂子你，包涵包涵。我鼻子一闻到鸡香，肚子就‘咕咕’叫。莫让我等得馋火上升啊！我来裁判，怎么样？如果刘兄这块石头没有什么价值……”

“这不是一般的盆景石！”刘晓翔委屈地叫道。

“人家是从太虚幻境来的，女娲补天剩下的宝石嘛！”余素红还是不改那讥笑的腔调，“老申，你这凡夫俗子，没有那么大的法眼，不要看错了啊！”她转身“噔噔噔”冲进厨房去了。

刘晓翔和我相对望了一眼，他的眼睛流露出那种无可奈何的神态，使我不由得想发笑。也是，不被人理解是痛苦的，不被自已的亲人理解那就加倍的痛苦。我想说几句安慰的话，但是一时找不出什么合适的词句。刘晓翔却好像有异乎寻常的自我调节能力，恰如有些人的伤口痊愈得非常迅速一样。他转眼间就把刚才不愉快的场景忘了。他朝我招招手，示意我跟他进入内室。

这间不大的屋子四壁都是书橱，只在靠窗的地方放了一张堆满凌乱纸张的写字台和一把磨旧了的靠背转椅，墙角立着一个精致的铁皮保险箱。这间无疑是他的书房，跟他这么一个充满书卷气的人很匹配。只是那绿色的保险箱，却带有一种不同凡响的、堂皇的气派，似乎它更适合待的地方是银行家或外贸公司总经理的办公室。我心里暗觉好笑，我的这位自称“清虚山人”的朋友，一定把他心目中最珍贵的石头藏在保险箱里面了。

果然，他走向保险箱，回头朝我一笑，大有神秘意味。然后他把一张磁卡插入一道狭缝中，拨动密码锁的号码，保险箱霍地一下打开了。他伸手进去，掏出一个用白绸包裹的、约莫有一个柚子那样大的长圆形的包裹。

他当着我的面打开包裹，一块斑驳的、样子的确极其平凡的石头就在他的手中。

二

哦，它不像一般的盆景石。它没有秀拔的姿态，也没有什么纹理，可以让人加工成峰回路转的假山。它是一块十分普通的石头，跟躺在黄山或庐山的溪涧里、松树旁，甚至屋脚边所见到的石头没有什么两样。

它唯一的特点是异常沉重。当刘晓翔把这块石头交到我手上的时候，我甚至觉得托着的是一个铅球或哑铃。它大致是麻灰色的，还包含一些绿色的和咖啡色的斑点，表皮粗糙却没有大的坑坑洼洼。我猜想这块石头一定是含有较多的重金属的玄武岩或变质岩，也许是属于中生代岩层的产物。

我抬起不无惶惑的眼睛，望了刘晓翔一眼。我发觉他在微笑，似乎正在欣赏我那不知所措的样子。

“看不出来它有与众不同的地方吗？”他低声说。尽管房门关着，他还是不愿意惊动他家里那位反对派——他的夫人。

我摇摇头，又低头聚精会神观察了一会儿，实在看不出这块石头有什么出色的地方。我心里暗暗责备自己：“真是土包子不识货！”然后恋恋不舍地让刘晓翔把它从我手上拿走了。他捧着石头，就像捧着一块易摔碎的宝物，一件精巧的工艺品，一颗珍珠，或者诸如此类的东西。那种神态庄重极了。

他领着我走进邻室——一间很小的屋子，大约是储藏宝贝之类的地方，屋角台子上，却有一个带着液晶显示屏幕的小箱子。

“辐射仪。”他轻声说。

他小心翼翼地打开仪器的门，把石头放进去，仔细检查箱子门是否关严了，然后，揿了几下按钮。

猛然间，我听见了……噢！

很难形容我此时的心情。这声音，就像是电报室传出的莫尔斯电码："嘀嘀——嘀"，又是"嘀——嘀嘀"，尽管非常快，非常密，却听得十分清楚。刘晓翔碰了碰我的肩膀，用眼色示意我去看那块液晶显示屏幕。数字跳跃着：67、68、69……107、108……

"放射性！"我长长吁了一口气，吐出这几个字。

很显然，这是一块含有放射性元素的石头，尽管外表毫不起眼，但是它在辐射仪中还是泄露了它所含成分的秘密。

刘晓翔却不动声色。他像是欣赏什么交响乐团演奏的世界名曲一样，仔细倾听着那疾如闪电的"嘀嘀嗒嗒"声。他的脸犹如石像，毫不动容。听了很久，他才把按钮关掉了，然后伸手从辐射仪下面抽出一根细细长长的纸条，犹如电报机的记录纸一样，不同的是，它上面没有长、短、长的划痕，而是一列整齐的、疏密不等的、针眼大小的圆洞洞。

"你要做一个统计吗？"我疑惑地问。

刘晓翔沉吟了一会儿。

"你大概以为，"他慢吞吞地说，"这是一块含放射性元素的矿物？我最初也是这么想的。但是，你只要仔细听听，就会发现这不是一般放射性现象，它是有节奏的。你看看这些小洞洞眼，难道它们不像是一种密码吗？"

"密码？"我喘着气说。

"我已经听了好几天了。不但听，而且录了下来。我发觉每次重新开始记录的时候，它的长短的间隔都是一样的。哦，根据洞洞眼的疏密分布，我们很容易分辨出，这些讯号是长——短——短——长——长——长——短……尽管速度非常快，但有它的规律性。我已经连续给它记录了

14个小时，却还远远没有听到尽头。嘿，”他轻轻地笑了笑，“素红就是为这个跟我闹矛盾的，她说我是听石头胡说的家伙。但我毫不怀疑，这块石头贮藏着一段很长的密码，如果我们能够翻译它，准会听到一个惊心动魄的故事……”

“你翻译了吗？”我迫不及待地问。

他犹疑了一会儿。“我已经干了11天了！昨天晚上……”

他的话戛然而止。侧耳倾听，外屋传来余素红轻捷的脚步声。

门“砰”的一声被打开了，余素红摊开两手，站在门口。

“庆功宴会该开始了吧？祝贺我们这位刘大科学家的伟大发现……”

“走。”我果断地说，拉着刘晓翔的袖子。

“等一等。”他挣脱了我的手，又小心翼翼地打开辐射仪的门，捧出那块石头，走回书房。我听见保险箱“咔嚓”一响，无疑，石头又被珍藏起来了。

余素红叹了一口气。

“也不知他为什么疯疯癫癫的！我看是着魔了。”她的声音里充满温情，刚才那种带刺的腔调不知哪里去了，“都怪他的堂弟，给他带来了祸胎子。不过是有点儿放射性元素罢了！他偏偏要说是什么古代留下来的密码，一个人闷着头皮译了十来天。昨天半夜里，我都睡着了，他突然把我推醒，说他破译成功了，那密码报道的是一次核战争……”

“核战争？”我的声音一定变了样，“是广岛和长崎的原子弹爆炸呢，还是比基尼岛的试验？”

“谁知道是哪一回事！”余素红皱着眉头说，“你瞧，请了客人来，却拿这么一件玩意儿招待你。我也猜想过，没准这块石头是从广岛或长崎来的——那儿挨过原子弹，说不定放射性污染至今还附在石头上。可是怪呀，石头明明是从贵州带来的……”

“广岛或长崎的辐射尘会落到贵州那么远的地方吗？”

“什么广岛，什么长崎！”余素红用一种令我不解的腔调说，“老刘说，这不是天然的放射性，是人工录下来的。”

“啊！”我真正目瞪口呆了。

三

贵州的刺藜酒确实香醇甘美。我到过出产这种酒的花溪，一道清澈的、从来未被现代化工业污染的溪流，淙淙地流过那绿草如茵的土地；每年春季，溪流的两岸，桃花盛开，少男少女们的欢笑声响彻整个花溪。刺藜酒的香味又把我带回到那高原上五彩缤纷的回忆中了。

刘晓翔一口一口地喝着酒，很少吃菜。余素红则喝着汽水，用充满怜悯和关怀的目光盯着她的丈夫。她一定以为她丈夫得了病，癔症或是什么神经症。但是实际上刘晓翔不过是沉浸在深深的思索中。我曾经几次想打破沉闷的气氛，却没有成功。筵席是丰盛的，余素红不愧是一个能干的家庭主妇。滑鸡球做得爽口极了，鳝糊也做得恰到好处，即使是简单的拌海蜇皮，也非同凡响。但晚宴始终笼罩着一团不祥的静寂。

“我们还是好好呷酒吧，”我又一次笑着说，“先把那块石头放一边……”

“最好把那块石头扔掉。”余素红瞟了丈夫一眼说，“它的辐射性一定能刺激人的脑神经，引起混乱……”

“哦？”刘晓翔漫不经心地应着，忽然开心地笑起来，“要不要我读一些材料给你们听听？”

“你给我好好吃点菜。”余素红噘着嘴说，“把战场打扫干净，才允许你离开桌子。”

“遵命！”刘晓翔答应得痛快极了。他用汤匙盛了一匙鸡球，倒在我的碗里，又盛了满满一匙，给他的妻子，最后自己才吃。余素红看着他的动作，微微一笑，这无疑是一种嘉许和谅解。

“你还有些什么材料呢？”我小心翼翼地问。

“丰富极了！”刘晓翔这会儿简直像孩子一样兴高采烈，“我开了多少个夜车去找这些材料呀？”

“为了什么？”余素红也呆住了。

“为了……印证我的理论。”他眨了眨眼，“人们往往不容易相信他亲眼看到的东西，却相信古书的记载。不是吗？如果说，古书里多次记载过史前时代的核战争，你就不会认为我是异想天开了吧？算了，快吃完饭，我给你们谈一些非常有意思的东西。”

我们很快吃完了饭，余素红也不忙着收拾碗筷就跟着我们到了书房。

刘晓翔首先从书架上抽出一本很旧的硬面书来，在夹着纸条的地方翻开了。他轻声说：“这是古希腊历史学家和诗人喜亚阿德写的：地球上孕育着的生命在火海中被烧毁……大地沸腾，海洋蒸发……”

“这也可能是描写火山或地震。”我冷静地说。

“可能。”刘晓翔同意道，然后又翻开另一本薄薄的书，“这是古墨西哥的魁契人的手稿，你们听听：‘从天空突然落下沥青似的黏黏的东西……大地一片模糊，它整天下着。人们到处狂奔，好像发了疯。他们试图爬上屋顶，房子却垮了下来；他们设法爬到树上，却被远远地抛离；当他们想要逃到洞穴内躲避，洞穴却又立即封闭起来，当然，你们也可以说是火山喷发。再看这一段，”他又翻检起另外一本书，“空中火花四散，雷声怒吼，人们为之震骇。然后，天空突然爆开，碎片残余纷纷掉落下来，没有一人一物能够逃过这次浩劫。世界天翻地覆，上下颠倒，一切都被摧毁。——这是巴西一种土著凯西那亚人的传说。你们看怎样？”

他用征询意见的目光轮流看着余素红和我。

“很像核爆炸，”余素红沉吟着说，“但看不出这是什么‘战争’……”

刘晓翔微微一笑，又换了一本很大的硬皮书：“这是古代拉丁诗人奥维德写的，‘地球突然陷入一片火海，最高的部分首先燃烧，并且，地球逐渐龟裂成深谷，所有有水的地方一一干涸，草原被烧成灰烬；树木花草和成熟的谷物，全部都变成焚毁自己的燃料……大城市被倒塌的城墙所摧毁，所有的国家在火神肆虐之下成为废墟’……”

“噢，你得找一点更确凿的材料！”余素红摇着头说。

“好吧，”刘晓翔好像叹了一口气。他又换了一本书，这回是一本又厚又重的大书。印度古老的梵文史诗《摩诃婆罗多》，你们听听：“浓烟升起，像是几千个太阳聚在一起燃烧，接着，所有的一切全被黑暗包围，然后云朵直冲向高空，现出像血一样红的颜色，整个大地都在火中燃烧。几天以后，所有人的头发和指甲无故脱落，雀鸟的羽毛变成白色，爪子长出一连串的水泡……”

“这可太像核战争的描写了！”余素红喊道。

刘晓翔沉着地说：“广岛原子弹爆炸以后，有一个美国记者报道了这个事件，新闻标题叫作——《比1000个太阳还亮》。”

“而且还有指甲和头发的脱落，鸟爪上的水泡，都十分像辐射病的病状。”我也说。

“对啦！”刘晓翔合上了书本，“我就是从这段描述得到启发，尝试着去破译那块石头的密码信息。”

四

“在遥远的古代，人类就能够制造核武器吗？”在受到这阵波涛汹涌的情绪冲击之后，我提出了第一个问题。

我们已经在起居室坐了下来。余素红扮演了一个殷勤的主妇角色，给我们冲了咖啡，削了苹果。她显得很高兴，丈夫终究不是神经系统出了毛病，而是在有条不紊地探讨一个科学上的重大问题。

“说法不一。”刘晓翔意味深长地说，“有人认为，史前时代，就有外星人来过地球，核战争是他们打的。地球上许多无法解释的自然之谜，例如金字塔的秘密，南美洲纳斯卡平原上的航空跑道、复活节岛上的石像、玛雅人的失踪之谜等，也认为是外星人的把戏……

“还有，马里多根人的传说……”我插嘴说道。

“多根人的传说是发生在现代的，却不是古代的遗物。”刘晓翔庄重地说，“我在两年前读过一篇科幻小说，叫《荒野奇珍》，里面提到有一处新石器时代遗址，发掘出两块上亿个元件的超大规模集成电路板，作者认为是远古时代外星人遗留下来的。问题是，我们为什么不能想象，它也许是古代我们祖先自己制造的！”

“我们的祖先一面披着兽皮，磨制石刀、石斧，一面制造超大规模集成电路板吗？”我瞪大眼睛问。

“你这是把不同时代混为一谈了。”他轻轻笑起来，“新石器时代再往前呢？”

“再往前是旧石器时代。”

“旧石器时代再往前呢？”

“那是古猿、类人猿或根本没有人类的时代。”

“何以见得？”他目光炯炯地问。

“所有地质学、考古学的书都是这么写的。”

“尽信书不如无书，看来真有几分道理哩！”他忽地笑起来。

“那么我问你，几十年前，中亚细亚发现一块恐龙胛骨，上面有子弹打穿的痕迹，又是怎么一回事？”

“那……”我只好又搬出那无所不在的外星人来，“据说是……”

“外星人打的？”他的话一落地，我们俩连同余素红，都一起笑了起来。

“为什么不能设想，远在旧石器时代以前，甚至远在第三纪以前，甚至跟恐龙同时代，地球上曾经有过人类，有过高度文明，后来由于某种突变，也许是核战争，也许是大自然的剧烈变异，这些人类灭绝了。而过了若干年，才又在另一支类人猿的基础上，进化出今天的人类来……”

“噢。”

“你想一想，老申。地球形成至今，根据天文学家和地质学家的估算，已有46亿年了。为什么人类直到最近200万年才得以产生？在这以前，45.98亿年那么长的时间，就不可能产生过人类吗？”

我瞠目结舌。但是我忽地想起了柏拉图著作里提到过的“亚特兰蒂斯”，不过我却来不及说起这件事，刘晓翔自己讲了这个故事：“在直布罗陀海峡以西，据说曾经有过一大片陆地，叫作亚特兰蒂斯，那上面有城镇、宫殿、庞大的建筑、繁华的街市，后来由于海陆的变迁，沉到大洋里去了。所以英语里大西洋就叫‘亚特兰蒂’。古希腊哲学家柏拉图记下了这个传说。可见远在柏拉图以前，人类就曾经发展过高度的文明，如果不是由于什么重大的变故，人类怎么又会倒退到石器时代？”

余素红插话了：“今天人类可以说又发展到高度的文明啦！你看，会不会又倒退到石器时代？”刘晓翔沉默了一会儿。他像喝苦药一样，咽下他们面前那杯已经变凉的咖啡。

“古代人类也不会倒退到石器时代，只是那一茬人类被消灭了。我们这是后来的一茬。我甚至相信，地球上不止出现过两茬人类，也许两茬以上呢？”

“由于核战争，一茬又一茬地灭亡了？”我问。

“不一定。遇到不可抗拒的自然灾害，比如说别的星球的碰撞或大瘟疫之类，也是有可能的。不过，我们这块石头，记录下的却是核战争的信息。你们听听这一段——”

他急匆匆地走到书房去。我和余素红相互看了一眼。他又立刻出来了，手上拿着一个本子。

“我已经破译了一部分，你们听听：‘……忽然，一道强烈的闪光冲天而起……’”刘晓翔意味深长地看着我和余素红。“你们看，和核战争的情况像不像？……‘那炽热的光芒使太阳也为之失色。一下子，泥石沙块劈头盖脸般砸在我们身上，几乎把我们活埋了。我们使劲儿地挖着沙子，透过烟雾的缝隙看去，只见一团浓云冲天而起，急剧膨胀，形成一个巨大的古隆——这个字我破译不出来，大概是一个比喻，类似于我们称之为蘑菇的形状吧！你们再听听这一段：‘伤口一直不收口，一切手段都用过了……我已经没有活下去的希望，这是我生命中最后时刻发出的呼唤：我们可千万不能毁灭自己啊，阿契……’”

“阿契？”我跳起来。“这块石头也有名字吗？”

刘晓翔只是冷冷瞥了我一眼：“石头，不过是一台录音机，它录下的是那个时代一场核战争中某个人的遭遇。”

“你敢保证……”

“我保证绝不是编造的。当然也许我破译错了，但那无疑是那块石头所携带的信息。”

“谁把信息输入到石头上的？”

“就是那个有许多事情要告诉阿契的人。”

“这个人呢？”

望着我激动的神态，刘晓翔宽宏大量地笑起来。“当然，”他回答道，“是死了啦，你以为，这是什么时候的事？”

“什么时候？”

刘晓翔用有点似乎恶作剧的目光朝我看了一眼，慢慢地说：“记录着这些信息的石头，就是你刚才拿在手里的，一块侏罗纪岩层里挖出来的石头……”

“侏罗纪？”

“是的。至少有1.4亿年了。”

五

我迷迷糊糊，腾云驾雾似的回了家。不是由于那醇香可口的刺藜酒，而是由于我所看到、听到的一切。我们的地球，真的经历过那样的历史吗？是不是远在我们茹毛饮血的旧石器时代的祖先之前，地球上发展过不亚于今天的灿烂文明，而后来由于某种原因，又一次毁灭了？

而我们这一茬，啊，我们这一茬人呢？会不会有一天也留下遗言：“我们可千万不能毁灭自己啊，阿契！”

当然，也许这一切，不过是一场梦呓，我们那个自称“清虚山人”的朋友的梦呓？也许，他看《聊斋志异》看得人迷了，进人角色了？嗯？

1981年7月

灵犀

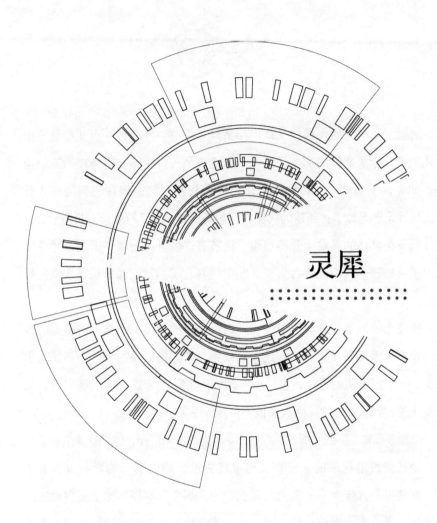

一

阔别二十年之后，桂枝又从广州来到了香港。她简直一点儿都认不出这儿来了：原来靠海的那条马路叫干诺道，是一排中国式带骑楼的三层楼房，如今，干脆填了一截海，干诺道的那些整天熙来攘往的骑楼底人行道，早就无影无踪了；新建的高楼，你想要看到楼顶，脖颈都要折断啦！

汽车在拥挤的马路上开得很慢，桂枝有许多时间去观赏街景。她终于认出了一栋楼——中国银行大厦，20年前就有了。她就像看见老朋友一样高兴。

桂枝今年25岁了，样子很秀气，白白净净的脸上有一双沉着明亮的眼睛。她看起来斯斯文文的。她还没有结婚，中国提倡晚婚嘛。当然她有男朋友，一个挺老实的青年，也是小学教员，他们是同事。4个钟头以前，男朋友还送她到广九车站，两人依依不舍地分手了。

“顶多半年。”她心里说。是啊，半年之后回到广州，他们就该结婚了。

她是来香港探亲的。桂枝父母早已去世，她的唯一的亲叔叔年老多病，很想见见大侄女——来信是这么说的。那个在罗湖车站上迎接她的肥佬也这么说。那个肥佬满脸堆笑，小小的眼睛陷在厚厚的肉里，快要看不见了。他大概是叔叔手下一个小伙计吧，满脸谄媚相，好像迎接的不是一名普通的小学教员，而是一位皇后，或者公主。这使桂枝感到很不舒服。

她总觉得肥佬布满横肉的脸上有些诡谲狡诈的神气。“叔叔为什么用这号人！”她嫌厌地想，“叔叔年老啦，好多事顾不过来，要提醒他莫要被人蒙骗啊！”

汽车开过了湾仔，她已经一点儿也认不出来了，但还是感觉有点儿面熟。她侧着脸问身旁的肥佬：“我叔叔不是住铜锣湾吗？”

“是的……不过……”

桂枝把脸完全转过来，发觉肥佬有点慌张。她突然想到，不是落到坏人的圈套里了吧？她虽然上次离开香港时只有5岁，但听人说过，香港这码头无奇不有，鱼龙混杂，绑架、恐吓信、拐骗……时有发生，不过她不觉得害怕：“我有什么好怕的呢？既不是百万富翁，又不是贵妇人！”她身上一件值钱的东西都没有，手表不过是一块极普通的液晶显示电子表，车后身的行李包里除了几件衣服，就是一点当归和发菜。

汽车转向半山，在白色的山道上盘旋。“跑马地，要不就是……”她实在想不起来了。这时车子已经转入一道打开的铁闸门，驶到一栋灰色的洋楼门口。

“到了，屈小姐！”那个肥佬跳下车，摊开一只手说。有两个穿制服的仆人站在大门口两边。

“我叔叔的家没有这个派头。”桂枝想着，用眼角扫了扫，身后的铁闸门关上了。“落在笼子里啦。”她想。

她奇怪自己为什么相当镇定。她已经不指望在这幢相当高级的洋楼里看到躺在病床上的叔叔了，但是她不愿露出迟疑的神色。她昂起头朝里走——真像一个公主似的，虽然她不免有些忐忑不安。她被人引到一个陈设十分讲究的大厅里，有两个男人等着她。

"欢迎，屈小姐！"

"你们是我叔叔的什么人？"她沉静地问。

这两个人，其中一个明显是白种人，肩膀宽阔，像一个运动员，头发是火红色的，但是说得一口流利的广东话："我们是你叔叔的朋友。你叔叔住院了，委托我们招待你。我叫罗托夫。"

第二个人，一个瘦长个子的中年中国人，没有说话，只是有礼貌地点了点头。

桂枝环视着客厅。那个肥佬已经退了出去。透过宽大的落地窗子，她看见送她来的汽车正在开入车库。她暗暗吸了一口气，把手提包往沙发上一扔。

"我没有钱，也不会为你们干什么坏事。"她轻声说。她有点儿惊讶于自己为什么能够那样镇定自若："你们骗我到这儿来，真是白费心机。"

"哪里，哪里。"罗托夫满脸堆笑，连声说。这时侧门打开了，一个穿着黑色连衣裙的青年女子端着托盘走进来，在她面前放上一杯热气腾腾的咖啡。

"请！"那个中国人说。他年龄不小了，声音很柔和。

"你们想干什么？"桂枝想到她在电影里看到的那种视死如归的英雄们的样子，但是她觉得自己学不来，因为她听出自己的声音有点儿战栗。

"请放心，屈小姐。"罗托夫说话有点儿大舌头的样子，"坐下再说吧。"

桂枝斜坐在一张沙发上，用那双细长的眼睛打量着面前这两个人。她猜度着他们的身份，但是这方面她委实没有一点儿经验和知识。

"旅途累了，"那个中国人向着他的同伴，"是不是先让屈小姐休息休息？”

“有什么话就请说吧！”桂枝冷冰冰地说，“但是我首先要告诉你们，我是不会叛国的。”

“哪儿的话！”那个中国人赔着笑说，“我们知道屈小姐是爱国的。我们之所以请屈小姐到这儿来，是因为……”

他好像在考虑怎样措辞，但是那个叫罗托夫的白种人粗鲁地插了进来：“我们这儿是一个贸易公司，我们只做生意，不打算反对中国。但是，屈小姐，你能不能帮我们一个小忙？”

“我？”桂枝扬起了眉毛，“我一个穷女子，能帮你们什么？”

两个男人相对望了一眼，那个中国人开口了：“我叫薛义明，上个月刚从美国回来。屈小姐是不是有一位姊妹在美国，在休斯敦？”

桂枝的心一缩，就像一把冰刀捅到她心窝一样。

“是的，屈小姐的孪生姊妹，叫屈桂叶，对吗？她是美国宇航中心的资料员。”

咖啡杯从年轻的姑娘手中滑下来，整杯咖啡洒在深蓝色的地毯上。

二

桂枝姊妹俩是在香港出生的，5岁那年，父亲去世了，姊妹俩跟随母亲返回广州定居。这对孪生姊妹长得一模一样，从小两个人就不能穿一样的衣服，要不，连她们的妈妈都分辨不出来。

十岁时，两姊妹在广州读小学，在同一班。有一次，期末考算术，桂枝对着一道计算题苦苦思索着，猛然间，觉得前额有一个亮点，先是隐隐约约的，之后越来越大，成了一片光斑，光斑中显现出一些数字，正是她面前这道计算题的草算。她的心“怦怦”直跳。太出人意料了！她努力集中思想，竟然觉得答案是那样清晰，就毫不犹豫地把它写了下来。

放学的时候，姊妹俩走在道上，桂叶对桂枝说：“姐姐，你在做第三道题的时候是不是卡了壳？”

桂叶惊奇地看着孪生妹妹带点儿调皮的微笑，心头突然一亮：“死丫头！你看到了？”

“我感觉到了，就像亲眼看见一样。”

“噢！”桂枝短促地叫了一声。

姊妹俩商量好，不要声张。她们觉得挺好玩。她们中的一个人，心里想的什么事，另一个人立刻就知道了；一个人去看电影了，留在家里的那一个也好像看到了这场电影。有一次，桂枝吃了一个柠檬，酸得牙龈都发软了，没有吃柠檬的桂叶也感觉到自己的牙龈发软。桂叶摔了一跤，桂枝的膝盖竟也像摔了跤一样，肿了一大块，过了几天才消肿。这对孪生姊妹，就像一个人一样，无论相隔多远，互相之间都能感觉到。

妹妹桂叶书读得比较好，每逢考试的时候总是她先做完，然后桂枝就从远处“感觉到”了，然后很快把脑子里出现的答案照搬到纸上。

姊妹俩非常开心。这就像一场没完没了的游戏。

但是有一天，算术课的朱老师把姊妹俩找去了。朱老师是一个细心的人，而且爱动脑筋，爱思索。他判完了桂枝的卷子后，又判桂叶的卷子，发现两姊妹的卷子都有三处小错误，而且都在同一个地方。

“唔，很明显，她们是一个抄的另一个。”

但是，他马上又想到，姊妹俩的座位离得很远：一个在左面第4排，一个在右面第6排，她们之间隔着6个人。

“难道这是一条长距离的传送带？”他问自己，但很快就否定了。这6个学生，他是了解的，根本不会帮姊妹俩传递。何况这几个人里面，有一个成绩很差。“他为什么自己不看一眼呢？”

两张卷子摊在姊妹俩面前，朱老师的脸色是严肃的。

“说吧！怎么回事？”

姊妹俩怯生生地，你望望我，我望望你，两人都低头卷着衣裳角。

“你们俩谁先做完？”

桂枝抬起下巴，轻轻朝妹妹那边摆了摆。

“那么你？”

“我没有偷抄。”桂枝带着哭腔说，“我只是感觉到……”

姊妹俩的秘密很快暴露了。来了好多科学家，不断地对姊妹俩进行试验。过了不多久，报纸上报道了这样的消息：

孪生姊妹心灵传感，百发百中。

各种各样的试验开始了。科学家们把姊妹俩之一锁在密闭的房间里，甚至关在一个金属柜子里；又用强力的电磁波把姊妹俩隔开来；有一个海洋学家把姊妹俩之一带到水底下的潜艇里。但是，这一切都没有用，她们互相间还是可以清晰地感应到对方。心灵感应是以什么方式传递的？

谁也说不清楚。有人说是一种机制尚未查明的辐射，有人说是那个无所不在的统一场，有人说这是从母胎中就与生俱来的本能……种种说法，不一而足。

这时候，居住在美国的舅舅回国探亲了。

舅舅是一个很有名气的生物物理学家，他立刻对姊妹俩产生了兴趣。他认为，孪生兄弟、孪生姊妹之间，是有某种心灵感应现象的，但是谁也赶不上姊妹的这种特异功能。舅舅自己没有孩子，要求带桂叶到美国去，一面在美国读书，一面继续进行试验。桂枝和桂叶的妈妈答应了。

辽阔的太平洋也分隔不了姊妹俩的心灵传感。她们之间不用通信，一举一动互相都能够知道。桂叶脑子里有什么念头，桂枝立刻一清二楚；桂枝心里想的事情，桂叶也马上感觉到。她们在继续做着童年的游戏。不过随着年龄的增长，大脑的活动复杂了，这种心灵传感现象有时显得迟钝一些。但是，桂枝只要集中注意力，总是能够感觉到孪生姊妹在遥远的美国的一举一动，就像两个人从来没有分开过一样。

三

美国宇航中心正在计划一个惊人的发射项目：载人宇宙飞船要飞到土星轨道上，在土卫六软着陆。土卫六是太阳系里最大的卫星之一，据说在它的核心里有内在的热源，因此它虽然离太阳非常远，表面温度却跟地球不相上下，科学家一致认为它是太阳系中除地球外最有希望存在生命的星球。

桂叶正陷入一场少有的心神不宁之中。

她在各个方面，都长得极像桂枝，只是衣着打扮不同——她生活在美国嘛。她大学毕业以后，就到了宇航中心工作，至今也没有结婚。休斯敦是高级知识分子荟萃之地，但是生活是那样忙碌，连那儿的酒吧都有一种匆匆忙忙的气氛。桂叶管理着八台电脑，电脑中贮存着计划中有关航行的数据。

她感觉到了自己的孪生姐姐心灵上的强烈呼唤。桂枝似乎到了一个新的地方：那地方既不是广州，又不是美国，她感到很熟悉，又很陌生。那两个逼视着桂枝的人，一个白种人和一个中国人，她也感觉到了，但是她不明白他们企图干些什么。她只觉得她的姐姐十分惊恐，似乎面临着一种什么威胁。

“奇怪，她到那个地方去干什么呢？”她想。脑子里的图像不很清晰。她在上班，各种数据在电脑的屏幕上闪现，她必须准确地输入，或者提取这些数据，应付周围几十名工程师的查询。但是她觉得自己精神恍惚，很难支撑下来。

最先发现她神情不安的是一位中国血统的工程师楼克定。这是一位身体健壮、举止却十分腼腆的青年人，他偷偷地爱着桂叶很久了。虽然他没有心灵传感的能力，但是他凭着对爱情的敏感直接感觉到桂叶遇上了麻烦。他悄悄走到姑娘身边。

“屈小姐，有什么为难的事吗？”

话刚出口，他的脸就红起来。桂叶瞥了他一眼，突然意识到现在正处在繁忙的工作中，必须完全摒除一切外界的干扰，否则，就可能出差错。她极力克制着自己，聚精会神地守着电脑的显示屏幕。

但是，桂枝的形象又浮现在脑际了。她似乎十分痛苦，“快离开你的电脑呀，”她内心呼唤着，“否则你要泄密的。”泄密？是的。桂叶她怎么没有想起，她所看到的数据、曲线、图像，远方的桂枝也能看到；而如果桂枝一旦被控制在坏人手里的话……后果将不堪设想。

她立刻拿起电话听筒，拨了一个号码。“史密斯博士，我是资料员屈桂叶。我要请一会儿假。”

“能等待十五分钟吗？我派人来接替你。”总工程师史密斯并不询问资料员为了什么原因请假。这个中国姑娘对工作认真负责的精神他是有很深印象的。她提出请假，那就是说她真的有这个需要。任何人都难免有需要请假的时候。

“看你的脸色多么苍白！”楼克定又走到她身边说。他一直充满怜爱地注视着她。

“我的姐姐……”她失声说，猛然间掩住了自己的嘴。

楼克定头一次大胆地盯着她，眼睛里透露出那么多的同情和爱，桂叶如果不是陷在精神扰动的状态下，是不会感觉不出来的。但是她现在心灵中所感受的，脑海里所涌现的，只是那个远方的孪生姊妹的痛苦呼唤，仿佛她正感受到一种生理上的痛楚，仿佛她正在受刑。真实情况当然不是这样，这位姐姐仍然坐在那华丽的客厅内，只是面前放着一叠纸和一支笔，那个白种人和那个中国人，正目光灼灼地盯着她。

“他们要我写下你那儿显示的数据。”姐姐在内心里这样说。

“啊，不，不能写，绝对不能写。”她内心这样回答着。

桂叶感到自己心跳加速，血涌上脑际，而手脚越来越冰冷了。她摇晃了一下身子，正好倒在楼克定健壮有力的臂弯里。

红灯亮了起来。保健医生冲进了电脑室。

五分钟以后，桂叶被送到病床上，面前站着的是头发花白的总工程师史密斯和一个神情忧郁、目光却十分锋利的中年男人。桂叶认识他，他是宇航中心的保安处长，爱德华·麦克雷。还不等人家询问，桂叶立刻把这一段时间里自己头脑里所显现的一切尽她所能回忆起来的，都告诉了保安处长。

四

桂枝面前放着丰盛的饭菜，但是她没有动筷子。

罗托夫和薛义明，不再对她动横的了。她直截了当地告诉他们两人，她的孪生姊妹，在电脑室当场昏倒了，已被送到病房里休息。这两个人，一个白种人和一个中国人面面相觑。他们的仪器所记录到的脑电波曲线，也证实了桂枝说的是真话。现在不明白的是：远在美国的桂叶是真的病倒了呢，还是那边的保安部门采取了防卫措施？第一个回合没有成功，需要慢慢来。具有心灵感应能力的人，脑髓就像裸露在空气中一样，既敏感又容易受到伤害。

他们把她送到一间受到严密监视的卧室里，然后离开了她。

晚饭是那个穿黑色连衣裙的女仆送来的。她走路就像猫一样轻捷无声，神情也像猫一样沉静机敏。“是派来监视我的。”桂枝想。

女仆放下饭菜后，朝桂枝笑了笑，低声说：“请吃饭，好好休息休息。”

她左腮有一颗小小的黑痣，那张笑脸十分妩媚。但桂枝只是冷冷地一瞥。

她需要集中精力好好思考思考，发生了什么事情？她接到叔叔来信，到香港探亲，却落入这间屋子。他们是什么人？她不知道。她只知道他们需要探测美国宇航中心的秘密，于是想到利用这对孪生姊妹的心灵传感。是的，这不是秘密，还在她10岁的时候，报纸上就报道过这对孪生姊妹的特异功能，任何一个大国的谍报机关都会有十五年前的剪报资料。如果她拒绝合作的话，这两个人是不会饶过她的，别看他们彬彬有礼的样子，但是，他们肯定心黑手辣。

桂叶已经入睡，桂枝感觉到自己的头脑也沉重起来。啊，一定是，在遥远的美国，医生给妹妹服了镇静剂。是的，镇静剂的药效甚至能越过万里迢迢的太平洋，一直进入她的脑袋，这可真是奇迹。但是她什么都不能想了，因为她也要睡了。

透过电视监视着桂枝的罗托夫和薛义明，惊奇地发觉，他们的猎捕物竟能在这么紧张的压力下安然入睡。脑电波监测仪所录下的曲线也是平滑的，看不出有什么剧烈的思想活动。

第二天黎明的时候，桂枝醒过来后，发现自已躺在一间四壁漆成淡绿色、光线柔和、陈设讲究的卧室里。她一下子愣住了，但是她很快想起前一天发生的一切。她立刻坐了起来。与此同时，她听见了敲门声，也不等她回答，那个举止像猫一样的女仆走了进来。

"屈小姐，要用什么早餐？"她含笑问道。

桂枝瞪视了女仆一眼，这时她忽然发现自己竟然那么饿——原来昨天晚上连晚饭也没有吃哩。女仆还是用带笑的脸向着她，低声说："我在电视里看到小姐醒过来了，才走进来的。"

唔，桂枝自己也知道，她的一举一动都有录像机监视着，可是这个女仆为什么要把这一点告诉她？是威胁，还是同情的暗示？桂枝迅速地瞥了她一眼，从那张和气姣好的脸上没有找到答案。

"有什么早点，就拿来吧！"她懒洋洋地说，挥了挥手。

女仆一迈出房门，她立刻集中起注意力。她马上感觉到大洋彼岸妹妹的"呼唤"："把你昨天从红磡火车站起，直到进入这房子止，汽车所经过的地方回忆一下。"

她愣了愣，但是立刻直觉地意识到那边有人需要这个情况，无疑，是为了判断她现在的具体位置。她认真地思考着。印象是片段的。她记忆中只是连绵不断的高楼群。不错，中国银行，她是认出来了；湾仔，她也是记得的；不久，车子就上了山，蜿蜒的白色的山道旁边有一栋绿色的楼房，然后是一片流线型建筑群……那道沉重的铁闸门，对，现在她可不会忘记了，她的位置一定是在……

这段回忆十分缓慢。在回忆的同时，她脑子里不断闪现过妹妹焦急的思虑和她身旁那个神情忧郁的美国人。哦，是的，他们需要知道这一切，然后好来搭救她——当然，这不是什么见义勇为的豪侠行径，仅仅是为了他们自己的利益，为了他们宇航中心的秘密不被泄露。

忽然，她眼前一亮。一张照片浮现在她脑子里。这是透过她妹妹眼睛看到的照片：一个中国少女，穿着漂亮的绛红色西装，浅浅地笑着，左腮上有一颗小小的痣。

她寻思了一下，差一点儿跳起来！这不是那个……“哦，你认得。”妹妹从心灵里说，“好的，看见这姑娘，悄悄对她说：给我来一杯‘罗克里格特’——记住：‘罗克里格特’。她的回答是：我们这儿没有‘罗克里格特’，只有草莓牛奶冰激凌。”

“以后呢？”她茫然地问——当然是心里在问。

“以后你就不用管了——而且再也不要想这些事。要知道，他们也有脑电波探测器呢！”

“那么，我们……”

“不到必要时候，我不跟你联系。”

就像关掉电视机一样，桂枝脑子里突然一片空白。是她妹妹那边采取了什么措施隔断这种心灵传感呢，还是什么？

这时候，床头一个小喇叭响了，是罗托夫那带点儿大舌头腔的广东话：“罗托夫和薛义明两位先生请屈桂枝小姐10分钟后到餐厅来用早点。”

她盯了一眼小喇叭，忽然调皮地笑了。这是她进入这屋子以来第一次笑。

五

“那么，我的姐姐要来美国了？”桂叶问。她坐在巨大的保险箱似的保安处长的办公室里，面前只有爱德华·麦克雷，那个神情忧郁的美国人。屋角有一个女秘书，默默地用打字机打字，键盘的声音很轻，很轻。

“哦，”麦克雷浅浅笑了一下——这个人居然也会笑！“为了营救你姐姐，我们出动了在香港的整个部队。”

“部队？海军陆战队吗？”桂叶瞪大了好看的眼睛。

“哦，不，你不会明白的。这是我们的特种部队，它的代号就叫‘罗克里格特’——这是南美洲一种土著的切口，意思是‘掏鸟窠’。为了美国的利益，在全世界的各个角落里我们都要有一支这样的部队……放心吧，明天你姐姐就会跟你一起吃晚饭。”

“这么快？”

“用你们中国人的话说，兵贵神速嘛。”

“那么，”桂叶小心翼翼地问，“我的姐姐来美国，只是为了看看我吗？”麦克雷迟疑了一会儿。

“史密斯博士可能会有别的安排。”他支支吾吾地说。

“要留我姐姐在美国？”桂叶猜测道。

“大概，是的。”麦克雷意外地坦白，“你们姊妹俩有这么强的心灵传感能力，当初吸收你来宇航中心工作时，我竟没有考虑到这一点，应当算是失职，我已经请求处分了。为了补救这一点，只有安排你们姊妹俩在一起。我们已经跟中国有关方面联系过，要求合作。你自己呢，不反对吧？”

“我怎么会反对？”桂叶高兴地说。但是，她的兴奋又马上消退了，“不知姐姐她怎么想，她还有个未婚夫在广州哩。”

“小事一桩，她的未婚夫也是可以来的。屈小姐，因为你已经掌握了美国那么多的国家机密，你再到别处去就是不合适的了。只有请你姐姐来。这样，你姐姐才能真正获得安全——要知道，你们姊妹俩这种特殊的心灵传感能力，对于你们来说并不是一件好事。逃脱一个罗托夫，还会有别的什么‘夫’、什么‘斯基’在窥伺着，要猎捕你姐姐哩。同时……”

桂叶抬起一双美丽的眼睛等待着。

“我说得太多了。”麦克雷抱歉地说，“一个保安人员，不应该讲这么多话的。详细情况让史密斯博士对你讲吧……哦，楼克定工程师来接你了。”

大门开处，容光焕发、穿戴整洁的楼克定走了进来，手里捧着一束鲜花。

“啊！”桂叶从座位上跳起来，径直走到楼克定面前，深情地望着他。她的眼睛明确无误地表露了青年女子对爱慕她的男人的反应。楼克定递上鲜花，低下头，按照西洋礼节吻了她的手。

“史密斯博士派我来接你。”他低声说。

桂叶踮起脚尖，亲了他一下。

在汽车里，楼克定显出心神不定的样子。憋了好半天，他终于说：“屈小姐，你知道吗？你可能要参加宇航员训练班了。”

“什么？”这信息是这么意外，桂叶竟一下子反应不过来。

楼克定耸耸肩膀：“大概是的。我们俩，还有大卫和玛嘉烈都是预定去土卫六的人选——你愿意吗？”

“我……我不知道……我没有想过……”桂叶慌乱地说。

“史密斯博士想进一步试验你和你的孪生姐姐的心灵传感能力。如果你姐姐同意，请她留在休斯敦，而你，到土卫六去。看看，是否我们能够找到一种不依靠电磁波的、天然的、在宇宙空间传递信息的方法。”

“明白了！”桂叶兴奋地说。她像小孩子听到一个新鲜的故事一样，被这个新的设想迷住了。

“史密斯博士认为这种心灵传感能力是超距的，也就是说，它比电磁波传递信息要快，而且不受任何干扰。如果真的是那样，那么我们今后在宇宙空间的通信会有很大的改善。应该承认，”楼克定不知为什么有点儿难为情，“史密斯是一个天才，他总是立刻为一种新的发现找到用场。我却办不到。我只是听说你被选为宇航员后，才提出申请的……”

“哦？”桂叶注视着他英俊的侧脸。楼克定搁在驾驶盘上的手有点儿哆嗦，他索性把车子停下了。

“这次航行时……时间很长，”楼克定结结巴巴地说，“史密斯博士的意见是尽可能照顾夫妻关系……”

“而我们……”桂叶不知所措。

“只要你愿意，屈小姐，我永远……”

“我？”桂叶的声音逐渐变小了。但是，不过几秒钟工夫，她的迟疑的神态忽然消失。“噢！我感觉到了，警察正在搜查那栋房子。我姐姐得救了！等等，楼工程师，”她兴高采烈地说，“我姐姐明天就要来。等她来了，我们再……”

“好的，”楼克定顺从地说，“屈小姐，你记得李商隐这两句诗吗：‘身无彩凤双飞翼，心有灵犀一点通。’你和你姐姐……”

“心有灵犀一点通！”桂叶忽然调皮地说，“而我和你，是‘身无彩凤双飞翼’吗？”楼克定忸怩地笑了。他又重新发动了汽车，沿着修整得十分光滑的公路疾驰而去。

海姑娘洛丽

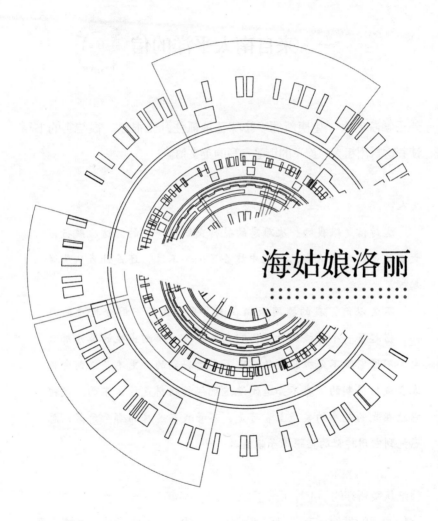

一　来自南太平洋的信

外语学院的女学生庾新翎哆哆嗦嗦地抓住几张很厚、很结实的书写纸，读着这封用粗大、潦草的钢笔字写的英文信。

夫人：

这封信是跟我的一次难忘的航行交织在一起的。这次航行，大概是永远不会从我的记忆中抹去了……不过，还是让我从头说起吧。

不久以前，我的拖网渔船在南太平洋追逐一群金枪鱼的时候，捞起了一个奇怪的玩偶。它差不多有一个刚出生的婴儿那么大，不过它既不是橡胶制的，也不是塑料制的，更不是任何金属或合成材料制的。我不知道制造这玩偶的材料是什么东西。我把它放在我的舱房的桌子上。可是，不管我在舱房的哪个角落，总感觉到它用神秘的蓝眼珠子瞅着我……

信纸从庾新翎的手上掉下来了。

这位22岁的姑娘，有一种沉着端庄的气韵，虽然常常让一些愣头青的小伙子心里像窝着一团火，但在她面前也只好低眉垂眼，敛声屏气。然而此刻，庾新翎的脸色比她捧读的这张信纸还要白。

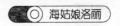

坐在她对面另一张沙发上的，是她的舅舅邝天林。他弯下腰捡起信纸，交给外甥女儿，同时轻声说：“读下去，读下去！”

舅甥俩，坐在外语学院的会客室里。舅舅是特地从上海赶来的。刚才见面的时候，他说，他是到部里来办点事情，顺便来看看庚新翎。然而，新翎总感觉舅舅说话有些闪烁，恐怕他是专为送这封信而来的。她虽然刚刚读了开头几句话，但感觉这封信蕴含着一个重大而可怕的秘密。

半夜，刮起了风暴。我惊醒了，抬头一看，这个玩偶似乎笼罩在一团绿色的光芒中。一阵急促的脚步声冲了过来，我们船上的一个船员，轮机手皮尔特闯了进来，嚷嚷道：“船长，舵……”

话音未落，他看见了那个绿光莹莹的玩偶，冷不丁怔住了。他向后倒退，紧紧扼住自己的咽喉，仿佛要遏止一阵涌到他喉头的“咯咯”声。

忽然，他转身踉踉跄跄地走了。我跳了起来，想抓住他。但是那结实的帆布水手外套竟然撕裂了，我只抓到一片破布。轮机手的脚步声消失在狂暴的风雨呼啸之中。我披了件衣裳冲到外面，却意外地发现我竟来到了一个月白风清的世界，渔船在平静的海面漂浮着，刚才的狂风暴雨仿佛只是一场噩梦。

庚新翎停下来，抬起头望着舅舅。邝天林只有45岁，却已经显得相当苍老了，瘦骨嶙峋的身体，背脊有点佝偻，只有一双眼睛，闪着奇异的光，打量着外甥女。

“为什么他要写信给我妈，告诉她这个古怪的故事？”她问道，声音干涩。

“看下去你就会知道的。”邝天林说着，不自然地咳了一声。

“好吧。”庚新翎咬咬嘴唇说。

我巡视了全船。我的船员都在睡梦中，好像什么事情都不曾发生过。只有值班的皮尔特不见了。

舵架旁空无一人，舵轮是歪的，似乎经过什么东西猛烈地撞击。

我的轮机手就这样永远不见了。可能他是掉下海去了。在那样大的风雨中，即使像他这么一个老水手，也是难免失足的。我叫醒了几个水手，沿着我们的航道折回去，一直打捞到天亮，连个尸首也没有捞到。因为轮机手莫名其妙地失踪，我决定停止打鱼一整天。

我在舱房里听到的狂风暴雨声，是真的吗？抑或只是一个梦境？天气又为什么变化得那么突然？难道这里面有什么魔法？

我回到舱房，一眼又看到那个玩偶，安然立在那儿，既没有绿光，也没有其他任何奇迹。我拿起了它。它的蓝眼睛还是紧盯住我。我仔细察看，这玩偶做得十分精致，我实在舍不得把它扔到海里去。但是我想起了皮尔特，想起了他惊恐的脸和发狂似的举动。我总觉得这个来自海中的玩偶是一个不祥之物。我大踏步走到甲板上，抡圆了手臂，正要往海里扔，猛地感觉到玩偶内部似乎有什么东西在响动。我呆住了——我当时的神情一定非常可笑。

夫人，里面竟是一封用中国字写给您的信。我把玩偶砸开了，碎片已经返回大海。只有这封信，我觉得有责任寄到您的手上。我不认识那方块的汉字，地址是我一笔笔描下来的。夫人，至今我还一点也不明白，这封信、玩偶和暴风雨之间有什么联系。为了这些事，我最好的轮机手皮尔特永远消失于人间。

但愿这封信带给您一个吉祥的信息。

随信附上我一个南太平洋渔人的良好祝愿。

上帝保佑您。

您的卑微的

John J. Kingsley

“金斯莱，金斯莱……”庾新翎喃喃说道，“这是一个什么人呢？”

邝天林递给她一个信封，说：“他住在斐济首府苏瓦市，大概是个渔船船长吧！”

“另一封信呢？”庾新翎瞪大美丽的、此刻却十分忧郁的眼睛，“就是写给我妈妈的中文信，从那个玩偶里面拿出来的，是谁写的呢？”

邝天林沉默了一会儿。他的眼神像雷雨以前风云变幻的天空。

“新翎，”他缓慢地说，字斟句酌，“你妈妈去世已经八年了。你们姐弟俩，从小就跟着我长大……哦？”

“我知道。”庾新翎低垂着眼睑说。

“咱们家海外没有亲戚。”邝天林又说，声音更低了，“你想过没有？”

庾新翎默默地点点头。

“你还记得10年前的事吗？那时，你爸爸在‘海远号’上，航行到澳洲去。这艘五万吨的货轮，从悉尼港装满羊毛、铁砂和谷物，开出后仅三天，就失去了任何信息……”

庚新翎的脸毫无血色，颤声说："不是派出飞机搜索过吗？后来，证明确实是遇难了。"

"可是当时南太平洋海面上一点儿残骸都没有！"邝天林好像吐出一个沉重的铅球似的吐出这些话，"没有破船片，没有漂散的货物，没有尸体，甚至没有油渍！'海远号'干干净净、彻彻底底地从地球上消失了！"

"难道……"庚新翎的声音勉强听得见。

"是的！当时有的报纸就说，'海远号'不是沉没了，而是遇上了飞碟。"

庚新翎这么长时间以来第一次抬头望着舅舅。她有点儿猜到这封信的由来了，这反而使她平静下来。虽然，她的内心仍然是那样纷乱，她期待着从舅舅的嘴里跳出一个最骇人听闻的故事。

"哦？"舅舅探索般地定睛瞅着庚新翎，然后，慢吞吞地从怀里掏出一叠折叠着的信纸，脸上闪过一个古怪的笑容，"你不要吃惊，金斯莱从那个玩偶内部拿到，并且寄来给你妈妈的，是你爸爸不久以前写的信！"

一阵天旋地转，一声微弱的叫唤，庚新翎"噗"地仰倒在沙发上，大口大口地喘着气。

二　不可思议的故事

良久，庚新翎才能够展开那几页信纸。

"如萌……"她低声念出妈妈的名字，眼睛就被泪水溢满了。她又想起妈妈病危的那些艰难而痛苦的日子。爸爸遇难以后，她和比她小两岁的弟弟庚新翊跟着妈妈在广州住。妈妈是个小学教师。可是不出两年，妈妈也逝世了，患的是肠癌。当时小新翎只有14岁，弟弟12岁。多亏上海的舅舅来料理了丧事，把姐弟俩接走。这段经历在庚新翎心上，好像刀刻一样清晰。

邝天林望着外甥女，眼睛里射出悲切和怜悯的光芒。他艰难地说："你要……鼓起勇气。"

"嗯。"庚新翎用手背揩拭着泪水，继续往下看信。

如萌，我的妻子：

已经10年过去了。当然，是根据我自己的记录——手表每走24小时，我就画一道。我的小本子上已经画满"正"字，昨天算了算，一共700个"正"字，至少有3500天过去了。但是，这样的计算有什么用处！在这儿，我与世隔绝。我几乎放弃了一切和你通信的打算，虽然我时刻想念着你和我们的一对可爱的儿女。我有时想，这么活下去还有什么意思？在这海底深渊里，在这四面都是水的牢笼之内……

"什么？"庚新翎失声喊起来。她无法抑制自己再次滚滚涌出的热泪，大声喊道："爸爸！……"。

邝天林同情地看着外甥女，他再也想不出什么安慰的话。他叹了一口气，站起身来，走到窗户跟前。

也许我应该详细叙述10年来的生活，但是时间显然是不允许的。CU—208机器开动着，这是一台生产“催命娃娃”的机器。这种热塑性材料到现在我还弄不清楚它包含些什么成分，但是这封信一定要在机器停止转动以前塞进去……

新翎放下信，两眼充满惶惑的神色。“什么‘催命娃娃’？”她悄然地问。

邝天林转过身来，平静地说：“金斯莱在南太平洋海面，不是捞起一个玩偶吗？”

庾新翎又感到一阵寒栗透过她的身体。

简单地说吧。我被囚禁在这个巨大的海底洞窟里，已经10年了。怎么进来的？我不知道。我的记忆中只留下最后的那次航行，我们“海远号”从广州码头上出发的情景。你一手牵着新翎，一手牵着新翊，在码头上挥舞着手绢。那时候，正是下午四点钟，阳光斜斜地照射过来，照射在你的脸上。我记得你的脸色十分苍白。你正犯胃病。我望着你，不知为什么，我觉得今后可能再也见不着你了。人的预感是很奇怪的东西。我好像正在走向坟墓。是的，我当海员20年了，哪一次出海也没像那次一样心神不定。

但是，这趟航程一开头却什么也没有发生。我们顺利地把机床和家具运到悉尼港，再装上矿砂、羊毛和羊毛制品，就起程返航了。我在悉尼港还为你买了一条十分漂亮的浅绿色羊绒围巾，为新翎买了一件短上衣，为新翊买了一个小电视机。我满怀喜悦，在南半球秋天的和煦阳光下踏上归程。

事情似乎是突然发生的。我记得那一天，天空非常蓝，只有几缕轻淡得几乎看不出来的云丝。我和休班的轮机长刘松擎坐在后甲板上，一边喝着茶，一边唠扯着他女儿的婚事。忽然，我听到前甲板有人喊道："看哪，飞碟！"我猛一抬头，果然，东北方天际有一个隐隐约约的小点子，正在向我们靠近。它在蔚蓝的天空背景上，仿佛只是一个光点，一个亮斑，或者一个讯号。可是，关于这种神出鬼没的怪诞飞行器的传说是那样多，它的突然出现吸引了全船人的注意。它在天边，白云掩映之间，显得那样轻盈、美好，谁也想不到它会对我们这艘50000吨级的大轮船产生什么危害……

"飞碟！"庾新翎不知为什么，声音低得像耳语一样，眼睛发出奇异的光，"在10多年前，飞碟不是经常出现在地球上空吗？"

"是的。"邝天林重新在沙发上坐下，说，"现在，全世界报纸上也不少报道飞碟。"

"它到底是什么东西？"

"你看下去吧。"

飞碟在我们的视野里变大了。现在，已经可以清晰地看到它是一个扁扁的圆形。我说不上它有多大——对天上飞的物体，是不容易估计它的大小的。我们在争论，有的说，它就像一个街心花园那么大；有的说，它不过比一个车轱辘稍微大一些。你看，人的眼睛的判断力就有这么大的差别！关于它的形状，也有争论。刘松擎就愣说它像两个盛菜的碟子合在一起，下面还伸出三根细长的腿。可是我怎么也看不出它有什么“腿”，倒是它的顶上有一个圆锥形的突起。总之，它就是这么一个谁也说不清确切形状和大小的东西。我们盼望它飞得近一些，好让我们看得更清楚一些。唉，我们这些傻子，傻瓜地球人。

“为什么要说——地球人？”庚新翎的声音里，透露出深深的惊恐和不安，“难道……”

邝天林的脸色十分严峻，他只是轻声劝着：“读下去吧，没有多少了！”

飞碟突然停止不动了。它离我们还很远，我目测了一下，水平距离大约是3000米，而它的飞行高度，据我看也不过1000米。我清楚地看到了：它是淡绿色的，就像十分嫩的青草那样绿，但是它似乎周身罩着一团淡淡的烟雾。它定在空中不动，可是那团烟雾在晃动，不过有一点我是注意到了：它没有窗子，一个也没有！如果它是某种飞行器的话，那么，它很可能是通过电视来观察外界情况的。总之，它悬在那儿，一动也不动，大约有七八分钟。然后，在众目睽睽之下，它突然折转一个锐角，飞走了！

飞碟的来临在我们全船引起了骚动。我们在这个下午和晚上一直在热烈谈论着。我记得过去我们有的所谓科学家，是否认有飞碟这种东西存在的。他们没有看见过飞碟，却一口咬定，这不过是一种大气光学现象，或者是一团什么昆虫，或者干脆出于人们的幻觉。叫这些人来看看！我们船上60多人一点儿也不怀疑：这是一种飞行器，一种神秘的飞行器。大家还扯得很远。有不少人认为它是从地球以外的某个星球飞来的，里面一定有奇形怪状的外星人。我们还十分惋惜，飞碟为什么不飞得近一点儿，好让我们仔细瞧瞧。

黄昏来临了，彩霞就像迎风招展的旗帜，映得天边一派血红。我们的“海远号”已经驶进东经160° 23′ 47″、南纬28° 05′ 56″的海域……

“记住这个经纬度！”邝天林意味深长地指点着说。庾新翎用一双茫然的眼睛瞠视了一下舅舅，低头又读下去了。

船上的人都听见了轻微的、金属撞击的声音。声音是从哪儿传出来的，我们不知道。船长还大声苛责着值班水手小赵，说他一定没有把锚具固定好。但是小赵争辩说，锚具是由自动化装置操纵的，根本和他没有关系。这时候，又有人喊起来了：“飞碟！”我们都跑到甲板上，想要在苍茫的夜色中看看这个神秘的家伙。但是什么都看不见了。天色昏暗，大块大块的乌云风驰电掣般掠过天空，海水翻腾起来了，大海露出它的全部獠牙，一些弯曲的弧线在海上飞舞，海在怒吼……

我觉得有点儿立不住脚。甲板仿佛逐渐离开我。我感觉得到这艘50000吨的大船在战栗。这时有人惊叫起来：“哇！”

我抬头一望，空中有一道极强的绿色闪光，就像一个球形闪电，跳跃着古怪的魔影。天啊！我还来不及多想，一个大浪袭来，我就失去了知觉……

庚新翎停止了阅读，嗄声问道："飞碟是超自然的怪物吗？"

"哦，也许是……"邝天林犹疑地说。

我醒过来，发觉自己躺在一个布置得极其考究的房间里，一种柔和的光线笼罩着我。我睁开眼睛，有一个雪白的形体在我身旁活动着。他抬起头来。哦，这是一个十分怪异的脸庞，但无疑是人类的脸庞，只有眼睛不一样，他有三只眼睛……

如萌，这封信必须结束了。这是最后一个"催命娃娃"。要不，我就会失去发信的机会。

吻你，吻我们的孩子。

你的

家全

庚新翎垂下了手。她让自己的眼泪毫不羞涩地倾泻而下，像两串晶莹的珠链。她的感情受到如此强烈的冲击，使她久久不能平复过来。

太阳西斜了。秋日暗淡的太阳光，照射在这个颀长、俊美的少女身上。她一动也不动，宛如一尊大理石雕像。她的眼前浮现过童年生活的回忆。父亲，他是一个粗壮的汉子，有着老水手那种豪爽、粗犷的气质。

他的力气很大，庚新翎的弟弟新翊长到10岁，父亲还能一手揽住他的腰，毫不费力地把他举起来。父亲当了10年水手，又当了10年厨师。一回家，厨房整天都是烟雾缭绕的，食物的香气把楼道都塞满了。邻居们开玩笑说：庚师傅回来，我们闻也闻个饱！母亲却不同，纤弱，多病。她是一个小学教师，每天都是精疲力尽地回到家，再忙新翎姐弟的生活，真够她受的！也许她就是这么累病了。

这个家，在庚新翎记忆中，是安静的，和睦的，同时也有点儿冷清。每次父亲出海回来，对于这个家庭来说，都是重大的节日。但是父亲十分怀念海洋，在家待的日子长了，他总是带着姐弟俩出去，沿着珠江长堤走来走去，深情地说："江水流呀，流进了大海……"

"海远号"遇难的消息，给这个家庭带来了巨大的悲痛。妈妈也从此一病不起。但是谁能想到，亲爱的爸爸还活着，在某处大洋下面，在那些三只眼睛的"人"中间……

邝天林站在外甥女儿面前，同情地看着她。

"我该怎么办呢？"庚新翎刹住自己的思想，茫无目的地问。

"你爸爸为了写这一封信，等待时机，等了10年。"邝天林用一种严肃的声调说。

"我真不能想象这10年间他是怎么过的！"庚新翎凄然说。"在大洋底下，"她又看了一下信，"'在这个巨大的海底洞窟里'，那真是外星人栖居的地方吗？"

邝天林没有回答，他陷在自己的思路里。

"看来，'催命娃娃'是这海底洞窟跟地球表面的这个世界唯一的联系了。他们制造这种玩偶，不知赋予它一种什么魔力，让它在海面漂流，给看见它的人带来灾难。新翎，我记得，百慕大三角的故事里，同样也有这种玩偶……"

"那个魔三角吗？"

"是的。不过那是西大西洋，而'海远号'失事的海域是南太平洋……还有飞碟！"

"飞碟真的是从其他星球上飞来的吗？"庚新翎低声问道。

邝天林迟疑着。"不知道。"他又补充了一句，"也许你爸爸知道得更多，不过他来不及说。无论如何，我们都要去找你爸爸。”他凝视着庚新翎：“你看，我们报告给远洋轮船公司，好吗？”

庚新翎点了点头。

“把信给我。”邝天林站起身来，“等我的电话，也许过一两天就有消息了。对了，你和新翊通个长途电话，把这事情告诉他。我走了！别胡思乱想，我们一定想办法把你爸爸救回来。”

三　两个青年人

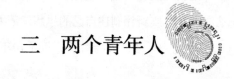

庚新翊在日本名古屋大学读电子工程，已经将近一年了。他刚好20岁，比他姐姐长得还要秀气，眉梢额角间却又带着一股英锐之气。这天晚上，他接到姐姐的电话，简直就像晴天霹雳！好大一会儿他都没弄清楚发生了什么事。庚新翎在电话里足足和他谈了50分钟，他总算明白了：爸爸还活着，在南太平洋底的某处，等着他们前去救援。他还絮絮追问：“这个漂浮在海面上的玩偶是什么东西？什么人会长着三只眼？为什么爸爸能在海底长时间生活？”诸如此类的问题，姐姐一点儿也说不清楚。姐姐说，过几天把爸爸来信的复印件寄给他，叫他不要焦急，等她下一次电话。

放下电话，庚新翊感到天和地陡然发生了变化。他周围是安静的大学校园，而飞碟、催命娃娃、咆哮的大海、沉没的轮船、海底的洞窟，跟这儿的一切相距多么遥远啊！

庚新翊从小就十分聪明，头脑也冷静，因此他是少数高中刚毕业就选送到外国留学的学生之一。但是这次，这个年轻的、冷静的头脑变得完全纷乱了。他茫然、不知所措地走着。天刚黑，校园里亮起了灯。图书馆、教室、宿舍的灯也一盏接一盏地亮了起来。这一盏盏灯似乎在他眼前晃动。他抬起头，望着夏夜里灿烂的星空。噢，为什么此刻没有一个飞碟出现？正是这谜一样的飞碟，使得他父亲失踪，导致母亲病故，而他和姐姐两人，度过了一个惨淡的少年时代。

走到图书馆跟前，他站住了。他想起应该去查一些资料——关于南太平洋，关于这一带的海洋地质，关于飞碟……

半小时以后，庚新翊夹着一大沓关于飞碟的资料，回到了宿舍。这是两人的居室，同房间的是一个澳大利亚小伙子，这时已经外出。他就一个人，坐在亮晃晃的灯下，专心阅读起这些资料来。

事情似乎是1946年6月开始的。有一天，美国的一个空军驾驶员阿诺勒德在飞机上看到有几个巨大的圆盘形物体正飞向华盛顿州的莱尼尔峰，他把这些圆盘称为“飞碟”。这是轰动一时的新闻。此后，世界各地都有人看见过飞碟，形状大同小异，总称之为UFO —— Unidentified flying object，意思是“不明飞行物”。

其实，远在阿诺勒德之前，就有人在天空看见过这类不明飞行物。1896年11月18日的《旧金山呼声报》就报道过：“美国加州出现伟大而神秘的空中显像。”1897年4月19日晚间，美国堪萨斯州的一个农民亚历山大·汉密尔顿看到“一艘飞船慢慢地降到牛棚约40杆[①]之处”，然后，“一只巨大的涡轮，直径约30英尺，慢慢地在船下旋转，发出嗡嗡声，这艘船

① 英制长度单位。1英尺=0.3048米，1杆=16.5英尺，约5米。

像鸟那样轻盈地上升”。汉密尔顿甚至声称他看到飞船中有“我今生见过的最奇怪的六个人”——要知道当时世界上还未产生飞船，半年以后，欧洲才出现第一艘只能飞越3英里的金属飞船哩！

以后半个世纪以来，空中的奇怪的飞行物仍时有出现。

但这是不是人类最早见到的飞碟呢？不。在法国，古老的旧石器时代的克鲁马努人的洞窟中，与野牛、马、驯鹿和长毛象等艺术肖像在一起，有一些卵形和碟形的飞行器图像。而在西班牙的拉巴西加的一处洞窟中，不但画了飞碟，甚至画了现代用来在月球登陆的车子，有梯子和天线。这些洞窟的壁画据说是新石器时代原始人类的作品。

当代最奇特的遭遇是1973年10月11日发生的。当时，美国密西西比州柏卡哥拉镇的两个船坞工人——希森和派克，在钓鱼的时候，曾经亲眼看见飞碟，而且从它的尾部飘出三个“人”来，把他们抓进飞碟里面，过了一段时间，又放出来了。据希森的描述，这些“人”头部只有几个“突起”，大约有5英尺高。为了证实这两个人并没有撒谎，美国警方和新闻记者使用了大量侦察手段，结果证明希森和派克的故事并不是虚构的。

这还不是个别的例子。1957年10月15日晚上，巴西农夫鲍亚士正在田里干活，看见一个发亮的蛋形物体高速飞来，放下金属脚架后，几个穿灰色紧身衣服的“人”把他抓到飞碟里。事后，鲍亚士经过医生检查，发现已受到放射线过多的照射，有放射性中毒的症候。

看见过飞碟中有“人”走出来的大有人在。1965年7月1日黄昏，法国有一个叫马赛的农民，看见一个轿车般大小的球形物落在他的田地上，两个头部尖尖、眼睛像杏核、嘴巴薄得像条线的“人”走了出来。其中一个用一根铅笔似的短棒指着他，他就感觉到自己动弹不了了。直到他们离去以后，他才又恢复了活动能力。法国警方曾经对马赛说话的真实性做过调查，他们说："我们已证实了飞碟着陆地点的真实性，泥土留有着陆的痕迹，其他见证人也证实了他的说法。"

1968年，在阿根廷也出现过一宗怪事：著名律师维达尔博士和他的夫人开车在公路上行驶，随后"失踪"了48小时，最后竟出现在700公里以外的墨西哥。据维达尔夫妇说，他们正开着车，突然出现浓雾，转瞬间他们发觉自己到了一条陌生的公路上，两个人脖子后面觉得很痛，手表也停了。他们后来才发现自己已经到了墨西哥，并且"消失"了整整两天。

也许最奇妙的说法要算飞碟能够治病了。1972年12月30日晚间，阿根廷一个73岁的守夜人马塞拉突然听到空中响起了"嗡嗡"声，一个发出强光的飞碟悬在空中不动，而且逐渐由橙色变为蓝色。马塞拉清楚地看见飞碟有窗户，窗内有两个"人"，穿着黑色的潜水衣。接着，飞碟爆发出一阵强光，然后消失了。这事情发生以后，马塞拉感到他身上的老年人疾病霍然而愈，他甚至还长出了一排新的牙齿！

1968年，一个法国医生也是经过飞碟强光的照射后，发现在战争期间被炸残的腿竟然痊愈，连疤痕都没有留下……

"这到底是一种什么样的神奇力量呢？"庚新翊停下来想，有关飞碟的案例多得无法看完，"或者这一切都不过是神经错乱和骗局？"他想起他读过报纸上的一些文章，有一些人就声称飞碟不过是人们的视像幻觉，或者是大气光学现象。但是，这些飞碟的案例都有详尽的记录，有时间、地点、当事人的口述，甚至有医生的检查和警方的调查材料。"难道这些警察和医生都在撒谎？"庚新翊摇了摇头，讪笑了一下。

但是，飞碟真是来自别的星球吗？看来一些星外来客从旧石器时代起就断断续续地在地球上出现了，却为什么总是偷偷摸摸的？为什么总也没有人能够抓住一只飞碟或其中的"人"——以此来证实他们是不是外星人？就连给飞碟拍下的照片也是模糊不清的。当然，这可以解释为飞碟有一种强大的电磁力量或辐射力量，才能产生上面所提到的诸多奇迹。驾驶飞碟到地球来的外星人必然也拥有比地球人强大得多的科学技术力量，他们绝不会让地球人抓到飞碟或他们自己。这难道不是合乎逻辑的推理吗？至于飞碟为什么总是神出鬼没，从来没有在闹市上空，众目睽睽下“光明正大”地现形，那也是可以理解的。我们的宇航员到了一个陌生的星球上，不是也要谨慎地侦察吗？谁也不会贸然在陌生的世界上暴露自己。

然而，否定论者却争辩说，从克鲁马努人到现在，几十万年间，如果真有外星人来到地球，也足够让他们了解地球了，他们大可不必再进行长达几十万年的侦察、偷袭。否定论者还有一条最有力的论证：“太阳系内诸行星，已被证明没有高级生命，那么，外星人必然来自遥远的恒星际空间。即使是高速的宇宙飞船，也得数十、数百，以至上千年的旅程；而在茫茫星际空间中，遥远星球上的高级生物居然挑中太阳系内‘貌不出众’的地球来进行访问，不是太难以理解了吗？”

然而，父亲的信……

庚新翊在电话里并没有完全听清父亲的信，但是他记得是一个斐济群岛上的渔民金斯莱从大海上漂浮的一只玩偶中找到的。这只玩偶，父亲把它叫作“催命娃娃”，是海底某处一些三只眼的“人”制造的——这些三只眼的“人”是不是乘着飞碟来到地球的外星人呢？

“砰”的一声，门开了，同房间的罗伯特走了进来。这个澳大利亚小伙子，金发碧眼，脸色红润，样子倒像北欧人。他一眼就看到桌上摊开的材料，惊讶地问道：“庚，你怎么想起研究飞碟的？”

庚新翊瞠视着，还没从纷乱的思绪中回过神儿来。他的脸色非常苍白，引起了罗伯特的关注：“你的样子多么疲惫，噢！……也许，发生了不寻常的事情？”

于是，庚新翊开始断断续续地谈起他所接到的电话。罗伯特静静地听着，不动声色。末了，他问道：“那个斐济的渔民，叫什么名字？”

“好像是叫约翰·金斯莱。”

罗伯特耸耸肩膀，咧了咧嘴。突然间，他控制不住了，爆发出一阵大笑，笑得庚新翊瞠目结舌。然后，他拍拍庚新翊肩膀，说：“你没想过吧，我也姓金斯莱，罗伯特·金斯莱。”

“是亲戚吗？”庚新翊扬起眉毛问。

“我父亲。”

庚新翊霍地站起来。“可我以为……”

罗伯特拉着庚新翊坐下来，盯着他的脸说：“我是澳大利亚人，我父亲也是澳大利亚人，但他居住在苏瓦市已经多年了。”

“噢，”庚新翊抓紧他的手说，“真的！”

罗伯特脸上露出一个真诚的笑容。“你，”他沉思着说，“打算怎么办呢？”

庚新翊思索了一会儿，然后说：“我一定要去寻找我的爸爸——不管他是在哪儿的海底下……”

罗伯特轻轻点着头，然后，搂着庚新翊的肩膀，热情地说：“下个星期开始放暑假。你跟我一起回家吧？也许我父亲会提供进一步的线索……”

“那……那太好了！”庚新翊几乎大声喊出来。

庚新翊听到自己的心在“怦怦”跳动。这个温暖的日本夏夜，在他的一生中，也许将是最难令人忘怀的。他怎么会想到呢？他将要访问遥远的南太平洋上的一个岛国，而且又是为了去海底拯救他父亲。下一步怎样做，他一点儿也不知道。但是他相信纵使需要历经千险万难，他也会毫不犹豫地投身进去。眼前这个异国的青年正用一双亲切的眼睛打量着他，这双碧蓝碧蓝的、像海水一样的眼睛中蕴含着关注和热情。

罗伯特立起身，匆匆说：“我去给我爸打个电话。”

庾新翊一把拉住他的衣襟：“太晚了吧？斐济那边是……”

罗伯特看了看表：“正好午夜——太好啦！不到这时候，我爸是不会在屋里的。”他挥挥手，跑步冲出房间。

四　北京——惠灵顿航线上

一架“波音747”在“北京——惠灵顿”航线上飞行。

天气十分晴朗，机翼下是轻纱一样的卷云，时不时透露出郁郁葱葱的、经营得相当良好的土地。庾新翎坐在靠窗的座位上，双眉紧锁，想着心事。她身旁是一个健壮的、浓眉大眼的小伙子，不时用担忧的眼神看着她，然后又陷入深深的沉思中。

这个小伙子是谁呢？他们又怎么会一起出现在这架大型客机中呢？

那还是去年秋天的时候，庾新翎和她的同学沈笑眉一块儿去游览香山静宜园。沈笑眉是一个爱好打扮、十分迷人的姑娘。她俩下了汽车，走向公园。那天，游人非常多，一排排、一簇簇的青年男女，嘻嘻哈哈地走着，就像赶庙会一样。北京的秋天正在她们面前展示着自己全部的魅力。两个女孩子十分高兴地漫步在迂回曲折的山间小道上。黄栌叶已经红了，火灼灼的一大片，迤逦在山坡上。但是，每片红叶色彩又不完全一样，有些是猩红色的，有些呈橘黄色，有些带着玫瑰花瓣的色泽，有的却是近乎发紫了，远远看去，就像一张斑斓的地毯。

她们绕过了白果树，气喘吁吁地向“鬼见愁”攀登。在半路上，一个健壮的、有着运动员体格的青年人从沈笑眉身边擦过，小跑着在她们前头登上峰顶。

沈笑眉皱了皱眉头，眼睛注视着那穿着咖啡色运动衫和黑色裤子的背影，悄声说：“这人不知为什么老盯着我们……”

庚新翎微微笑着说：“他这不是跑到前头去了吗？还怎么盯着我们？”

“你看。”沈笑眉抓着女伴的手。前面那小伙子站定了，正好回过头来张望。秋天的阳光直射在他脸上，那是一张轮廓分明的、沉着而坚毅的脸。小伙子挥了挥手。

“他向你打招呼呢！”庚新翎笑着推了女伴一把。

“谁稀罕他！”沈笑眉撇了撇嘴。

庚新翎不由得开心地笑起来：“我的好笑眉，谁让你那么迷人呢！你就像一块磁铁，吸引了所有人的目光。跟你一块儿走，我也觉得怪难为情的哩。”

“死丫头，”沈笑眉瞪大眼睛，“你也这样说！”她做出刮耳光的姿势。庚新翎笑着跑开了。

“当心，绊倒你！”沈笑眉大声叫着。话音还未落地，果然，庚新翎被一块七棱八角的石头上绊了一下，身子一倒，就向斜坡下面滑去，接连几个翻滚，最后被一簇酸枣树丛挡住了。

沈笑眉快步赶过去，但是那个小伙子比她更快。他像一头从山岗上蹿下来的豹子，蓦地纵身一跳，落在庚新翎跟前。庚新翎一睁开眼睛，立刻看到一张被太阳晒成棕色的、充满关切的脸和一双沉思而热情的眼睛。那张脸靠得很近，两个黑漆漆的瞳孔就像两个深邃的湖一样，庚新翎甚至在瞳仁中看到了自己清秀的脸庞。她刚要开口，恰好赶到的沈笑眉已经喊起来："摔坏了没有？哎呀……真危险！"

庚新翎侧转一下脸，发觉自己正靠在小伙子的强壮有力的胳膊上。她有点儿不好意思，挣扎着要抬起头。但是沈笑眉把她摁住了："等一会儿，看看什么地方受伤了没有？"

庚新翎的裤子膝盖处划了一个口子，袖子也刮破了，一道长长的擦痕从手腕一直延伸到胳膊肘。

"不要紧。"庚新翎低声说，她的脸微微发红，抬起身子，"谢谢你。我想，我可以自己走。"

小伙子扶她站起来。沈笑眉用好奇的目光上下打量着他，突然问道："你叫什么名字？"

"我叫皇甫堤。"

"体育学院的？"

"不，海运学院。"小伙子沉着地回答，"仅仅是个体育爱好者。"

"爱好什么？登山？"

"不，游泳和潜水。"小伙子回答完，又回头问庚新翎，"你呢，姑娘？"

庚新翎微微笑着，指指女伴说，"她叫沈笑眉。"

"她叫庚新翎。"沈笑眉抢着说，"南北朝大词人庾信的庾，新旧的新，翎毛的翎。"

"电影学院的？"小伙子嘴角上隐藏着一丝丝笑意。

"为什么是电影学院？"沈笑眉挑战似的望着皇甫堤，"我们是外语学院的。”

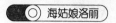

“一定是个电影爱好者了？”他说着，开心地笑起来。沈笑眉白了他一眼，咬咬嘴唇，不说话。

“还能上‘鬼见愁’吗，小庚？”皇甫堤亲切地说，“来，我扶你一把。”

庚新翎信任地把手放在皇甫堤温暖、有力的大手里。

这就是庚新翎初次认识皇甫堤的情景。那天她并没有跟皇甫堤多说话，倒是沈笑眉絮絮叨叨地向新结识的小伙子讲她们学校里的生活，参加舞会，用外语演话剧，她们的美国教授……皇甫堤有礼貌地倾听着。小伙子的话也不多，一双黑森森的大眼睛显出心不在焉的神色。

庚新翎静静地坐在一块凸出的大青石上，沈笑眉的话也只有断断续续的几句钻到她耳朵里。这个沈笑眉，当然是很好的姑娘，聪明、美丽，但就是爱叨叨，特别在男孩子面前。在这名为“鬼见愁”的山顶上，是多么需要一种超尘拔俗的宁静啊！

一句英语跳入她的耳膜。一个笑容可掬的外国女人，举起相机，问：“May I take a picture?（我可以拍一张照片吗？）”

庚新翎还来不及答话，皇甫堤笑着点了点头，相机就“咔嚓”一声响了。

“Thank you very much. I'm Jane White, the reporter of New Zealand Post.（十分感谢你们。我是珍妮·怀特，《新西兰邮报》的记者。）”外国女人说着，递上一张名片。她长着一头散披到肩部的栗色头发，还很年轻，个儿高高的，穿着花格子上衣和蓝色的喇叭裤，一双红色的高跟皮鞋。她嫣然一笑，问：“Are you at college?（是大学生吗？）”

皇甫堤用十分纯正的英语回答了她。女记者非常高兴，立刻从相机里取出刚拍的那张照片，递给皇甫堤："Would you please sign your name?（你们签个名，好吗？）"色彩绚烂的照片，三个年轻人在悠悠的白云背景上，微笑地望着远方。

三个人轮流签了名。新西兰女记者还絮絮地提出一些问题，都是由皇甫堤作的回答。只有一个问题皇甫堤笑着摇了摇头，那是当女记者问到这两个女孩子哪一个是他的Sweetheart（亲爱的）时。沈笑眉的脸"唰"地红了。庚新翎却好奇地瞅着女记者，平静地用极其有礼貌的英语说，如果她想为一篇描写爱情的故事来寻找素材的话，那肯定是找错人了。珍妮·怀特听到这样的回答，一点儿也不觉得尴尬，反而十分热烈地拥抱了庚新翎，夸她是一个少见的端庄大方的姑娘，然后依依不舍地走开了。

"这个洋婆子可真爱嚼舌头。"沈笑眉撇撇嘴说。

庚新翎用手抚摸着那粗糙的石头表面，说："记者嘛，就要嘴巴勤快些。"

皇甫堤沉思地望着她俩，提议道："我们下去吧，该吃点东西啦。"

他们沿着一条很陡的小路往山下走，皇甫堤在前面，老是停下来，要给两个姑娘搭搭手。但是庚新翎总是避开，她愿意自己冲下山，即使有时在斜坡上打个滑儿也罢。她一下子就掠过皇甫堤身边，但是立时又收住了脚。噢，还是那个新西兰女记者，正坐在地上，双手使劲儿脱高跟鞋呢！

"How about you?（你怎么啦？）"她不由得问道。

皇甫堤一眼就看出女记者穿着高跟鞋下山，很不得劲儿，正想脱鞋光脚走路呢。于是，他平静地对她说，山坡上，七棱八角的碎石头很多，还有荆棘，光脚是不行的，要穿上鞋。皇甫堤伸出一只坚定有力的大手，紧紧握住珍妮·怀特冰冷的小手，一步一顿地把她牵下山去。

女记者说了一车子的好话。在山脚下，她差点儿没把皇甫堤拥抱住。

我的创作实践一直是一种对中国科幻小说进行改造的实践。时间会对这种改造的效果进行最终的鉴定。

郑文光

虽然皇甫堤闪开了身子，两个姑娘还是被女记者紧紧抱住不放。她要求，到学校里看她们，看看她们的生活。她要写一篇题为《两个中国女大学生》的特别通讯，发回报社去。两个姑娘只是笑着摆了摆手。

女记者后来果然来到外语学院，找到庾新翎和沈笑眉，并且把她在《新西兰邮报》发表的通讯和照片给她们看。不久，她就回国了，有时候仍然写封信来。至于皇甫堤呢，尽管海运学院和外语学院分处城市的两头，他还是常常来……

邝天林来过的当天晚上，庾新翎就把事情的原委对沈笑眉说了。沈笑眉惊得目瞪口呆。等她一恢复过来，立刻给皇甫堤挂了电话。

皇甫堤很快就来了，专心致志地听了沈笑眉絮絮叨叨、添枝加叶讲述的这个故事，眉头皱成了疙瘩。他关切、沉着地望着庾新翎，希望她再说点儿什么。但是方寸已乱的姑娘什么都没有说，她的眼神有些飘忽，来自遥远的南太平洋的信息给她的打击还没有过去。皇甫堤犹疑着，有些话他拿不定主意是该说还是不该说。不错，他心里装着这个文静、秀气的姑娘，可是他还什么都没有表示过呀！

“你也拿不出主意来？”沈笑眉抱怨说，“看小庾都愁成什么样子了？”

“我看……”唉，皇甫堤活了23年，从来没有这么迟疑过！“要进一步了解线索，只有到斐济去，找到这个金斯莱……”

“对！”沈笑眉拍响了巴掌，高兴起来了，“我查查去斐济的飞机……”

“我国没有飞机直飞斐济，得先到澳大利亚或新西兰。”皇甫堤稍稍恢复了一点儿沉着和自信。

“对。”沈笑眉又说，“我们可以去新西兰，找那个珍妮·怀特，她不是说欢迎我们去新西兰做客吗？我给她打电话。”

“别。”庚新翎拦住她，“舅舅已经去远洋公司了，会有结果的。我们耐心等一等。”

沈笑眉噘起了好看的嘴唇。

“这些官僚机构！”她说，“等到一层层上报，又一层层批复下来，指不定猴年马月呢！我说，我们自己去，反正也要放暑假了，我们仨……”

“我还是要等舅舅的信儿。”庚新翎坚定地说。

皇甫堤一直沉思着，最后，他咬咬嘴唇说：“小沈，你肯替小庚等她的舅舅吗？”他温和地说，“我陪小庚，去一趟斐济……”

两个姑娘都沉默了。

“我……”沈笑眉结结巴巴地说。

庚新翎的脸涨得通红通红。皇甫堤的话也许是有道理的。他是一个沉着而能干的青年，可是，可是……

这趟旅行一定会使他们越过一道界限。

皇甫堤也沉默着。他在等待。他多么希望庚新翎自己站出来说话啊！可是，倒是沈笑眉先开了口：“这主意好。小庚，你说呢？”

庚新翎仍然沉默着。沈笑眉站了起来：“我给你们去订飞机票。”

庚新翎用一种非常轻的声音说：“后天，考完英国文学课再走。”

“你还能参加考试吗？”皇甫堤也轻声问。

“能。”庚新翎简短地回答。

现在机翼下掠过的是波涛汹涌的大海，白色的浪花在靛蓝色的太平洋面上奔逐，一些很小的岛屿犹如散落的珍珠。云块在游荡，而头上是一轮炽烈的、微微发蓝的太阳。

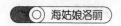

“噢，”庚新翎侧转脸，对身边的皇甫堤说，“皇甫，我真能找到爸爸吗？”

皇甫堤立刻用非常严肃的声音说：“要有信心，小庚。地球上是不会有永恒的秘密的。”

“嗯。”庚新翎感激地看了他一眼。

五　约翰·金斯莱

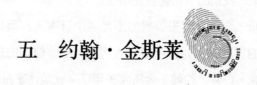

南半球正在步入冬天，不过对于斐济群岛来说，气候仍然是温和的。海洋季风刮过维提岛上的时候，只是微微有点凉意。

约翰·金斯莱今年57岁，身高1.86米，体重164千克，是一个地道的“海狼”。他年轻的时候是一名水手，走遍了世界三大洋。中年以后，他定居在维提岛上的苏瓦市，用半生积蓄购置了一条拖网渔船，在南太平洋海面上灿烂的阳光下追逐着金枪鱼群。几年工夫，他建立了一个殷实的小康之家，在苏瓦市背山面海的海岬上修建了一座不大的灰色的两层楼房，里面有来自世界各地的一切现代化设备。

这天，他在离家不远的一间叫“足球明星巴比”的酒吧里一直待到很晚。他9岁的小女儿来叫他了，说是家里来了几个远道客人。

“是罗伯特那儿来的吗？”他问。他的声音从胖大的躯体里发出来，响着空洞的回声。

小姑娘摇摇头，她的棕色头发披在肩上。

“不知是中国人，还是日本人。还有一位新西兰小姐。”

日本人？自然是从罗伯特那儿来的。他上星期接到罗伯特的电话，一直在等着。他没想到，从海上漂流的玩偶里面掏出的那封信，竟是一个失踪了10年的中国海员写的，而这个中国海员的儿子，却又跟罗伯特住在同一个房间内。

“走吧！”他抓起桌上的烟斗，对邻座的一个老朋友说，“豪森，明天我还要来，我们的争论还没完结哩。”

在约翰·金斯莱家里等着的不是两个日本人，而是两个中国人，一对十分年轻的男女青年，样子挺讨人欢喜。陪伴他们的是《新西兰邮报》的女记者珍妮·怀特，约翰·金斯莱多年以来就是这家报纸的订户。

女记者三言两语就把两个中国人的身份和来意说清楚了。她是在惠灵顿机场迎接了他们，并且立刻陪伴他们来到斐济的。久经锻炼的、灵敏的新闻鼻子使她嗅到，在这儿将要有一些不平常的事情发生，她要把新闻的线索紧紧地抓在自己手上。

金斯莱夫人准备着晚饭。约翰打量了一下客人们以后，立刻说：“我儿子从名古屋打来电话，说他将要带一个中国同学回到这儿，这中国同学就是……”

“我弟弟。”庚新翎沉着、简洁地说。

约翰又打量了她一下，他深陷的眼睛发着光，然后咧开嘴笑了：“那么，你们姐弟俩将要在这儿会面？噢，这可太有意思了……苏米，”他叫他的小女儿，“拿酒来，我要调点马提尼。”

“事情的经过就是我在信里说的。”他一边搅拌着这些含酒精的饮料，一边说，“因为皮尔特的意外失踪，警方还找过我的麻烦。我不仅是他的雇主，还是最后看见他活着的人。可是那次意外事件也真怪，这类事情在南太平洋海面是很少发生的，只有在百慕大三角才经常发生。”

“您到过百慕大三角吗？”皇甫堤有礼貌地问道。

“到过——只到过一次。当时我在一艘希腊船‘希望号’上，打从那一次起，‘希望号’的船长宁肯多绕点路，也决不肯经过百慕大了。”

“船只失事了吗？”珍妮·怀特急忙问道。

“没有。”约翰·金斯莱摇晃着他那沉重的头颅，“可以说什么特别的事故都没有发生，但是我们的船长，人们把他叫作‘老秃头’，却被吓坏了。”

“到底是怎么一回事？”珍妮·怀特拿出新闻记者的口吻，追问道。

这时，金斯莱夫人已经把饭菜端上来了，约翰邀请客人们入座。他给大家斟好酒，然后说：“我们的船是从新奥尔良启碇的，绕过佛罗里达半岛，在巴哈马群岛的拿骚港遇到了一条挪威船‘伊丽莎白号’，船长是老秃头的熟人，他们还彼此拜访了。凌晨时，‘伊丽莎白号’在我们前面不远开出去了。当天风平浪静，能见度非常好……

“晌午时分，‘伊丽莎白号’才从我们视野消失。紧接着，我们看见前面升起一个淡绿色的光柱。我们的报务员，一个印度小伙子，突然冲到老秃头跟前，喊道：‘伊丽莎白号’呼救！

“老秃头的脸变得煞白煞白的。百慕大三角的声誉是不好的，然而，几分钟以前，‘伊丽莎白号’还在前面行驶！他吩咐了全速前进后，就尽一个62岁的人所能达到的最大速度登上了报务室。报务员套上了耳机，立刻把呼救电文读出来：‘我们什么都看不见，一片绿光，不好……’

“电报戛然而止。一种不祥的预感压迫着船长。他又奔到船桥上，但是，失事的‘伊丽莎白号’什么都没有留下，救生圈、船板，甚至一滴油渍……”

“是的，”珍妮·怀特点着头，“在百慕大三角失事的船只，还有飞机，都有这个特点，什么残骸都没有留下，仿佛它们不是失事，而是整个儿进入了别的世界……”

“它们到哪儿去了呢？”庚新翎问道。

“这始终是一个谜。”新西兰女记者心事重重地说，“庚小姐，你听说过百慕大三角吗？这是指美国东海岸，以佛罗里达半岛尖端、百慕大群岛和经过波多黎各到达西经40度的一个端点，这当中的三角形地带，被人称为‘魔三角’‘死亡三角’‘大西洋坟场’。历史上不知有多少船只和飞机在其中失事……”

“是不是每次都没有什么痕迹留下呢？”庚新翎瞪大了眼睛。

“其说不一。最出名的一次是1945年12月5日，五架美国海军飞机竟同时失踪了。当时美国政府立刻派了一架载有13人的‘马丁·玛利娜号’飞机驰去救援，不久，又从电报机里传来这架救援飞机最后的话：我们进入了‘白水’上空……完全迷路了！之后这架飞机也不见了。第二天，美国政府又出动了240架飞机、一艘航空母舰、四艘驱逐舰、好几艘潜艇、18艘海上救援船，一连搜查了好几个星期，结果连一块飞机碎片也没有找到。‘魔鬼三角’的名字就是这么叫起来的。”

约翰·金斯莱放下了手中的酒杯，赞赏地说：“你真不愧是新闻记者，怀特小姐。”

珍妮·怀特对于这样的恭维却丝毫不加理会，继续说：“在这个三角形海区，船只的失事也不少。这片海域经常漂浮着密密麻麻的马尾藻，因此也叫‘藻海’。其实自古以来就流传着‘船只的坟场’的说法，不过过去一直认为，帆船行经这个海域时，海藻会堵塞航道，造成事故。但是现代机动船只照样常常失事，像刚才金斯莱船长讲到的‘伊丽莎白号’事件是经常发生的。那里曾经还发生了一件不可思议的事：那是1881年，美国一艘三桅帆船‘海伦·奥斯汀号’在行进途中发现一艘阒无人迹的空三桅帆船，‘海伦·奥斯汀号’的船长就派了一批最干练的船员登上空船，准备发动。但是突然间起了一阵狂风，浪涛大作，‘海伦·奥斯汀号’便和这艘船失去了联系。两天以后他们才又看到了这艘船，但是他们发觉这仍是艘空船，原先派去的船员一个也不见了。”

庚新翎哆嗦了一下，手里的叉子掉在桌子上。皇甫堤关切地看着她。

“船长又命令一批船员上空船去，并且答应给重赏。但是，新的船员登船后，又起了一阵风暴，‘海伦·奥斯汀号’又和他们失去联系了。从此，这艘三桅帆船，连同派上去的船员都消失得无影无踪。”

“这是怎么一回事？”庚新翎吃惊地问。

“这类事件还可以举出好些。例如，1944年10月，有一艘古巴船‘鲁比肯号’被人发现了，船上没有一个人，只有一条饥饿的狗。而全体船员的个人物品、粮食、饮水都原封不动……”

“难道这些人都消失了吗？”庚新翎很明显地露出了恐惧。

“小姐，”金斯莱微笑着说，“关于百慕大三角，有许多猜测。有的人说，那里气候异常，经常发生突如其来的风暴；有的人认为那儿的海底大概有个空穴，海水被吸进去，形成漩涡；甚至有的人认为这儿是古代著名的亚特兰蒂斯的所在地——原是一片大陆，曾经有过高度文明，古希腊哲学家柏拉图也描写过的，后来沉没了。那里大概是个磁场异常地带。当宇航员飞向太空的时候，在地球表面所见到的最后的景象，就是那个地区的一片白光……”

“我总觉得，”珍妮·怀特接着说，“在南太平洋上你所遇到的事情，跟百慕大三角所发生的事情是有点相似的。”

“可是，”金斯莱严肃地说，“从百慕大三角失事的飞机和船只，没有听说有人能够从海底的某一处写信回来的。”

这时很久没有开口的皇甫堤接过话来，说：“这只是没有人收到过。比方这回，您要是不捞起玩偶，或者您没想到打开它，不是也发现不了那封信吗？自然之谜，只在我们还不曾认识它的时候，才成为谜……”

“年轻人，”金斯莱大声说，“眼前的这个谜，你能够认识吗？”

“如果您肯协助我们的话。”皇甫堤不动声色地说。

“我能为你做些什么事情呢？”金斯莱目光炯炯地注视着皇甫堤。

“首先，把您发现玩偶的地点告诉我。”

“可以的，我的航海日志上就记载着。”

“告诉我们，什么地方可以租到一只船，开到那个地方去？”

“年轻人，你以为到了那里就能发现什么吗？”金斯莱大声地笑起来，声震屋瓦，“我刚刚从那个海域回来，什么也没有发现，完全风平浪静。我还特意到皮尔特落水的地方看了一下，什么痕迹都没有。”

庚新翎这时脸色一定非常苍白，她感觉新西兰记者伸过来一只温热的、亲切的手。“那我们怎么办呢？”她轻声问道。

金斯莱站起来，举起酒杯：“按照你们中国人的习惯，先干一杯。然后，请你们安心接受我的招待，等你的弟弟和我的罗伯特到来，我们再商量怎么办。”

皇甫堤立刻喝光了自己那杯酒。庚新翎虽然有些迟疑，还是把面前那杯芳香扑鼻的混合酒倒进喉咙里。

“别着急。”金斯莱开心地笑道，“好好看看我们的苏瓦市，看看我们这儿人民的生活。不要让百慕大三角的噩梦骚扰你们。我们南太平洋毕竟不是百慕大三角。”

“但愿如此。”新西兰女记者说，“我们很感谢您的款待。但是，在庾小姐没有找到她父亲的下落之前，我们是不会安心的。”

“有一种理论，”皇甫堤慢慢地说，“仿佛百慕大三角出现的怪事都是外星人干的。现在南太平洋上的事情也涉及了飞碟，看来，我们得跟外星人打交道了？”

大家沉默了。没过多久，金斯莱站了起来，把客人们都带到各自的房间里。于是，庾新翎和皇甫堤这两个中国的年轻人，就在远离祖国万里外的这个南太平洋小岛上，听着呼啸的涛声，度过了他们毕生难忘的第一夜。

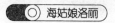

六　迎着神秘的海洋

庾新翊和罗伯特是在第三天下午到达的。

庾新翎和皇甫堤正在苏瓦市街上漫步。这是一个混合着古代文明和现代文明的都市。斐济一向被人称为南太平洋的十字路口。这里不但有土人、白人，也有许多华侨和印度人。街道是十分宽阔的，各种牌子的汽车一辆接一辆慢吞吞地爬着。店铺里五光十色，堆满了世界各地来的商品：巴黎的唇膏，中国的猴头，美国的机器人，荷兰的超立体声录音机，俄罗斯的鱼子酱，澳大利亚的活袋鼠，真是应有尽有。这里还有斐济群岛特有的面包果——摘一个下来，烘烤熟了，就可以像面包一样食用。大自然在这儿创造了多少奇迹啊！五光十色的街景，把皇甫堤和庾新翎两人看得眼花缭乱。

在回去的路上，有一辆银灰色的“奔驰”，开到他们跟前突然停住了。车门一开，跳出一个容光焕发的青年人。

“姐姐！我猜你会先来的！”

一年不见，庚新翊在姐姐眼里显出一种新的气派，新的风度。姐弟俩互相打量着，他们在这个异国城市会面，本身就是很富有戏剧性的。

罗伯特钻出车来，一眼看见皇甫堤站在旁边，就走了过去，伸出手：“我叫罗伯特·金斯莱。”

“皇甫堤。”他简单地回答道，“十分感谢你们全家的热情招待和支持。”

“你有一个多么迷人的女伴啊！”罗伯特赞叹着，“为了她，到太平洋底去也不在乎，对吗？”

皇甫堤只是惶惑地笑了笑。

金斯莱十分热烈地欢迎了和儿子一道来临的庚新翊，但是对于罗伯特提出的，把他们家一艘速度十分快的摩托艇借给他们去现场勘察的请求却被断然拒绝了。他直率地对皇甫堤和庚新翎姐弟说：“那只玩偶，只是偶然地来到我的船边。这样的事情不会发生第二次。而且，我的摩托艇只是300多吨的小船，在冬季的暴风中是经受不住大海的波涛的，何必冒这个险呢！”

“但是，我的爸爸……”庚新翎噙着眼泪说。

“你们的政府一定会想法子的——你舅舅不是去呼吁了吗？就不能耐心等等？”

“如果等到最后……”庚新翎问。

“那时再说。”

这天他们一直谈到深夜。庚新翊回到房间里，感到非常郁闷。约翰·金斯莱说的也许是对的，在南太平洋的风浪中，一艘300多吨的摩托艇能够纵横驰骋吗？而且就算他们到了捞起玩偶的地点，又会有什么收获？未必再有第二个玩偶等着他们。但是，无所事事地在这儿等着，他又决不甘心……

他百无聊赖地坐在房间里。这是二楼尽头处的一间屋子，隔着窗户可以听到大海压抑的涛声。

“笃笃笃。”忽然有人轻轻敲门。

他跳下床，去开了门。门口竟站着新西兰女记者，只穿着一件睡衣，头发蓬松，好像是刚从床上爬起来似的。

庚新翊皱了皱眉头。他虽然在日本生活了一年，还是不习惯外国女人那种在男人面前比较随便的样子。

“不请我进来坐坐？”珍妮·怀特带点儿嘲笑的口吻说，“哦，我可不想招惹你，我是来和你谈一件正经事的。”

“请吧。”庚新翊一本正经地说。

女记者坐在圈手椅上，掏出香烟，浓浓地喷了一口，忽然说：“你想过没有？老头儿的摩托艇，可以偷。”

“偷？”庚新翊大吃一惊。

“哦。”女记者不在乎地说，“罗伯特是你的好朋友，他会帮助你的。我要是你，就偷了那艘船，去催命娃娃出现的海域看看——最近几天，那附近海面，飞碟又多起来了。”

“你怎么知道的？”

“我给报社通了电话——你忘了，我是记者。怎么样？我来组织这个行动，条件只有一个，我得参加……”

“你会驾驶吗？”庚新翊粗鲁地问。

“放心，皇甫堤就是一个合格的船长——他在海运学院已经通过了实习。”

“可是，罗伯特……”

“这点，交给我去办。他不是你们中国人，他是一个澳大利亚小伙子——一个姑娘托他办的事情，他总不会拒绝的。”

珍妮·怀特嫣然一笑，样子十分妩媚。庚新翊微微低垂着脑袋。女记者把烟蒂一扔，摇摇曳曳地站起来，凝视了一下庚新翊蓬乱乌黑的头发和两只发红的耳朵，转身走了。

罗伯特的房间就在楼下，但是庚新翊尖起耳朵来听，也听不出任何动静。外面，夜很黑，也很静，除了隐隐约约的潮水上涨的声音，什么也听不到。庚新翊坚持等了半个钟头，又等了半个钟头。他已经等得不耐烦，迷迷瞪瞪的有点儿睡意了，才看见窗户外面有一点亮光。他凑近前一看，是罗伯特的脸。

“别出声，下来！”罗伯特低声说。他的脸一晃，就不见了。庚新翊探出头一看，一道轻便的铝梯靠在那儿。

他轻手轻脚沿梯子爬下来，罗伯特扯着他就跑。大约跑出100多步，到了一个岬角，两人才停下来。几个人蹲在那儿，正是皇甫堤、庚新翎和珍妮·怀特。

“从你的房间下楼梯，要经过我爸的房间。他是一个老海员，容易被惊醒，只好让你爬梯子了。”罗伯特解释道。

“摩托艇呢，弄到手了没有？”庚新翊焦急地问。

“就在岬角下面。粮食、淡水、海图都齐备了。你们走吧！”

“你呢？”皇甫堤和庚新翊同时问。

“我想了想，”罗伯特真诚地说，“我还不能走。我走了，如果我爸报警，你们就算是犯了盗窃罪。我在家，至少可以拦住他，我要出来承担一切。”

“他不把你打昏过去才怪呢！”珍妮·怀特咬着嘴唇说。庚新翊这才看清她穿着一件深灰色的旅行装，样子显得十分雅致而干净利索。

“不会。”罗伯特淡淡笑了一下，“你如果不放心，可以留下来……”

“我？”珍妮·怀特鼻子里哼了一下。

“你帮我当当缓冲器——你不是说过，女人在这方面有天生的才能吗？”

“就这样。”皇甫堤用不容置疑的声调说。现在看，他的确像一个果敢、镇定的船长了。“我们三个人去，你们留下。”

“我是记者！”珍妮·怀特尖声说。

“不要吵醒老金斯莱。”庚新翊也说，“船很小，粮食、淡水贮备不会很多，能少去一个就少去一个。再说，我舅舅大概也快来了，你下一批跟他一起走……”

“我？”珍妮·怀特冷笑着说。罗伯特捉住她的手。她十分敏捷地翻过手来，当胸给了罗伯特一拳。罗伯特喊：“你们快开船！”

三个人跑下岬角，一路跑。庚新翎一面气喘吁吁地说：“要不，让她去吧，也不在乎多她一个人！”皇甫堤摇摇头。等到进入摩托艇坐定，开始发动机器的时候，他才说：“你没看见是罗伯特要她留下来的吗？”

庚新翎一下子脸红了。幸亏是暗夜，谁也没看见。她对于外国男女之间的关系是很不习惯的。

这时他们听见岬角上有杂乱的脚步声，女记者轻轻地发出叫声，但是很快被堵住了口。庚新翊探头一看，远处传来老金斯莱的喊声："罗伯特！"

皇甫堤已经迅速拨正舵轮，摩托艇哆嗦一下，迎着茫茫夜色冲了出去。

三个人都沉默着，只有仪表上微弱的亮光勾勒着几张严肃的脸的轮廓。

庚新翎打破了沉默，轻声说："罗伯特和珍妮·怀特不知怎样了？"

"老头儿发了火，最后总会过去的。罗伯特这人，非常机智。"庚新翊沉思着说。

"我们的行为不是很光彩吧？"庚新翎问。

皇甫堤庄重地说："看你是采用哪一种道德观念来看这种行为。如果为了找寻你爸爸的下落，一切在所不惜，那就另当别论。再说，这是罗伯特安排的。按照中国人的习俗，他是成年了的长子，老约翰的财产也就是他的财产。"

姐弟两人都在黑暗中轻轻点头。

"现在，我们开向金斯莱发现玩偶的海域？"皇甫堤问道。他的一双黑漆漆的眸子在暗夜中灼灼闪光："罗伯特塞给我一张海图。不过现在离得还远，我们过一会儿再看。你们姐弟俩的意见呢？"

"你是船长，听你的。"庚新翊说着，握了一下皇甫堤的手。

"你们知道这摩托艇叫什么名字吗？"皇甫堤忽然笑起来，"猜不着？老金斯莱把它写在船首上：GOOD LUCK。"

"好运气！"庚新翎微微一笑，"但愿如此！"

"这真是好的兆头！"庚新翊也轻轻地笑起来。

"可是我们的面前是神秘的海洋。"皇甫堤慢吞吞地说，"海洋上空，海水深处，都有许多不可思议的事情等着我们。我们决不能退缩。不知你们怎么想？我的海员生涯提前开始了。对于这一点，我是非常高兴的。”

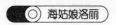

姐弟俩都没有回答。他们想也没有想过要当海员，然而命运——不，他们爸爸的命运竟然把他们拖到海洋上。前面是黑沉沉的、正在向黎明飞驰的黑夜。夜光手表明确地显示了这一时刻：3时10分。黑夜的海洋不完全是暗黑的，浪头高处，似乎有万千颗小星星在跳跃。这是海火吗？它们爆发，熄灭，又爆发，再熄灭，光亮跳动着，迅如闪电。进入深海区，浪头高了。小小的摩托艇颠簸着，但是他们一点儿也不减慢速度，迎着神秘的海洋，驶向前去。

七 ZG227号

邝天林给庚新翎打了许多次电话，每次都是一个叫沈笑眉的姑娘接的，对于庚新翎究竟去了哪里的问题她回答得含含糊糊。于是，邝天林自己跑到外语学院来了。虽然沈笑眉最初也支吾其词，但是最后只好和盘托出。

邝天林十分焦虑。远洋公司还没做出决定。有的人甚至说，庚家全怎么可能在海底生活10年？想必是一个外国人开的玩笑吧？什么“催命娃娃”？什么飞碟？什么三只眼的生物？统统都是科学幻想小说！“海远号”消失已经10年了，没听说有一个船员生还过。远洋公司也按规定付了家属的抚恤金，一切都风平浪静了。可是忽然得知，竟然有一名船员还活着，这可信吗？

邝天林不得不一次又一次为他收到的信而奋斗。庾家全的信，甚至被送到公安局去做技术鉴定，看看是否真是他本人的手迹。但是庾家全遗留下来的信很少，仅有的可对照的手迹又是十几年前写的，这样，技术鉴定也得不到非常确切的结果。剩下的唯一办法只能是去找那个斐济群岛的约翰·金斯莱了，不过他也不一定能提供什么有用的线索吧？想不到，庾新翎竟然自己先出发了。

邝天林又给在日本的庾新翊打了电话，同样找不到人，他很自然地猜测到姐弟俩一起去了斐济。怎么办？让这两个年轻人瞎碰瞎撞？邝天林走投无路之余，想起了一个在海军部门工作的同学。于是，他对这位老同学进行了拜访。

核潜艇副总工程师宋正伦住在北京郊区一座幽静的小院里。他听完了邝天林的全部故事以后深深思索着，没有急于发表意见。他额头上的皱纹都竖了起来，鼻翼两旁也刻着深深的纹沟。这是一个少言寡语，但是经过深思熟虑以后，行动总是十分坚决的汉子。

“我们倒是有一艘核潜艇要试航，”他慢慢地说，让烟斗的烟随着话语一起喷出来，“不过我们只能开到南沙群岛去。在和平时期，一艘核潜艇开到公海，是会引起别国的不安和骚动的，何况南太平洋岛屿很多，领海界线并不十分明确。”

“可是，”邝天林直率地说，“要是有一艘核潜艇参加搜索，该会有多大的把握啊！”

“不见得。”宋正伦沉重地摇摇头，“我们还不知道将要跟什么人打交道。三只眼的是外星人吗？他们的智慧、技术能力、思想、意图，我们一点儿都不了解。这个水下的洞窟在哪儿，我们也不知道。”

“正因为这样，才需要去搜索。”邝天林焦躁地说。

宋正伦沉默了。他在客厅里不停地踱来踱去，手中的烟斗空冒着烟。最后，他站定了，面对着邝天林，一字一顿地说："我请示一下，让ZG227号潜艇做一次到南太平洋的试航。不过远洋公司要负责跟这一带各国政府取得联系，把我们的行动意图说清楚，取得谅解。行吗？"

"我这就去办。"邝天林严肃地说。

这样，搜索10年前失踪的中国海员庾家全，竟然变成一个国际问题。南太平洋的这些国家，都有船只和飞机失事过，和他们取得谅解并不太困难。但是，这个"有一个中国船员竟在海底的某个洞窟中生活了10年"的特大号新闻立刻长出了翅膀，飞翔在整个地球上。不用说，约翰·金斯莱也成了头号新闻人物，他家的门槛几乎被世界各地蜂拥而至的记者踢破了。《新西兰邮报》的女记者珍妮·怀特，虽然没有随着"好运气号"出海，却仍然发出了第一手的独家新闻，标题是——《庾家姐弟万里寻父》。

当ZG227号核潜艇最终开到南太平洋的时候，这儿的大小轮船、游艇、水翼船、摩托艇已经多得有如过江之鲫。但是，独独"好运气号"完全失去了踪影。

"它一定是沉没了。"约翰·金斯莱伤心地对邝天林和ZG227号艇长孙艇长说，"我早就说过这么小的摩托艇是不可能经得住海上风暴的。这事得怪罗伯特，他没有得到我的同意……"

"罗伯特在哪儿呢？"邝天林问道。

他们坐在金斯莱的客厅里。五天以前，庾家姐弟和皇甫堤也在这儿坐过，这三个人现在是最热门的新闻人物，却已经找不到他们了。

罗伯特精神疲惫地从卧室走出来。他一定被老金斯莱狠狠揍了一顿，身上还是青一块紫一块的，但是这一点儿也没有妨碍他说出自己的见解："他们一定有了什么发现，追踪新的线索去了。"

“为什么你这样认为？”孙艇长，一个身体结实得像一根枣木棒的老海员问道。

“2天以前，我收到过他们的呼号。”罗伯特肯定地说，“他们说，要去更东一点的地方，大致是汤加群岛的东南方。”

“后来呢？”

“后来，我没有再收到过。但是，显然，他们还在寻找什么。”

“你为什么这样认为呢？”

罗伯特耸耸肩膀说：“庚新翊是一个很有头脑的小伙子，那个海运学院的学生皇甫堤更是天不怕、地不怕的好汉。他们不会半途而废的。我可以陪同你们去找到他们，当然，如果你们愿意的话。”

“你给我老实待着，哪儿也别想去。”老金斯莱怒吼起来了。

“为什么？”邝天林诧异地问道。

金斯莱抱歉地笑了笑，说：“这个该死的玩偶已经给我惹出那么多麻烦，使我显得十分可笑。还有人怀疑我是骗子，说玩偶连同玩偶肚子里的信都是我编出来的。倒不如当初我不捞起这个玩偶呢！皮尔特为了这个丧命了，天晓得下一个是不是我的儿子……”

这个经历风吹雨打几十年的壮硕汉子竟然流出了眼泪。

“可是，”孙艇长尽量平静地说，“我们的潜艇，性能是可靠的……”

约翰·金斯莱瞪大了眼睛：“如果只是对付风暴、海浪的话，你们的潜艇当然安全可靠，但是你们要对付的，并不是一般的自然力量……”

“怎么？”邝天林焦急地要插嘴。

“听我说完。”金斯莱恶狠狠地说，“这一连串事件：10年前你们的船沉没了；10年后，一只玩偶里又有这么一封奇怪的信。还有，我那条拖网渔船的遭遇，你们不觉得十分奇特而恐怖吗？想必有一只手操纵着这些事件……”

约翰用手指指天上。

“也许是……”老金斯莱无精打采地说。

“爸爸，”罗伯特喊道，“不管是什么，我们要揭破这个谜……”

“砰”的一声，老金斯莱的拳头重重地敲在桌子上。一只玻璃杯滚下地来，碎了。“你给我住嘴！”他呵斥着儿子，“你为什么不把‘好运气’给我找回来？”

“我这就给你去找。”罗伯特说着，冲出了房间。老金斯莱哆哆嗦嗦地赶到门口，但是连罗伯特影子都看不见了。

“很抱歉，金斯莱先生，”孙艇长镇定地说，站了起来，“外星人既然能够来到地球，那么他们也像你我一样，具有理性思维。这点，你想想就会明白的。我们告辞了，祝你‘好运气’。”

邝天林跟在孙艇长身后走了出来，他斜睨着身边这个老海员，问：“你是不是真的认为外星人也是有理性的生物呢？”

“如果不是，他们怎么能够制造飞越星际空间的宇宙飞船？”

“不，”邝天林摇摇头，“科学技术能力是一回事，掌握科学技术能力的人是否具有理性又是另一回事。”

孙艇长沉思了一会儿，说：“这话不对。有的人是因为拥有了国家权力，所以才掌握了这个国家的科学技术能力。但真正掌握科学技术的可能另有其人。

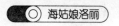

“但是，”邝天林固执地说，“外星人可能具有跟我们完全不同的意识形态、道德准则、价值观念……也许甚至跟我们很难沟通。”

“可能。但是我们还是下到潜艇去吧。在没有见着一个三只眼的人以前，我们的讨论就是‘空对空’的。”潜艇停在三海里以外。他们两人跳进码头上停泊的一艘摩托快艇里，向潜艇驰去。

“你打算把潜艇开到什么地方？”邝天林问孙艇长。

“先开到‘海远号’失事的地点。庾家全的信上不是提到了吗？东经160° 23′ 47″，南纬28° 05′ 56″这地方正好在澳大利亚东海岸，新西兰和新喀里多尼亚岛之间，附近似乎没有什么岛屿……等一等，航海图上只标示一个米德尔顿礁。”

“你的记忆力可真好！”

“我出发时仔细研究了的。然后我们就向正东行驶，沿途搜索，直到金斯莱捞起玩偶的地方，那是西经169° 32′ 49″，南纬27° 13′ 56″……”

“噢，到了西半球了！”

“是的。”孙艇长淡淡一笑，“我们正好跨过日界线，可以多赢得一天时间，但是……”他忽然警觉起来，欠起身子，向刚刚离去的海岸眺望。

“有谁在呼喊？”

一只水翼艇，正对着摩托快艇，疾驰而来。

“老金斯莱来追赶我们？”邝天林怀疑地说。

“岂有此理！”孙艇长审慎地察看着，忽然高兴地对驾驶员小董说，“停船！是罗伯特，他赶来了。”

罗伯特就站在水翼艇的船头，他的裤子被海水溅湿了一大块。水翼艇刚刚减慢速度，离摩托艇还有三四米，他纵身一跳，上了摩托艇，转身一挥手，水翼艇就折回海岸去了。

“你哪里寻到这只水翼艇？”邝天林高兴地问道。

“借一个朋友的。”罗伯特不在意地说，“我想来想去，觉得庾新翎姐弟俩和皇甫堤是我送走的，我得负责任把他们找回来。我参加你们的行动，不妨事吧？”

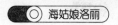

孙艇长含笑说："如果搜索一个失踪的中国海员的行动能得到你的参加，我们就认为我们得到了国际上的支持——这次搜索对于认识南太平洋海底的秘密是有帮助的，不是吗？"

"是的。"罗伯特深为感动，"如果地球上各国政府都来探索各个神秘海区的海底，一定会揭破不少海洋之谜的。我愿为此尽力。孙艇长，有什么事你就吩咐吧。"

罗伯特那白皙的大手跟孙艇长那榆树一样苍劲有力的手握在一起。邝天林又把他的手加了上去。

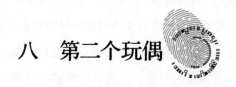

八 第二个玩偶

"好运气号"在南太平洋海面上游弋了七天。

这几天出奇的风平浪静。他们就像泛舟在一个大湖上，消磨假日，或者观光旅游。南回归线上的太阳十分明亮、温暖，气候宜人。"好运气号"是一艘摩托快艇，机件、设计都很先进，在皇甫堤手下，它得心应手。

他们看够了南太平洋上的风光：成群的飞鱼溅出水面，在半空中鼓动着翅鳍，落到水中，又一跃而起；信天翁在蓝澄澄的空中飞翔，它们的翅膀几乎是不动的，这些"风之骄子"健壮的胸脯映照着南半球上空北方的太阳。有一次还看到了鲸的喷水柱，他们赶紧避开了。

这三个人，却没有闲情逸致去欣赏这些。他们不知疲倦地观察着周围的大海。海天相接，茫无涯际，只在遥远的天边，有时出现暗紫色的岛的影子。海水总是一片深沉的靛蓝色，浪花过处，有时泛起一些褐红色的海藻，但是没有一块船的碎片，没有一块破布，甚至没有一滴油渍。海洋，仿佛还是万古洪荒的样子，而且，永恒地这么存在下去。它轻轻摇晃着，吐着白沫，在浪窝里跳跃着一个个亮晶晶的小太阳。而在那黝黑的海水深处，却蕴藏着谁也不知道的巨大秘密。

刚刚乘摩托艇出海的时候，三个人的心情都很激动。他们怀着忐忑不安、渴望解开一个难解之谜的热切心情，奔逐于大海之上。庚新翎和庚新翊姐弟俩，更是一遍又一遍回忆起他们的父亲和在思念亲人的悲痛中死去的母亲。但是对于如何找到在海底的某个地方生活着的父亲，他们一点儿把握也没有。他们把希望寄托于这日复一日的搜索上。

但是，任何线索都没有，任何疑点都没有。海上的游弋变成绵长而腻人的闲逛。离开苏瓦的时候，大海是新鲜的、壮丽的、充满生气的。一个星期之后，同样的大海却变成单调的、沉重的、充满灰色的情调。庚家姐弟已经垂头丧气了，只有皇甫堤仍然神采奕奕地在舵轮跟前，察看着永远不变的天空和同样永远不变的海洋。

又一个夜晚来到了。

庚新翎把一盒盒罐头分发给皇甫堤和庚新翊。她带点儿忧郁地说："淡水用完了，罐头也只剩下这几个——我们是不是把船开向附近的岛上去采购一些？"

"这附近会有些什么岛呢？"庚新翊懒洋洋地问。

皇甫堤灵巧地打开一个菠萝罐头，说："我查过海图了，最近的一些岛，克马德克群岛还在420海里以外。"

"噢，我的天！"庚新翊惊叹道，"明天早饭以前我们能够到达吗？”

“在黑夜我们不敢开得很快。”皇甫堤沉静地说。

“是的。”庚新翊点着头说。“不过我们还可以找找，是否有近的小岛——我们处境毕竟不是那么困难。”

这个夜晚，几个人都心烦意乱。他们不再说什么，静静地躺在甲板上，看着南半球那陌生的星空。大、小两个麦哲伦云差不多升到天顶，它们就像两朵小小的、轻盈的白云。然而，谁能想到，这是我们银河系外的巨大星城？那儿的星空一定比地球上的星空还要灿烂！在数不尽的星星当中，哪一颗是现在活跃于海底下的外星人的故乡呢？他们不待在自己的星球，到遥远的地球来干什么呢？

谁也不能回答他们。星空顽固地保留着自己的秘密。

庚新翎在舵轮旁值班，听见舱里两个人辗转反侧的动静，不由得叹了一口气：“无穷无尽的搜索啊……”

天色开始出现鱼肚白的时候，皇甫堤来换班。他带着睡意来到舵楼，冷风一吹，便立刻清醒了。他抬头一望，冷不丁喊起来：“那儿不是灯光吗？”

左舷前方，有一个暗弱的光点，仿佛地平线上一颗星星。但是那绝不是星星，不是的。它不闪烁，黄澄澄的，微弱，却令人觉得温暖。

“我们向那边驶去吧？”庚新翎建议道。

皇甫堤伸过手，把舵轮一扳，摩托艇就折向左边，轻快地在大海上划出一道浪沟……

那儿真是一个小岛，很小的岛，却有十来棵泡桐树和几栋小小的木屋。摩托艇靠岸的时候，天色已经大亮，岛上出来一群人，有几个男人和女人，还有一些孩子，围拢在岸上观看。无疑，这是南太平洋的土著居民。他们像马来人，身上穿着一件长袍，露出肌肉发达的脖颈和褐色的皮肤，头发是黑的，带着波浪形披散在头上，前额倾斜，有突起的眉弓和一双十分灵活的眼睛。这个岛一定不在航线上，因为既没有码头，也没有管事的官吏。

当三个中国青年登岸的时候，人群中走出一个高大的汉子，向他们鞠了一躬，然后发出一通“叽里咕噜”谁也听不懂的话。正在三个青年愕然，无以对答的时候，又钻出来一个穿一套旧西装的人，用结结巴巴的英语说：“酋长拉巴哈说，欢迎你们到岛上来做客。你们是什么人呢？”

“我们是中国人。”皇甫堤迅速地回答。

“中国人”几个字引起围观的人群一阵骚动，大概这个岛自开天辟地以来就没有中国人来过。

酋长打了个手势，先走了。穿西装的人让三个青年人跟着他走，边走边说：“我叫赖泼拉顿。我在奥克兰住过几年，但是从来没有跟中国人打过交道。”

酋长拉巴哈领着三个中国青年走进自己的家。

这是一个十分豪华的家。你真难以想象这是在南太平洋的一个小岛上，仿佛这是美国一个银行家或南美洲一个大矿山主的家。大幅的金框壁画，沉甸甸的硬木家具，精致的茶具和地毯，甚至还有黑漆锃亮的钢琴！拉巴哈招呼他们在缎面的钢管沙发上坐下，一个奇丑无比却又装饰着许多珍珠首饰的胖女人立刻端出茶点来。皇甫堤很惊奇地发现赖泼拉顿没有跟他们坐在一起，而是蹲在门旁，于是招呼他道：“喂，你来跟我们一道用茶点好吗？”

赖泼拉顿卑微地摇了摇头，皇甫堤心里就明白了。但是酋长拉巴哈立刻发现这个中国青年不愉快的神色，于是和赖泼拉顿交换了几句土话之后，挥挥手，赖泼拉顿就边鞠着躬，边走过来，斜着身子在一张沙发上坐下，嘴里连连说：“谢谢，谢谢高贵的中国客人赏给我的荣誉。”

三个中国青年不禁想笑，但是克制住了自己。庚新翎端起一杯热气腾腾的可可喝了一口，觉得甜腻得要命，但还是一口气喝光了。她看着两个伙伴也喝光了。庚新翔拿起一块点心看，原来是一块两面涂上果酱的面包，咬了一口，觉得非常松脆可口。

“你知道这是什么东西吗？”皇甫堤悄悄地对他说，“这就是面包树的果实哩。”

“跟真的面包一模一样！”

庚新翊回答的声音高了一点儿，酋长注意到了，他就让赖泼拉顿把客人的话翻译给他听。他听了之后哈哈大笑起来，然后飞快地、几乎不加停顿地说了一大番话。

“酋长说，”赖泼拉顿翻译道，“他很高兴尊贵的客人喜欢吃我们巴达巴达岛上的果子。他听说过中国，据说是一个伟大的国家，那里的人口比海洋中的鱼儿还多，那里的丝比天上的云霞还漂亮，那伟大的长城可以从这小岛一直通连到新西兰，而那里的气候听说会使人迷醉。但是中国离我们是那么遥远，尊贵的客人为什么要到这儿来呢？”

三个青年人交换了一下眼色。皇甫堤庄重地回答道：“感谢酋长主人的盛意。我们在海上航行七天了。我们来到南太平洋，是为了找寻我们的父亲。”他停顿了一下，而一抹绯红迅速爬上庚新翎的双颊，“他是一个海员，船只失事了……”

“那么，这位海员如今在哪个岛上？”赖泼拉顿又翻译道。

“我们不知道他在哪儿，我们只知道他是在这一带海面失踪的。”

“什么时候？”

“10年以前。”

酋长想必也略懂点英语，因为赖泼拉顿还来不及翻译，他就惊愕了一下，然后纵声大笑。

“如果是10年以前的话，”赖泼拉顿迅速翻译着，“那么他不是回了家乡，就多半不在人世了。”

三个年轻人又面面相觑。皇甫堤立刻又问：“请问尊贵的酋长，你听说过附近哪个地方有中国人的消息吗？”

拉巴哈沉重地摇动着他那佩戴着许多头饰的脑袋。

“酋长听说过飞碟吗？”庾新翊出其不意地问道。

赖泼拉顿不懂得飞碟是什么。于是，庾新翊不得不把已经哄传多时的飞碟的形状、飞行特征以及有关的传说又说了一遍。当这些话翻译给酋长听的时候，酋长立刻说：“我们的祖先就是从飞碟上下来的。”

三个中国青年大吃一惊。皇甫堤小心翼翼地问：“酋长这样说，不知有什么根据？”

酋长又是一番很长的话，赖泼拉顿连连点着头，急急忙忙把话翻译成错误百出的英语，但是三个中国人都听懂了。

“我们的祖先是从飞碟上下来的，这是我们爷爷的爷爷遗留下来的传说。从前，在海岸上还有一座神庙，墙壁上画着飞碟和我们的祖先。后来，在1967年的一次台风中，这座神庙被摧毁了。但是，我们巴达巴达岛上的老人都记得这回事。至于这艘飞碟是从什么地方飞来的，我们的爷爷说，这个地方叫拉巴巴特，意思是光明之星。”

“那是什么时候的事？”庾新翎问。这是来到岛上之后她说的第一句话。

“噢，很久很久了，久远得谁也记不起来了。如果再过些年，可能根本不会有人想起。”赖泼拉顿翻译道。他的眼神和酋长的眼神一样，掠过一丝丝惆怅，脸上还有一丝捉摸不定的笑容。

皇甫堤刚想提出买些面包果，汲些淡水补充摩托艇之用，却突然住了口。这时，他面对酋长，猛然发觉酋长身后，一个长长的意大利式的酒柜上，陈列着一个似乎在微笑的玩偶。

酋长一定也发现了他目瞪口呆的样子，诧异地望着他。与此同时，庚新翎姐弟差不多一起惊叫起来。

“那个……玩偶……”皇甫堤断断续续地说。

酋长拉巴哈转身在酒柜上拿下玩偶，问道：“怎么啦？”

“我们……”皇甫堤拼命镇定着自己，“我们可不可以看看？”

酋长亲自走过来，把玩偶交到他的手上。

庚新翎姐弟也围拢来。玩偶十分漂亮，蓝色的、深邃的眼珠仿佛会转动；金色的头发似乎在飘拂；粉红色的腮颊，就跟真正的婴孩一样。刹那间，皇甫堤甚至觉得它会呼吸。皇甫堤摸摸玩偶的身子，柔软，温暖，就像一个真正的婴儿的皮肤。

三个人都敛声屏气。他们都在等待，等待这玩偶发出一声啼哭。皇甫堤非常激动，以至于他的手微微有些战栗。他一点儿都不怀疑了，这个玩偶和金斯莱从海水中捞起，其中藏着庚家全的信的玩偶，是同一个来源的。

酋长看到三个人都不吱声，诧异地发出疑问。

不等赖泼拉顿翻译，皇甫堤就问：“能否请尊贵的酋长告诉我们，这个玩偶是从什么地方来的？”

酋长伸手把玩偶拿过去，又放回酒柜顶上。赖泼拉顿立刻翻译出他的话：“这是上天给我的礼物。”

赖泼拉顿又加上一句自己的话：“他不愿别人问到这个玩偶。这是他们家的福星——回头我告诉你们。”

三个中国青年人默然了。但是皇甫堤立刻觉得酋长的尖锐而狡黠的目光正注视着自己，于是他说：“我们祝愿这个礼物给你们全家带来好运。”

酋长爽朗地笑了，满意地说：“告诉尊贵的中国客人，我们家的财富，都是随同这个礼物一起到来的……”皇甫堤急于了解玩偶的来龙去脉，于是站了起来：“谢谢主人的款待。现在，我们得去看看我们的摩托艇了。”

酋长也站起来，愉快地说：“希望那艘摩托艇能给你们带来好运的。”他做了个明确无误的送客姿势。三个中国青年告辞出来。

九　惊心动魄的一幕

三个中国青年在岛上走着，人们已经不去注意他们了，只有几个儿童还跟在他们后面。这个岛非常小，只有十几栋木屋，新开辟出来的几亩菜地，种着黄瓜和莴苣，这就是一切。他们也看到了面包树，树上的果子真的像一个个法国面包一样。

“这个玩偶肯定藏着重大的秘密。”皇甫堤先开的口。他们边走边说话，来到海岸上，在一株泡桐树下站住了。在这儿，可以远远地看见他们系在岸边的白色摩托艇。

“难道玩偶身上真有什么魔法吗？”庚新翊吃惊地问。

“可是，”庚新翎沉思着说，“为什么一个玩偶会使金斯莱遭受突如其来的风暴袭击，甚至他的轮机手也失踪了，而另一个玩偶却给这个酋长带来幸运和财富？”

皇甫堤缓慢地摇着头：“我认为这多半是这个酋长在吹牛。”

“那为什么他说他们的祖先是乘飞碟来到地球的呢？”庚新翊问。

“许多原始民族都有类似的传说。”皇甫堤边回答，边用机警的目光环视着四周，“这可真是人类学上的一个难题呢！有的考古学家就是这么主张的：地球上人类的祖先是别的星球上来的宇航员。不过，这问题我们暂且不要讨论吧！现在，要紧的是怎样把这个玩偶弄到手。”

庚新翊把头摇得像拨浪鼓：“你有什么办法拿到手？”

皇甫堤仍然按照自己的思路说下去：“你们看见我刚才有意识地把玩偶全身抚摸了一遍吗？我总觉得它里面有些什么……”

“难道还有一封信？”庚新翎紧张地问道。

“不，新翎，你忘了你爸爸的信上怎么写的？这种叫‘催命娃娃’的玩偶是你爸爸所在的海底下某个地方生产出来的。只靠一个偶然的机会，你爸爸才塞进去一封信。但是还有别的玩偶，它们被生产出来是为了什么，仅仅是为了玩赏吗？还是给什么酋长当摆设？”

“想必有些什么道理。”庚新翎迟疑地说。

“对啦！”皇甫堤皱着眉头，“再说，你爸爸为什么管它叫‘催命娃娃’，总不会因为它给人们带来幸运和财富吧？但它也给人带来不幸，金斯莱的遭遇证明了的。它是通过一种什么作用显出那种神奇的力量呢？我们一定要弄明白。而且……”他停住了，一双漆黑的眼睛闪着奇异的光。

“你怎么啦？”庚新翎焦急地问。

“而且，这是你爸爸所在的海底世界和我们地球上的人类间唯一的联系……"

"如果我们能够揭破这个'催命娃娃'的秘密，我们说不定会找到通往海底世界之路。"庚新翊接下去说。

"对啦！"皇甫堤十分欣赏庚新翊思想的敏捷，"问题是，这个玩偶怎样才能到手。"

"这可就太难啦！"庚新翎忧心忡忡地说。

三个人默默无言。皇甫堤沿着海岸走了几步，姐弟俩跟在他后面。

"噢，那不是赖泼拉顿来了！"庚新翊惊喜地说。

赖泼拉顿气喘吁吁地跑到他们跟前。

"噢，先生！"皇甫堤立刻不失时机地说，"谢谢你赶来看我们。你是来告诉我们关于那个玩偶的情况吗？"

赖泼拉顿撇撇嘴："不是，不是。那个玩偶是老西皮罗打鱼时捞起来的，拉巴哈的儿子看着好玩，愣是从老西皮罗手中抢走罢了！你们手上也有一个上天送的礼物——就是那艘摩托艇。"

"怎么？"皇甫堤急急忙忙问道。

"酋长看上这艘摩托艇啦！"赖泼拉顿谄媚地说，"你们老远开过来时，他就在岸上看到了。他当时说，我一定要把这艘快艇弄到手。这样，去苏瓦或者奥克兰都十分方便。他刚才要我来同你们谈判，他要买下这艘快艇。"

"那怎么可以！"庚新翊急急忙忙说。

但是皇甫堤把他拦住了："这艘船不是我们的，再说，卖掉了摩托艇，我们怎么离开这儿呢？"

赖泼拉顿迅速地回答："拉巴哈说过，他可以送你们回奥克兰或苏瓦去。他有一艘大船。先生们，你们开个价吧。"

“多少钱我们也不卖。”庚新翊恼怒地说。

“啊哈！”赖泼拉顿做了一个滑稽的手势，“先生们，你们是初次来巴达巴达岛吧？过去，也有些欧洲和美洲的游客到过，一旦我们的酋长看上了什么东西，那是没有法子阻挡他的。”

“如果现在我们马上开船离去呢？”庚新翊傲慢地说。

“你们可以检查一下，汽油仓已经空了。”

庚新翊气得跳了起来。但是，皇甫堤立刻接过话茬儿：“你们酋长能够出什么价钱？”

“不，”赖泼拉顿又做了一个滑稽的手势，“卖主开价钱，这是我们的规矩。”

“还规矩呢！”庚新翊嘟囔着说。他姐姐示意他别吱声。

只听见皇甫堤缓慢地说：“我要那个玩偶，交换吧！”

赖泼拉顿吃了一惊。他怔了一会儿，才说：“先生们，这个玩偶对你们一点儿用处也没有。照我看，”他环顾左右，看看没有人，才放低声音说，“它一文钱都不值。”

“谢谢你的好意，”皇甫堤客气地说，“可这正是我们开的价钱。”

“那么，请等着，我保证酋长飞跑来见你们。”

赖泼拉顿转过身去，飞快地跑开了。庚新翊焦急地问皇甫堤：“真把摩托艇给他吗？这可是金斯莱的艇啊！”

“不这样又怎么办？”皇甫堤苦笑着说，“这艘艇反正我们开不走了。而且，我们又十分需要那个玩偶。”

“我去看看他们是不是真把汽油放掉了。”庚新翊说。

皇甫堤一把拉住他说：“别，那个酋长就要出来了！”

酋长这回换了一件紫色的长袍，身上缀满了宝石，双手捧着一个托盘，托盘上铺着一块浅紫色的绸缎，上面就放着那个玩偶。他目不斜视地一步步走过来，身后跟了一个长长的队列。

三个中国青年静静地立着，等着酋长走近。酋长对他们深深鞠了一躬，双手捧上托盘，说："尊贵的客人，对于你们的光临，我们谨送上一点点薄礼。"

赖泼拉顿翻译完这句话后，皇甫堤立刻把托盘接过来，说："对于尊贵的酋长的盛意，我和我的同伴都深表感谢。"

接着，酋长就做了个手势："请！"

三个中国青年跟着他走到一个岬角，那儿，正好一艘很大的游艇升火待发。

庚新翎和庚新翊望了皇甫堤一眼，皇甫堤摆摆手，说："上船吧，我们打扰尊贵的酋长多时了。"

他就捧着这个玩偶上了船，进入一间陈设得很舒适的舱房，外面闹嚷嚷地要开船，但是他什么都顾不得了。他从衣兜里掏出小刀，直从玩偶的脑门刺下去，用力一拉，玩偶劈成两半……

里面，竟是一部十分复杂的仪器！

皇甫堤说不上这仪器是什么东西，但是庚新翊接过来一看，指点着："唔，大规模集成电路板，一块，两块，三块……这儿还有一块，我的天！多少电子元件！一定是个微波发射器或接收器，也许功率很大，但是，并不在工作……"游艇已经开出码头，向大海进发。

"知道这是什么吗？"庚新翎问，她的情绪十分不安。

皇甫堤在旁边，冷眼观察着。这时，他指点着说："这儿，是不是有一个接头松了，造成断路……"

"哦。"庚新翊抬起头，"我竟猜不出这是什么东西，但是有一点可以肯定的，它的功率非常大！这些集成电路板也是从未见过的，恐怕每一块都有上亿个元件。哦，说不定真是外星人制造的，地球上有哪个实验室或工厂能够生产出这么大规模的集成电路板？这儿真是一个断路，我看，是不是可以把它接通……”

一只手按在他的手上，是皇甫堤。

“要不要再考虑一下？”皇甫堤的神情非常严肃。

“你怎么啦？”庚新翎不解地问道。

“如果一接通了，它立刻开始工作呢？”

“那就让它工作好了——我们正需要它工作。”庚新翊不在乎地回答。

“可是，”皇甫堤的脸非常严峻，“不要忘记它是‘催命娃娃’啊！”

“难道它里头有枚炸弹？”庚新翊把仪器掂了掂，“不像，定时炸弹用不着搭上那么多集成电路板——这成本非常高的。要我说，接上试试看……”

“我劝你还是想一想，”皇甫堤执拗地说，“为什么别的‘催命娃娃’都能带给人不幸，而这一只却不一样？是不是正因为它的电路断了，不发生作用？”

“那么，接通以后，后果又怎样呢？”庚新翎不安地问，“我也说不清。”

“但是我们总得试一试，对不？”庚新翊不耐烦地说，“要不，我们拿这个破娃娃有什么用？”

皇甫堤不再说什么了。庚新翊把两边电线用手捻在一起。他的手感到一震，但是他没有松开，反而把两股比头发丝还细的电线缠绕在一起。

一股绿光慢慢在微波发射器中升起，它仿佛是一块发亮的云，然后突然变得夺目的炽亮了。庚新翊撒了手，那个仪器立刻掉在了舱板上。它在舱板上滴溜溜地转着，好像一个有生命的东西。三个人都惊呆了。庚新翎直往后退，皇甫堤伸出手去，抓住她那双剧烈哆嗦的手。然后，那团绿光，好像“蓦”地炸开了——不过它不是爆炸，而是一束束极细极细的绿色射线向四面八方辐射。绿光扫过皇甫堤的手，他感到轻微的刺痛，但是很快过去了。

忽然，游艇被重重地抛了起来。外面，几个土著水手尖声喊叫着。皇甫堤往舷窗外一望，好家伙，浪头足足有丈把高！黑色的海水像一堵墙，劈头盖脸般压下来。游艇呻吟着，发出撕裂的声音，而空气中充满了一种细微的、尖锐的噪声……

又是一个浪头！皇甫堤拖着庚新翎，躲到角落里。那个绿色的光团还在滚动，忽然，它跳起来，从舷窗里蹿了出去。几乎就在同时，海水涌了进来。

皇甫堤觉得自己要昏迷了，但仍然牢牢抓住庚新翎。他看见庚新翊倒在甲板上，痛苦地挣扎着。一阵又苦又咸的海水盖过了一切……

十　洛丽

庚新翎刚睁开眼睛，立刻又闭上了。她的心脏跳动得如此激烈，以至于她只能艰难地喘着气，似乎全部血液都涌上了头颅。她昏昏沉沉地想，我是不是丧失理性了呢？

一只粗糙的大手抚摸着她的前额，如此熟悉而又陌生的手啊！小的时候，她发烧，静静地躺在床上，就是这样一只手轻轻地抚摸着自己。她第一天挎着书包上小学的时候，正是这只粗糙的手牵着她，踏进了校门。她第一次拿成绩单回来的时候，也是这只饱经风霜的手满意地摩挲着她那梳着两根朝天辫的脑袋。

她又慢慢睁开了眼睛。一个非常熟悉的、熟悉得令人心疼的脸，离她非常近，每一颗痣，每一条皱纹，甚至每一根眉毛，都非常清楚——爸爸！可是，爸爸的嘴巴上，竖着一根手指——

这是明白无误的讯号："别吱声！"

她稍稍侧转身子。房间不大，一眼就看到四面的墙，干净而雅洁。没有第二个人。爸爸为什么不让她吱声呢？

她的嘴微微翕动着，那只粗糙的大手立刻伸上来，盖住她的嘴巴。她明白了。

透过手指缝，她艰难地说："水……"

那张熟悉的脸移开了。轻轻的脚步声，她虽看不到，但是感觉到父亲的走动，一股清凉的、微微带点香气的甜饮料流入她干裂的嘴唇。她感到一阵贴心的舒适，又闭上了眼睛。

"是父亲，是的！"她想。那么，她来到海底下的洞窟里了。她就是寻找父亲而来的，现在她终于如愿以偿了。只是她一点儿也不知道自己是怎样进来的。她模模糊糊地记得那团绿色的光球，以及那夺目的、极细的绿色射线，然后是山一般的巨浪和那可怕的翻船。但是这一切都已成为过去。此刻，她在一个宁静的房间内，只有父亲和她两个人。

她瞪大了眼睛。父亲正凝视着她。一点儿也不错，父亲还是10年前那个样儿，还是在广东码头上分别时的那个样儿，当然要苍老得多了，满额的皱纹。啊，日夜想念的父亲啊……只是为什么不许她说话呢？

一下子，庾新翎陷在胡思乱想中。她不知道庾新翊和皇甫堤哪儿去了。一想起这两个人，她的弟弟和她的同伴，就突然感到一阵焦躁。这两个人的命运到底怎样了？是葬身在波涛中呢，还是像她一样，来到这海下的洞窟？她挣扎着要起来，但手一使劲儿，这才发现一点儿力气也没有了，竟瘫倒在一张软绵绵的床上。

父亲好像从她不耐烦的脸色猜测到她的想法，就用广东口音十分浓重的英语平静地说："小姐，你最好静养着。你的同伴也得静养几天。"

"小姐？"是父亲认不出自己了，还是有意装作跟自己素不相识？她不眨眼地打量着父亲，看见他若无其事地坐在那儿，望着她。当然，10年了，小姑娘长成了大人，可是，当父亲的能认不出来自己朝思暮想的女儿吗？不，唯一合理的解释是他必须装作不认识自己。

别看室内没有第三个人，可是，既然是深深埋在海底的洞窟，那就必然有着十分先进的科学技术，也许统治这洞窟的生物能够通过诸如电视之类的设备看到、听到所有角落的一切动静。而为了某种原因，爸爸必须隐瞒自己跟亲生女儿的关系。是的，一定是这样……

为什么她如此瘫软？她一下子就想起最后海上发生的那一幕，那极其强烈的绿色光辐射，似乎有一种摧毁一切的力量。奇怪的是，为什么连海水也会在这种绿色辐射照耀下掀起巨大的浪涛？不知这是一种什么样的机制？人的肉体是抵御不了这种辐射的，所以，她需要静养——实际上恐怕是在接受某种治疗吧。

她只好安静不动了。反正她已经落到这儿。而且跟自己的父亲在一起，虽然不能一诉衷曲，也总算是一种安慰。10年不曾见面的父亲啊，她怎么也看不够他！看来，父亲也是这样的。他像木雕泥塑，但是他的忧郁而激动的目光，却总在注视着女儿，他就用这目光来爱抚、来安慰睽违10年的亲骨肉……

庚新翊躺在另一间屋子里，离他姐姐的屋子不过100步。那儿的陈设也差不多，就像一间普通的病房。不过护理庚新翊的不是一个年老的中国人，而是一位按西方标准也算得上第一流美人的少女。

她不是一个外星人，不是的。尽管是在与世隔绝的海底，她的装束打扮，依然是地面上那样，就像一位普通的女大学生，医科大学生。这从她娴静的风度、温柔而准确的动作、无声的行走就可以揣摩得到。她金色的头发美极了，好像一片云，一片金色的云，或者干脆是用金线织成的云，一直垂到两肩。当她低下头的时候，头发拂过庚新翊的脸，而马上，庚新翊就感到心跳加速。她的脸十分白皙，一双蓝眼睛又大又亮，再配上那小巧而笔直的鼻梁，一张总是似笑非笑的嘴，赋予她一种公主般的高贵神采。

“You awake, thank God!（谢谢上帝，你醒了！）”她喊道。她的声音是一种十分迷人的女中音。同时，她以不可抗拒的力量，用那双湛蓝的眼睛注视着躺在病床上的青年。

庚新翊缓缓地张开了眼睛。虽然还有些眩晕，但是他马上记起了失去知觉以前的一切。他的脑子飞快地转着各种念头：他是被什么人救起来的呢？他是否还在太平洋的某个岛上？这个白人姑娘是哪儿来的呢？

“Where, where（哪儿）？”他吃力地说。

他感到自己力不从心，张开嘴唇也要花费很大的力气。他就像一个初生的婴儿那样虚弱，只有脑子是非常敏锐的，就像裸露在空气中一样。

“你到了一个友好的地方。”姑娘继续用甜蜜的声音说。她说的是十分纯正的英语，“你就安心静养吧。”

庚新翊想要挣扎着坐起来，但他办不到，只是喃喃地说："小姐……啊，小姐……"

"我叫洛丽，安妮·洛丽。"她忽然调皮地笑起来，"知道那个歌儿吗？And it was there that Annie Laurie, gave me her promise true...（正是在那儿，安妮·洛丽给予我她真诚的信誓……）"她甚至轻轻哼起那支歌。

庚新翊努力欠起身子，但是洛丽伸出她的纤细而又十分有力的双手把他摁住说："你暂时还不能动。你放心，你的两个同伴都被照顾得好好的。"她迟疑了一下，"那个女的，是你的情人吗？"

庚新翊吃力地微微摇了摇头。

"我猜一定是你的姐妹，"安妮·洛丽快活地说，"你们俩相貌有些地方挺相似。也许，那个皮肤黑黑的人才是她的情人吧？"

庚新翊不回答，他闭上了眼睛。

洛丽也不再说话了。但是庚新翊感到她就在旁边，好像正在注视自己。是的，她的极其轻微的呼吸声也听得见。这儿，一切是那么安静，就像远离了尘寰。庚新翊忽然想起，他是不是也像他父亲一样，落入海底的一个什么洞窟呢？两代人的命运，是何其相似……可是，这儿却没有什么三只眼的外星人，只有一位美丽得叫人无法抗拒的少女。这么想着，他又睁开了眼睛。洛丽的脸这时离开他的眼睛还不到一英寸，她的嘴唇快要碰到他的嘴唇了。看见庚新翊睁开眼睛，洛丽倏地把脸缩回去了，然后在一旁"哧哧"地笑起来。

庚新翊感到一阵心旌摇曳。他听到的是少女挑逗似的笑声，看到的是少女的一双表情丰富的、会说话的眼睛，而他自己的身体又是那样虚弱！他感觉到自己的脸有些热辣辣的，很难克制自己伸出手去抚摸一下洛丽脸颊的愿望。但是这时，他又"蓦"地想起，他在一些科幻小说中看到过：

外星人往往能够幻变成地球人的形象。焉知这个姣好的姑娘是不是外星人幻变出来的啊？

“你呢，叫什么名字？”洛丽温柔地问。

庚新翊实在没有力气去回答，只是苦笑了一下。洛丽也不再追问下去，转过身，给他倒了一杯流体的食物，庚新翊也不知道是什么东西，但是觉得十分香甜适口，下肚以后，又觉得周身很舒服。他于是张开嘴巴，冲着少女微微一笑。

“你放心，”洛丽仿佛自言自语，其实是对着庚新翊说，“我们这儿是从一个叫杜库里的星球上来的人建立的海底基地……”

庚新翊猛地一惊，但是他努力克制着自己，决定听下去。

“这些外星人虽然样子古怪，心地却是很好的。他们不敢到地面上去，怕地球上的人类加害他们。我也是沉船以后落到这儿的，那时我还很小，只有七岁，跟我父亲在一起。我父亲叫洛威尔，是个物理学家。我们在这儿生活了12年了。后来，这些外星人又在水里救起了一个中国人……”

庚新翊脸部一定有什么特殊的表情了。洛丽停止了她的叙述，问道：“你怎么啦？身上还难受？唉，你受了大剂量的辐射。”

她用纤细的手轻轻抚摸着庚新翊的脸颊，又说下去：“这中国人就给我们做饭——他是一个好厨师。自从他来了以后，我和爸爸才能吃到点人间的饭菜。噢，那些外星人的口味跟我们是不同的。他们随便吃点海菜、活鱼就行了。他们在自己的那个杜库里星上，本来就是生活在海水里的嘛。”

“你们……”庚新翊艰难地说，“没有……逃……”

“逃不出去。”洛丽直截了当地说，“你当我们在哪儿？在5000米深的深海底下哩。这儿本来是一座海底火山，杜库里人利用火山的洞穴修筑了一个海底基地。他们分解了海水中的重氢，获得了能源，与世隔绝地生活在这儿。什么人能够逃得出去？我爸虽然是个物理学家，也没有什么办法。总之，我们一辈子就在这儿过啦。现在，你们来了，又多了几个地球人，我真高兴！”

姑娘说的话有点儿饶舌，但是她的感情并不激动，而是十分有节制的。她用一双聪明的眼睛审慎地望着躺在床上的庚新翊，似乎在研究他的表情变化。

“你……”庚新翊又开口了，“你们是哪……国……人？”

洛丽略略迟疑了一下，忽然“哧哧”笑了：“看不出来？我们是苏格兰人，来到这儿以前，我父亲在奥克兰的一个实验室工作。噢，你呢，你当然是日本人了，是大学生吗？”

庚新翊吃力地点点头。

“你们三个人，为什么要来海上呢？”

庚新翊慢慢把视线投在洛丽脸上，看出这个少女等待着他的回答。这时他的头脑飞快地掠过各种念头。告诉她，他们为的是找寻爸爸，而且爸爸不是别人，正是10年前来到这个海底基地的中国人。话已经到嘴边了，他又多了一个心眼。他想，万一这少女不是什么苏格兰人，而是外星人变幻的，那就一切都完了。他慢慢地、沉重地摇摇头。

“噢，你不愿意回答！”洛丽并不恼怒。她走到墙边，推来一架白色的机器，“这也难不倒我，来，给你测测脑电波——你脑子里想些什么我都能够知道。”

机器发出微细的蜂鸣声。庚新翊拼命收敛着自己的思想，努力去想一些不相干的东西：新西兰女记者的挑逗，罗伯特从窗外铝梯爬上他的房间，在巴达巴达岛上和那土著酋长的会见，以及那个玩偶怎样发出吓人的绿光和掀起滔天巨浪……果然，在那测脑电波的仪器的屏幕上，出现了这些画面，就像放电影一样，只不过不很清晰，仿佛焦距没有对好。他松了一口气。

“原来你们是偷了人家的摩托艇出来游荡的！”安妮·洛丽如释重负地吁了一口气，又把机器推开去了，“你没想到吧，这个玩偶有这么大的神通。这是那些杜库里人制造的，他们给它起个名字叫‘催命娃娃’。”

“为……什么？”

“看见这‘催命娃娃’的人都别想活下去。它里面有极高的能量，它的辐射能够干扰和破坏人脑的生物电流——使人精神上产生幻觉。它又能发出高强度的超声，和海水发生共振作用，掀起巨浪，什么船也抵挡不住，只能沉没。当然，沉船的人大多数都溺死了，只有你们……”

庚新翊并没有吱声，但是他正用一双疑问的眼睛盯着洛丽。

“你不知道吗？你真的猜不出来吗？”她温柔地说，俯下了头。她的一双眼睛瞪得很大，里面充满了柔情：“是我叫爸爸求杜库里人把你们从海中救起，送到这儿的。而且不单单救你一个人，为了不让你难过，把你姐妹和你的伙伴也救起来了；又是我给你治疗射线对身体和大脑的损害，是我，知道吗？知道为了什么吗……”

她正要把脸贴到庚新翊的脸上，但是“倏”地回过头去，发现一个白色的形体走进房间——他正是三只眼睛的、形象古怪的外星人。

洛丽迅速地走开了。

十一　杜库里人

被安妮·洛丽称之为杜库里人的生物并不是十分狰狞可怖的，至少在皇甫堤看来是这样。不错，他们有三只眼睛，第三只长在前额当中，目光灼灼，犹如一道闪电——从整个头颅发出的闪电。他们的鼻子也有点儿怪，鼻梁格外突出，像一只圆管嵌在脸上。他们的嘴巴非常大，几乎跟耳朵连在一起。耳朵是平滑的，没有我们人类耳朵的沟纹、耳轮、耳蜗。他们的手脚都很大，个子却不比人类高多少，也就是一米八或一米九左右吧。但是最使皇甫堤惊异的就是这些外星人手指和脚趾上都有吸盘。他亲眼看见他们拿起一个杯子，不是用手指拈着，而是伸出一只手指吸附着，好像壁虎的四肢一样。

皇甫堤蜷缩在角落里，静静地观察着。在克服了最初的惊惧之后，他的心平静下来了。他体质比较好，所受到的辐射又比庾新翊少，因此他几乎立刻就复原了。那些外星人共四个，似乎在忙着自己的事情，谁也不曾看他。他们好像在做一个什么实验，把一种红色的液体倒进一个透明的容器里，然后又通电，这种液体就发出耀眼的火花和虹一样的绚烂彩色。

他们很少交谈，偶然交换几个字眼。当然，皇甫堤是听不懂的。他们的发声器官想必跟人类不一样，像金属摩擦的声音。皇甫堤是十分聪明的人，想努力抓住他所听到的各种声音，但是没有成功，因为他自己根本发不出这样的声音。

他也努力观察着这些外星人的表情，却什么都没有发现。他们的脸上毫无表情。杜库里人的脸是白色的，就像石灰那样白，似乎不是血肉之躯，而是某种塑料面具。他们的衣服也是白的，类似某种丝织品。总之，他们全身都是白的。至于头发，因为他们都戴着白色的帽子，所以看不清楚头发是什么颜色。那么眼睛呢？是否会泄露这些外星人的感情？不，他们的眼睛都深深嵌在皮肤中，从外面看，既看不见明亮的眸子，也看不见任何反映内心世界的眼神。一句话，外星人的眼睛，不是“灵魂的窗户”。

“怎样才能够了解他们，又让他们了解我自己呢？”皇甫堤思索着。这种思维活动一定是非常困难而沉重的，因为他面临的是一个完全陌生而又毫无线索的世界。虽然房子是亮堂堂的——没有电灯，没有窗户，到底是靠什么照明的——可是皇甫堤头脑里却是一片昏天黑地。

打小时候起，皇甫堤就是一副天不怕地不怕的样子；念中学的时候，他就努力锻炼自己的意志；海运学院的教育，又培养了他的沉着和机智，总之，他从来不是一个遇事张皇失措的人。这次，他主动陪同庾新翎来南太平洋，并不是感情上的一时冲动，而是周密地考虑过的。到了这个与世隔绝的、外星人建立的海底基地，他就像深入敌后的侦查员一样，要想尽一切办法掌握这儿的秘密：外星人到海底来干什么？他们手上有些什么装备和科学技术力量？他们为什么要放出那种名为“催命娃娃”的玩偶——已经证明，这种玩偶能够发出强烈的辐射，甚至使大海突然涌现巨大波涛——来摧毁人类的船只？这种“催命娃娃”，海上的风浪，又和飞碟的出现有什么关系？看来，“海远号”的失事就是这种三只眼的人造成的，那么，为什么他们又留下了庾家全的性命？这次又保住了他皇甫堤，也许还有两个伙伴的性命？……这一个个问题霎时间都涌入皇甫堤脑中。他像列数学方程式一样把它们在脑子里列出来，想方设法求出它们的解。但是，这是多么繁难的方程式啊！它的未知数竟然有那么多！多得叫人眼花缭乱……

他们没有让他在海里淹死，那么，他暂时就没有性命之忧了。那两个伙伴的情况虽然不明，但是，他可以猜测到他们也还活着。如果外星人有足够的智慧的话，他们一定会了解，皇甫堤是这三个青年当中的“头儿”，他一定会在他们完完全全的掌握中受到严格审查。这是一定的！为什么三个中国青年要从遥远的中国来到南太平洋，驾驶一艘小小的摩托艇去找寻那个神秘的玩偶？难道外星人不急于弄清这个疑问吗？这可是关系到他们能不能安全隐伏在大洋深处的一件大事！

皇甫堤就这么想着，感到头绪十分纷乱。但是他的头脑仍然是清晰的、敏锐的，这里的空气似乎格外清新，深深地吸几口就会让人精神振奋——这些外星人的科学技术啊……如果他们以这样的科学技术来侵犯人类，人类会是他们的对手吗？

这时候，进来一个人。

这次不是外星人，而是一个地球人。

他高大、魁梧，火红的头发、红色的脸膛、绿光莹莹的眼睛，就像“催命娃娃”发出的光焰。他进门的时候，三个外星人都继续干他们的工作，只有一个停下来，向他“叽里咕噜”不知说些什么。令皇甫堤大吃一惊的是这个人竟然也会说外星人的话，虽然他发不出金属摩擦似的声音，但腔调则是一样的。在谈过一阵话以后，那个人走到皇甫堤跟前，伸出了手，同时用英语说：“认识一下吧，洛威尔教授。”

皇甫堤望望他，没有说话。

洛威尔教授挥挥手，说：“你该不会装作不懂英语吧？杜库里人说，他们听见你在落水的时候，半昏迷中还喊了一句：‘Oh dear!（我的天！）’”

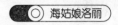

“他们是，”皇甫堤冷冷地用英语说，“杜库里人，那么，你呢？是主子还是奴仆？”

“我和你一样，也是落水遇难的人，不过比你来得早。现在，我是杜库里人的俘虏、助手和翻译。你也将是。”洛威尔特别着重读出would（将是）这个字。

皇甫堤微微一笑，轻轻说：“三分之一。”

“什么三分之一？”

“不懂？我是俘虏不假，但我决不会成为外星人的助手和翻译。”

这时，一个杜库里人走到跟前来，用他的三只深陷的、却又灼灼发光的眼睛瞅着皇甫堤。这三只眼睛，尤其正当中额上的那只，有一股勾魂摄魄般的力量。皇甫堤垂下眼睑，又听到那种金属摩擦的声音。

“他问你，”洛威尔翻译说，“你是哪儿人？到南太平洋上干什么？”

“审讯开始了。”皇甫堤想道。这反而使他镇定下来。

他抬起头，镇静地望着面前这两个“人”，一个地球人和一个外星人。被叫作杜库里人的生物一点儿表情也没有，仿佛是一部机器，或者脸上罩着一张白色的面具。就是当他发出那种“嘁嘁喳喳”的声音的时候，嘴巴也只不过微微张开一道缝儿。外星人的发声器官好像是在体腔内部的。

他正在思索着，突然间，那个杜库里人走过来，伸出一只手，紧紧把皇甫堤的胳膊抓住。不，不是抓住，是吸住。这时皇甫堤感觉到胳膊一阵针刺似的痛楚。他咬咬牙，好容易忍住了不发出呻吟声。

“你要回答问题，”洛威尔说，表情十分冷峻，“任何人到了这儿，都休想逃脱开杜库里人的掌握。他们无论体力上、智力上都比我们地球人高得多。”

皇甫堤瞥了他一眼。

“因此你就……”话未说完，杜库里人一撒手，皇甫堤重重地摔到地板上，他感到就像电击那样难受。“莫非这些外星人是带电的？”他在飞快地转这些念头。那个古怪的杜库里人又在“嘁嘁喳喳”地说话了。

“他说，”洛威尔说得很快，“可以再给你些时间考虑考虑。他还说，他不想与地球人为敌。他是为了交朋友才从遥远的星球到这儿的。只是在地球表面上他们生活得很不习惯，才钻入这深海底。他们希望了解你，也希望你了解他们……”

“怎样了解？”皇甫堤忍着痛，尖锐地说，“使用暴力？”

洛威尔把这话翻译过去。那个杜库里人笑起来。他的笑法很奇怪：仿佛喉咙里有一只很小的铃铛在摇动。

“他们不想使用暴力，”洛威尔意外温和地说，“如果他们要那样做，早就让你在海洋中淹死……哎呀，你来干什么，洛丽？”

最后一句话他是冲着门口说的。一个穿着深蓝色运动衫裤的姑娘正走进来。她的银铃一般的声音使得皇甫堤不由得抬头观望。

“爸爸，”她快活地说，“开饭了，劳伦兹给我们做了一桌中国菜，招待新伙伴。走吧！还有你。”她指着正用好奇的目光打量着她的皇甫堤，“你们日本人和中国人一样，在饭桌上是很容易交上朋友的。”

“日本人？”皇甫堤心里咯噔了一下，但是他马上醒悟过来。这个错觉对他们目前的处境也许更有利一些。因为杜库里人和洛威尔教授未必能猜到他们是为了寻找庾新翎姐弟的父亲来的。

不等洛丽说第二句话，他就站起身来，跟他们走了。

十二　疑团重重

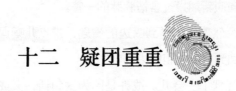

庚新翊刚看到父亲的时候，并不能马上认出来，但是他猜到了。这时，坐在旁边的姐姐伸出手来在他胳膊肘上一捏，他就明白了：他不应该暴露自己。

餐厅里只有六个地球人。菜是由餐厅尽头处一条通向厨房的传送带自动传过来的。这的确是一桌美味的饭菜——广东风味的饭菜：白斩鸡、鱼肚炒鱿鱼、乌鱼片、烹龙虾、水鱼蛋、清蒸石斑鱼、炒黄鳝、咖喱牛肉……单凭这张菜单，庚家姐弟也能正确无误地认出他们的父亲来。

他们还很虚弱，但是并不妨碍他们有很好的食欲。虽然他们都戴着手表，但是他们并不知道现在是白天还是黑夜。这儿没有日出日落，也没有晴阴雨雾。六个人分坐在长桌的两旁。庚家全就坐在他的一双儿女对面，他怎么也看不够这对长得如此漂亮的儿女。他吃得很少，三个年轻人却是真正的狼吞虎咽，他们已经很长时间没有吃饭了。

洛威尔喝了两杯白兰地，显得活泼而多话了。

“我说过吧，”他甚至挤挤眼睛，“我们这儿有第一流的膳食。自从10年前这位劳伦兹，”他指指庚家全，“来到这儿来以后，我们就什么都不缺了。以前我们光吃鱼——煮鱼汤、茄汁鱼、炸鱼……腻味死了！可是现在，我们办起了养鸡场，养了奶牛和蜂群，还种植了果树和青菜……回头你们都参观一下，这是你们今后新的‘家’哪。”

他把英语home（家）这个字说得十分响亮，好像十分得意似的。

洛丽则向庾新翊投过含情脉脉的一瞥。

皇甫堤突然停住了送到嘴边的羹匙，带点儿嘲讽说：“你从来不想回到地面上，回到自己的祖国去吗？”

洛威尔沉默了一会儿。或许是因为这句话，又或许是他有些醉意，他的眼神变柔和了。“我差不多完全忘却苏格兰是什么样子了！地球人到了这儿，是休想活着出去的。我进来的头一年，这儿有两个勇敢的意大利小伙子，想逃出去，结果白白送了性命。”

庾新翎十分安静地吃着，只有苏格兰几个字跳到她的耳朵里。她在外语学院念书，有一个老师就是苏格兰人。她听得出苏格兰口音和英国南部口音的区别。面前的这个大胖子虽然说的是无懈可击的英语，但是绝不是苏格兰英语，也不是哪个英语民族的英语，而是有一丁点儿外国口音，好像有些大舌头一样。

但是这个疑惑只闪现了一下就过去了。精明的洛威尔立刻转向她：“这位小姐吃得太少了！说实话，我从前有一个日本朋友也是物理学家，他的女儿正子长得和你很像，我以后就叫你正子好吗？”

“她不叫正子，她叫洋子，桥本洋子。”皇甫堤立刻回答道。

庾新翎向父亲瞥了一眼，但是庾家全一点儿表情也没有，只是默默地吃着饭。

“啊，你们真的是日本人！”洛威尔立刻又回到自己夸夸其谈的话题，“我的哲学是这样的：如果我们离不开这儿，那就得打算在这儿生活一辈子。海洋是地球的宝库，海底下什么都不缺乏。即使有些什么东西缺乏的话，杜库里人也能从地面弄来。”

“怎么弄？弄翻人家的船吗？”皇甫堤尖锐地问。

洛威尔宽宏大量地笑了笑："那是因为你刚从陆地上来，你脑子里还有陆地上人类的价值观念。你在这儿多住些时日，就会改变的。小伙子，当你在地球表面上的时候，你能过这样无忧无虑的生活吗？也许，你会说，在这儿，是以失去自由为代价的。不，杜库里人已经告诉我，你们在海底这块土地上是完全自由的——当然，你们不能离开这儿，如果你们不想淹死在大洋中的话。你是一个有头脑的小伙子，你一定会明白这不是吓唬你的话。事实上，杜库里人也不想吓唬什么人，他们只是默默地干他们自己的事。你们不要试图窥探他们的秘密。你们瞧，我是一个物理学家，可是我也掌握不了他们的科学技术……"

"那么，"皇甫堤若有所思地说，"你在这儿那么些年，在干什么呢？"

"我嘛，"洛威尔耸耸肩膀，"我也有一个小小的实验室。不过我主要的事业，是培养、教育我的安妮·洛丽。"

洛丽莞尔一笑。

"自从我的妻子去世以后，安妮成了我的唯一安慰，我把她带在身边，总想找到一处能让她快乐健康地成长的地方，我没想到这深深的海底给了我一切。噢，这儿，淡水是从海水中提炼出来的，没有致病的细菌；空气是纯净的，没有污染；这里没有噪声，没有大城市的繁忙；这里只有科学——纯粹的理性活动……"

"你是否能够谈谈，杜库里人要求你为他们做点什么呢？"皇甫堤毫不放松地追问道。

洛威尔站了起来，点燃一支雪茄，说："做一个小小的实验，过些时候你们就能明白。现在，你们先去看看自己的卧室，好吧？劳伦兹领着你们。你们可以随意休息，等你们休息够了，安妮·洛丽再领你们去参观参观。”

三个青年人都离开饭桌。安妮·洛丽道了声歉，就跟着她父亲走开了。

庚家全还是毫无表情地在前头走，后面跟着三个青年。走进第一个房间的时候，庚家全用冷漠的英语说：“这是你的卧室。”他用手指指庚新翊，然后他打开衣柜，像展览一样给三个青年看看，又走向床头，把床头柜上的录音机打开了，播送出一阵不是很响亮的音乐声。这时他才不动声色地用广东话说：“孩子们，别激动！注意，四周都有录像机。新翎，新翊，还有你，小伙子，叫什么名字？”

“皇甫堤。”庚新翎回答，她觉得自己的眼泪快要流出来了。

“一定要克制自己，”庚家全仍然不动感情地说，“我知道你们的来意。但是，要耐心等待，千万别轻举妄动。妈妈，还好吗？”

“她去世八年了。”庚新翊悲痛地说。

庚家全沉默了一下。

“这样也好。我们父女三人，总算在这儿团圆了。看见你们长大成人，我十分高兴。不过话不能多说了。回头洛威尔问你们，就说我给你们介绍房间内的装置。”

“洛威尔，”皇甫堤忍不住问道，“他和杜库里人是什么关系？”

“我不知道。”庚家全说，他关掉录音机，立刻改用英语说，“先生，我想，你在这儿会感到舒适的。”

他们把庚新翊留下，进入第二个房间，这是指定给庚新翎的房间。庚家全又照这办法打开录音机，然后说：“一定要万分注意，特别是你，小伙子你胆子也忒大了。这儿，四面都是陷阱……”

“为什么杜库里人不和我们一起吃饭？庚伯伯，他们的饭菜也是你烧的吗？”皇甫堤急促地问了。

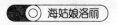

庚家全立刻回答道："我从来没见他们吃过饭——也许他们在自己房间吃一些我所不知道的东西。"

"他们有多少人？"

"20个。"

"他们的话你能听懂吗？"

"不。"庚家全又关了录音机，大声地用英语说，"至于你，先生，你的房间还在那一边。"

在皇甫堤的房间，录音机一打开，皇甫堤就迫不及待地问："您在这儿呆了10年——他们有什么事您觉得可疑的吗？"

庚家全稍稍想了想，说："我只是疑惑为什么整个'海远号'的人就我一人活下来，而且这些年也沉了好些船，人全死了，单单这次让你们三个活着……"

"您认为这意味着什么？"

"我不知道。"庚家全又关掉录音机，改用英语说，"先生，衬衣在衣柜里，你随便用。我告辞了。"

庚家全一带上房门，皇甫堤立刻研究起他的这间卧室。卧室不很大，陈设也简单，但是非常舒适。光源不知道是从哪里发出的，仿佛整个天花板、墙壁、地板都发出柔和的光。他看不出录像设备在哪儿，但是他也明白，他的一举一动都在人家的监视之下。他还不能判定杜库里人的意图是什么——要了解另一星球上的生物毕竟是非常困难的。他也不了解洛威尔父女在这儿担任了什么角色。以杜库里人的科学水平而论，他们什么实验做不了，非要请这个夸夸其谈的大胖子？而且，10年来庚家全唯一的任务，就是做饭给这父女两人吃，仿佛是他们的专用厨师，对于一个俘虏、助手或者翻译来说，这可太过于优待了。

但是，为什么杜库里人要把三个青年留下呢？

在皇甫堤面前，是重重疑团。他觉得一点儿出路都没有。他已经十分疲乏了。于是，他从衣柜里取出干净衬衣，走入浴室，痛痛快快地洗了个澡，然后倒在床上睡着了。

十三　在直升机的桨叶下面

酋长拉巴哈的游艇倾覆的时候，ZG227号潜艇距离它还不到三海里，但是透过潜望镜，潜艇人员只看见一团绿光，转眼就什么都没有了。使游艇倾覆的狂风恶浪，潜艇一点儿都没有感觉到。

潜艇内部的邝天林却发觉，他的电子仪器发出了一阵猛烈的噪音。他扭开一些电钮，打开一些荧光屏，但是没有发现什么，只有示波器的录像带记录下一些莫名其妙的、扭曲的线条。他把潜艇的工程师找来，研究了半天，工程师认为很可能刚才有一枚鱼雷疾驶而过，但邝天林一下子就想到是不是正好遇上了飞碟。

自从登上潜艇的那一刻起，邝天林就渴望真正遇到一个飞碟或“催命娃娃”，但是连续三天，一直踪影全无。他找孙艇长嘀咕，孙艇长总是沉着地说：“这些东西不是我们所能找到的。你不找，它们倒很可能自己出现。”

“但是，如果‘好运气号’遇上呢？”

“那也是没有办法的事。”孙艇长用一种哲学家的气派说，“而且，我认为十成有九成他们会遇上。”

“为什么？”邝天林惊愕地问。

“因为他们整天在海面上。”

“噢，那么，我们也不要下潜了。”

“但是，我们的任务不是搜索海底下的三只眼的‘人’吗？”孙艇长怀疑地问道。

“我认为，”邝天林拖长腔调说，“如果真是外星人在我们的海底建立了基地，那么，如果他们不想让我们发现，我们是不会发现的。”

罗伯特一直静静地听着，虽然他听不懂中国话。他上了潜艇以后，一直很老实，酒也不多喝。潜艇在水下航行的时候，他总是躺在床上沉思；只要一升上水面，他立刻挤进驾驶台，不知疲倦地浏览大海的景色，好像要补偿下潜时间的损失一样。

“下潜！”他叫道，“你们在讨论什么？既然……”他指指荧光屏，两个中国人就明白了。

孙艇长改用英文说：“你以为刚才的信息代表什么？”

“不管是什么，”罗伯特神情严肃地说，“潜艇是只有到了海水深处才能显出它的优越性的。”

两个中国人相互望了一眼。孙艇长立刻下令了：“下潜！”

50米……100米……200米……500米……海水的压力越来越大了。孙艇长旋亮了电视屏幕。在潜艇强大的光柱中，只看见一些跳跃的线条，海水漆黑如墨。潜艇缓慢地搜索前进，同时继续下沉，感觉得出舱壁轻微的震动。深度表相继指着500米，600米，700米……

虽然是深海潜艇，但是孙艇长也不敢往下潜了，因为海图上指明，这儿有一系列海底山脉，必须十分小心探索着前进。在这号称“万岛世界”

的南太平洋海区，海床是十分复杂的。大家都审慎、紧张、敛声屏气地注视着透过电视屏幕出现的深海，驾驶舱里一片沉重的呼吸声。

有几条棘皮鱼游到光柱里，一惊，又游走了。忽然间，迎面仿如一堵墙，黑压压的。孙艇长立刻下令停止前进。仔细观察，慢慢才看清楚了，这是一处悬崖，却像刀削一样。海下也有这样的悬崖，真是奇观。潜艇偏过左舵，靠着悬崖缓缓前进。仔细看，悬崖却不是光洁的，而是丛生着一帘帘的海藻，就像灌木林一样在海水中晃动；有一些看不清的生物在其间穿来穿去，就像兔子或田鼠奔蹿在草丛中一样。

“人真能在这样的海底下生活10年吗？”罗伯特感叹地说。

邝天林也正在想着庾家父子的事情，他沉思片刻，缓慢地回答道：“这事情从头到尾就怪诞得不可思议——那些外星人既然技术高超，大可以在地球表面来来去去，干吗要躲在这黑黝黝的深海底呢？”

“海洋里奇怪的事情多着哩，”孙艇长一边说，一边仍然警惕地注视着屏幕，“可以说，人类从来没有认真揭露过海底之谜。全世界的深海潜艇、潜水钟、潜水钢球或潜水蛙人，所探测过的海底，加起来也不到全部海底面积的百分之一……”

“我听说过一种理论，”罗伯特说，“人类来源于水，将来还要回到水里去。”

“这是指的是海里有丰富的资源，”孙艇长解释道，“例如石油的消耗量太大，导致陆地上的油源枯竭了，所以许多国家逐渐趋向于开采海底的油田。海底还有一些金属，例如锰结核矿床，还有不少煤层。至于从海洋生物中获得蛋白质，那更是远古时代人类就开始了的生产活动……”

“但是人类在海底毕竟是难于开展活动的，不是吗？”罗伯特执拗地说，“即使长了鳃，人类也无法抵御深海的巨大压力。”

“那么，”邝天林突然问道，“庾家全为什么能在海底生活呢？”

一提起庾家全，三个人都沉默了。他们不是到南太平洋底来做一般的科学考察的。他们去找寻一个不知道在哪儿的、由外星人建立的海底基地。但是，这样的探索，会有多大的希望呢？看来……

悬崖终于到了头，潜艇该拐弯了。孙艇长非常谨慎地操纵着这艘3000吨的潜艇。迎面竟是一个峡谷，深深的、杂草丛生的峡谷，潜艇探照灯所照之处，惊起了一窝窝五颜六色的鱼儿。

“哎呀！”罗伯特呻吟起来，指着荧光屏，“船……”

的确，就在这巨大的峡谷里，紧靠着一处突出的平台，有一艘船几乎是完整无缺地搁在上面，就像摆在展览台上似的。

罗伯特使劲儿拽住孙艇长的袖口：“我潜水出去看看行吗？”

孙艇长默默地和邝天林交换一个眼色，沉重地摇摇头。

“我可以把潜艇尽量靠近。”

“如果是‘好运气号’……”罗伯特失声喊道。

“那时，再让你出去。”孙艇长坚定地说。

潜艇略略倾斜向上，逐渐逼近平台。看得出是一艘十分豪华的游艇，而且刚沉没不久。船身上的浅蓝色的漆非常鲜艳，还配上白色的条纹，远远看去，就像一具船舰模型。看不出船身有什么损坏，既不是触礁沉没的，也不是锅炉爆炸，倒像是什么人故意摆在那儿的。不过绝不是“好运气号”——罗伯特一眼就看清楚了。在应该写船名的地方，只有一个奇怪的符号，样子就像一个蜷缩着的、裸体的黑色女人，她的手上拿着三支散开的箭。

“船上的人呢？全都淹死了？”孙艇长沉思着，突然把这句话说了出来。

“至少舱房里总应该有一些尸体或一些遗物，说明这艘船来自哪儿。”罗伯特的声音不由得有些战栗，“还是让我去看看吧，至少……”

孙艇长揿响了唤人的铃声，一个水手在门槛处出现了。孙艇长用低低的声音沉着地说：“叫潜水员李凤志和周士征准备，把这位外国朋友带上，给他一套潜水衣，三个人一起到那艘船上搜索。叫他们保护好外国朋友。”他又转过身来用英语说：“罗伯特·金斯莱先生，我安排了两个潜水员跟你一道出去。记住，只能探测半小时，绝对不能超过这时间，只是出去看看，什么也不要带回来。”

罗伯特差点儿没拥抱住这个满脸络腮胡子的老海员，然后兴高采烈地跟水手出去了。

“这艘船，”看着罗伯特的背影，邝天林说，“到底是怎么沉的？”

孙艇长默默地摇了摇头。

半个小时就像半年一样长。他们从荧光屏上看到三个潜水蛙人怎样迅速离开潜艇，背上的喷气推进器激溅起来的浪花淹没了他们的身影。他们贴近了游艇，立刻转到它的另一面去了。孙艇长打开了通话机，却什么也没有听到。他连连呼叫着，才听到李凤志的浑厚的男中音回答道：“什么也没有发现，舱门紧闭，我们想法撬进去。”

又听到罗伯特“呼哧呼哧”的喘息声。过一会儿，他突然惊叫起来。

“什么，什么？”孙艇长焦急地问。

“有一个……洋娃娃，破成两半了。”

洋娃娃！发现炸弹也不会比发现这个玩意儿更使人震惊了。

“带回来吧。”邝天林说。

“不……等一等。”孙艇长迟疑不决地说，他又转向邝天林：“我们得冒很大的风险——如果是那种外星人的‘催命娃娃’，谁知道……”

“可是，如果我们不把它拿到手，哪能知道是怎么一回事呢？”

孙艇长沉思了一会儿，不能不承认邝天林是对的，于是他用英语说：“罗伯特，把那个玩偶带回来吧。”

通话器里传来的却是李凤志的声音：“舱门撬不动。我们从舷窗往里瞧，没有人，但是里面的陈设很考究，桌上放着银制的盘子、咖啡壶，舱壁还有固定起来的油画。”

紧接着是另一个潜水员周士征慢条斯理的报告：“驾驶台也没有人。仪表上的指针指着‘全速’。”

“哎呀！”通话器里又传来罗伯特的惊呼，“洋娃娃突然从我手中脱出，升上去了……”

紧接着就是李凤志的仓皇的报告：“外国朋友追赶那个洋娃娃，用很快的速度上升——我们跟上去吗？”

“不，你们俩立刻回来，用最快的速度。”

“这个破成两半的洋娃娃，怎么又会自动上升呢？”邝天林迟疑地说。

“谁知道！”孙艇长淡淡地说。

从荧光屏里，一看见两个潜水员进入减压舱，孙艇长立刻下令：“升出水面！”

潜艇上升是十分快的，就像氢气球在空气中上升一样。驾驶塔一露出水面，孙艇长立刻看见在蓝澄澄的天空上，有一架很小的、红色的直升机悬浮着。直升机之下是一条绳梯，一个人正在困难地往上爬。孙艇长把双筒望远镜凑到眼睛上，立刻喊道：“是罗伯特！……可是，哪儿来的直升机呢？”

罗伯特爬得很慢——他身上还穿着十分笨重的加压潜水服，背着喷气推进器。孙艇长指挥潜艇逐渐靠拢过去，差不多一直开到直升机下面，罗伯特也快要爬到直升机的舱门口了。突然，里面伸出一双手，把他的头盔拧了下来；然后，又伸出一个披满栗色长发的头，双手捧住罗伯特的脑袋，不住地亲吻着。

“噢，这女人是谁？”孙艇长和邝天林差不多同时叫起来。

她就是《新西兰邮报》女记者，珍妮·怀特。她终于赶来了，而且及时地发现了刚冒出水面的罗伯特。在直升机的桨叶下面，在灿烂的南回归线上的太阳光里，刚刚经历了海底沉闷而又怪诞的事件的罗伯特，几乎昏倒在栗发美人的一双纤小然而有力的胳膊上。

15分钟以后，这两个人，全都登上了ZG227号核潜艇的甲板。

“破洋娃娃呢？”邝天林问。

正在脱潜水衣的罗伯特挥挥手说：“它不见了——我在海面搜索过……”

潜艇上的人们都注视着靛蓝色的海面。但是什么都没有发现。神秘的玩偶，毫无踪影地消融在大海之中。

十四　神奇的太阳

这个海底基地，地方并不很大，它的主要建筑是一座蒙古包似的大房子，通向出入口的一条通道把蒙古包分成两半：一半是六个地球人的卧室、饭厅和起居室；另一半是杜库里人活动的地方。洛威尔已经告诫过三个年轻人，没有他的陪同，千万别闯进杜库里人的实验室去。安妮·洛丽也没有越过这道界线，而是领着他们，走向大门，一直来到蒙古包外面。

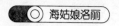

起初，皇甫堤以为建筑物就像一个大潜水钟。而外面，则是波涛汹涌的大海。但是安妮·洛丽轻盈地开了门，回过头来甜蜜地笑了笑，就迈步出了门口。

三个年轻的中国人也鱼贯地到了外面。

啊，这是一个多么令人目眩神迷的世界！他们竟到了一个小小的广场上，被画成棋盘格子的土地，种着黄瓜、卷心菜、椰菜、菜花，攀附在篱笆上的豆荚，还有一圈正在盛开的玫瑰花……不过，这一切都比不上一个奇迹中的奇迹：在明晃晃的天穹上，是一轮耀眼的太阳！

三个年轻人抬头望着太阳，眼都花了，酸痛，流泪，他们也舍不得把眼睛挪开。的确，跟太阳一样温暖、明亮、炫目……

这是真正的太阳吗？

附近还有鸡的啼鸣，牛的哞叫，不远处的一个水塘子里，一群鹅在拍着翅膀，简直就像一首田园牧歌！

皇甫堤环顾了一阵，终于看清楚了，他们所在的地方是在一个拱形的火山洞内，头上的那轮耀眼的太阳，不是别的，正是一个圆形的火山口。那么，他们其实并不是在海底，而是在一个火山的洞窟里吗？海，又在哪儿？

三个年轻人一下懵了。而安妮·洛丽，则"哧哧"地笑起来。"逃走吧。"她揶揄地说，"爬上去，从火山口爬出去，就是自由……"

赤手空拳爬上火山口，是绝对没有希望的。穹隆形的山洞布满火山熔岩，在太阳光下闪闪发亮。皇甫堤仔细察看着，希望找到一条进入这洞窟的通道。但是，看来，什么通道都没有，他们跟外部世界的唯一联系，就是那充满阳光的火山口！

他们目瞪口呆了。

“我们，”庚新翊结结巴巴说，“是从上面掉下来的。”

洛丽又笑了，笑得那样甜。她一只手攀扶庚新翎的肩膀，断断续续地说：“那还不把你摔成肉饼……”

“那么大海，大海又在哪儿呢？”庚新翎惶惑地问。

洛丽笑着不回答，伸出一只手指，指着头上。

“我们还是在海底下面？”皇甫堤急急忙忙问道。

洛丽狠狠地点了一下头。

“那么，这太阳……”庚新翊问。

“这是杜库里人亲手制造的人造太阳。”

“利用电力？”庚新翊接着问。

“我也说不上。”洛丽真诚地说，“我进来的时候只有7岁，12年来我没有出去过。”

“你爸爸呢？”皇甫堤急促地问道。

“据我所知，他也没有出去过。”

参观这个与世隔绝的世外桃源，已经不能引起皇甫堤的任何兴趣了。一个念头牢牢占据了他的心灵：他们真的是从头顶上这个光芒四射的火山口进来的吗？那么，火山口上盖着一个什么样的盖子，才足以抵御海水的巨大压力？而当他们进来的时候，海水不会乘势倒灌进来吗？作为海运学院的学生，皇甫堤看过一些报道水下实验室的电影。那些水下实验室，对外的通道都是在下面的。这样，利用空气的压力，海水不会侵入。可是，什么时候看见过对外的通道开在头顶上啊？

洛丽一点儿也没注意皇甫堤，她怎么都看不够庚新翊。这12年来，她眼里所见的，除了自己的父亲和那个中国老头儿外，就是那些白色的、三只眼的、神情冷漠的杜库里人，而这个俊秀的日本青年，好像罗丹的雕像那么潇洒、和谐，身材匀称，却又带有东方人特有的秀气，对于一个欧洲姑娘来说，这的确是具有魅力的。但是庚新翊却总是带着那么一种忧愁的目光。不错，“求仁得仁”，他到底找到自己的父亲了——不，不是找到，是一种奇怪的机缘使他们相遇的。但是，他跟广大的人世间、跟自己的祖国完完全全隔绝了。他一点儿也想不出有什么逃脱出这个位于深深的、大洋底部的火山洞窟的可能性。

姐弟两人面面相觑。只听得皇甫堤慢声问道：“海水是用什么阻隔着的呢？”

“什么也没有。”洛丽迅速地回答道。

“什么？什么？什么？”三个青年人同时问道，他们以为自己听错了。

“真的什么也没有。”洛丽坦然地说，“如果你们能飞，可以一直穿过人造太阳，进入海里。”

“人造太阳是什么？”庚新翊问。

“我也说不清楚。”洛丽环视着三个青年，叹了一口气，“不信？真的，听说是什么……电弧，从海水分解出来的重氢中取得电力。”

“那么，海水呢？”皇甫堤念念不忘自己的疑问，“海水为什么不会灌入？”

“听说……”洛丽迟疑了一下，“是利用了什么……引力波。”

皇甫堤用锐利的目光盯着这个西方姑娘，用力思考着，她是不是隐瞒了什么。不过“引力波”几个字给予他十分深刻的概念。引力波，在地球人的科学里，还只存在于理论中，在这儿却获得了实际的应用，而且它竟像什么坚实的东西一样，形成引力屏蔽，挡住了这海洋深处的巨大压力。

洛丽大概不懂得这些深奥的技术问题，看来，从她嘴里未必能够再问出什么来了。但是，洛丽忽然妩媚地一笑，说："你们别动脑筋想逃跑了。我听爸爸说，这里离海面有5000多米哩。就算你们能够穿出火山口，在外面的海洋中，海水压力也能把你们压得比鲳鱼还要扁。而且这个人造太阳，也有800多度的高温呢，你们只要一靠近它，就会烤得像焦炭……"

"那我们一辈子……"庾新翎失声喊道。

"我以前也觉得寂寞。"洛丽沉思着说，"杜库里人说的话我一个字都听不懂，他们发音就像锉牙齿一样，是吗？难听得要命，那个样子也难看。我小的时候，一看见他们就害怕得直想哭。那个中国人，倒是挺老实的，可就是不爱说话，一天说不到20个字。不过他做菜的本事可真好——我现在也爱吃中国菜啦。日本菜也是这样子的吗？或者你们想吃日本菜，我可以叫劳伦兹做。他以前是一艘大轮船的厨师，什么菜都会做。"

听着这个白种姑娘毫不在意地谈论着他们的父亲，庾新翊和庾新翎的心就像被一只猫的舌头舔过一样，刺辣辣地难受。

"我是真心地高兴！"洛丽搂着庾新翎的肩膀，热情地说，"既然你们几个年轻人来到这儿，让我们今后永远生活在一起吧！爸爸说，地面上的人类总是在钩心斗角，成天你提防我，我提防你。就拿他的科学研究来说吧，哪怕有点儿发明创造，也要躲开很多很多监视的眼睛。这儿呢……"

"这儿也有杜库里人。"皇甫堤说着，紧瞅着洛丽。

"哦，"姑娘笑了，"他们才不管我们呢！他们做他们的试验，成天跟我们不说一句话——我也听不懂。只有我爸懂得他们的话。他们不妨碍我们的生活……"

"他们也不出去吗？"皇甫堤问。

洛丽犹豫了一会儿。

“我不知道，真的不知道。”

“我们，不是杜库里人抓回来的吗？”皇甫堤尖锐地问道。

洛丽又笑起来。“不是抓回来，是救回来的。”她强调地说出save（救）这个词。“你们翻船了，落在水里，杜库里人……”

“你怎么知道这一切呢？”皇甫堤急促地问道。

“噢，我在我爸屋里的电视屏幕上看到的。”

“你也看到他们带我们回来？”庚新翊问，“他们乘什么东西穿过火山口？”

“我不太清楚。”洛丽一双深湛的蓝色眼睛忽闪着，“我被父亲叫去看护你时，你已经躺在床上了。”

“可是，‘催命娃娃’……”庚新翊皱起了眉头。

“是的。”洛丽不知为什么叹了一口气，“以前，杜库里人生产一种叫‘催命娃娃’的玩偶，不过，如今已经停止生产了。他们把它带到海里去。我爸说，他们是在做一项试验。”

“什么试验？”皇甫堤紧张地问道。

“听说，是什么能量的传递——不过我可弄不清楚那些复杂的过程。”洛丽抱歉地说。她那美丽的眼睛流露出如此坦率的神情，使人觉得她真的并不了解这海底基地的全部秘密。

他们已经绕着整个火山洞窟的底部走了一圈。但是，因为一直进行着严肃的谈话，大家也不大注意参观这周围的环境。看到洛丽那热情的目光总在庚新翊身上流连，皇甫堤一点儿也不怀疑这个与世隔绝的姑娘正把她的全部热爱倾注在一个英俊的异国青年身上。而且，他还隐隐觉得这可能跟他们三人的获救有极大的关系。

这么说来，这个姑娘，起码她的父亲，那个什么洛威尔教授，已经得到杜库里人那么大的信任：他可以决定在溺水的人中救活谁，不救活谁……

10年前，“海远号”的人都牺牲了，单单活了一个庾家全，难道不正是因为他是一个能做一手好菜的厨师吗？但是杜库里人并不吃他做的饭菜，那么，是为了洛威尔父女俩……

皇甫堤又瞥视了一下安妮·洛丽，目光像尖刀一样锋利。不错，这个少女是天真未凿的，但是她到底掌握了多少秘密呢？她是爱着庾新翊的，但是，她能否爱到可以背叛自己父亲的程度呢？

他看了看庾新翎姐弟俩，姐弟俩一直是心事重重的。皇甫堤忽然想到，如果庾新翎跟他在这个海底基地生活一辈子，岂不也很好？想到这儿，他觉得自己的耳根一点点地发热了。

十五　庾家父子

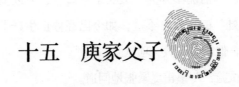

儿女的到来，在庾家全心中激起巨大的波涛。他就像被埋在坟墓10年之后，重新看见了人世间的一线阳光。当他把一封信塞到正在生产的“催命娃娃”肚子中的时候，他只是模模糊糊感觉到这是他跟人世间的唯一的联系渠道。这些玩偶将要漂流在海面上，而只要杜库里人愿意，他们可以通过这些玩偶掀起足以颠覆一切船只的巨浪，毁灭掉一切航行在海上的生物。这封信能够落在他的儿女的手里，大概只有十亿分之一的机会，但是庾家全真的赢得了这个十亿分之一的机会。

我的天！多么漂亮、英俊的一双儿女。现在就在他身边，每天吃饭时都能看到他们，但是，没有一诉衷曲的机会。表面看来，这儿每个人都是自由的，但是庾家全知道，周围都是监视的眼睛。这还是他刚来到这海底基地不久时明白的。有一次，他在饭桌底下捡到钢笔尖那么大的一块金属片，随手放在衣袋里面，但刚回到自己的房间，洛威尔就带着一个杜库里人找来了。那个杜库里人用难听的、像一把生锈的锯锯木头似的声音哇里哇啦说了一阵。洛威尔就翻译说，这回念他是初犯，不予惩戒了，以后，除了食物和日用品，什么都不能带到房间里来。庾家全牢牢遵守了这条规则，杜库里人再也没有找过他。

这些年来，庾家全一直忙于自己的职责：种菜、种花、养鸡、养鹅、养奶牛、养蜂，当然最主要的还是烹饪。这一切，只是为了洛威尔父女和他自己的需要。杜库里人不吃他做的任何食物。他记不起有哪一次杜库里人端起一杯水来喝过——虽然这儿的饮用水是通过离子交换剂从海水中析出来的，但新鲜、味美，而且没有细菌。想必外星人有他们自己维持生命的方式。有一次他无意中听到洛威尔对洛丽说，杜库里人是直接摄取海水中分解出来的能量用以维持生命的，他们跟地球上的人类有完全不同的生命机制。不过，庾家全也绝不想去打听有关杜库里人的一切：他们从什么地方来？藏在海底下干什么？为什么要生产“催命娃娃”？为什么要掀起巨浪来倾覆海上航行的船只？最后，一个顶顶重要的问题就是：在这绝对秘密的水下王国里，这些外星人却容许三个地球人和他们一起生活着，这又是为什么？

当这些问题从大脑皮层蹦出来的时候，庾家全多半会把它们扔到一边，而用无休无止的侍弄菜园子、饲养家畜和家禽、制作精美的菜肴来打发全部时间，想这些问题有什么用呢！

“咫尺天涯”，儿女离庾家全又近又遥远。当他从菜园里抬起头来，经常看到庾新翎和庾新翊姐弟俩，还有那个叫皇甫堤的小伙子来来往往。他想起杜库里人把他们带回来时，这三个年轻人都是奄奄一息，但是杜库里人把他们救活了，并且把他们留在这水底洞窟里，这又是为什么呢？

但是，儿女的到来使庾家全产生出一个急迫的愿望：一定要让他们脱离水下的牢笼，再回到地球表面去。他已经是50岁的人，能不能再看到祖国的山河已经无所谓了，可是新翎和新翊姐弟却不应当一辈子埋葬在这个水下的火山洞窟中。他们应当再看到大海、土地、一望无际的田野和蓝色的天空，再看到阳光——真正的太阳，而不是这个人造太阳……

有一个念头十分困扰庾新翎：洛威尔父女俩，不像他们说的那样，是苏格兰人！虽然他们说的英语无懈可击，却可以判断出来，他们不是讲英语的。说自己民族语言的人多半比较随便，而不是洛威尔那样严格遵照语法、习惯语、口头语——好像是一个严格的语文教师训练出来的。

不过，这又跟当前的状况有什么关系？洛威尔教授是苏格兰人也好，是印度人也好，是北欧人也好，哪怕是玛雅人也好，其实是一样的。洛威尔不是也把他们当成日本人吗？而且她还有一个桥本洋子的名字；庾新翊呢，叫桥本次郎；而皇甫堤则叫宫岛正彦——啊，一想起皇甫堤一本正经地把这些名字报出来，她就不禁发笑。皇甫堤当然是个聪明人，他学过一点儿日语，而且只要有可能，他就尽量和庾新翊说日语，但她插不上嘴。他们三人单独在一起的时间非常少，那个十分迷人的安妮·洛丽，像水蛭一样，时刻盯着庾新翊。令庾新翎担心的是：她的弟弟也有点儿动情了。不论从什么标准看，安妮·洛丽都是一个美女，像庾新翊这样的年轻人是很少经受得住这种进攻的。然而，在这个坟墓似的水下洞窟里，在这样怪诞的环境中，爱情，到头来难道不是一杯苦酒？她好几次想和弟弟私下谈一谈，但是皇甫堤像是预先猜到了似的，总是把谈话引向另外的方向。即使在仅有的他们三个人在一起的场合，皇甫堤也绝口不谈离开这儿的问题，而是用日语讲讲笑话，同时用精明的目光观察着周围的一切……

庾新翎看不出有什么办法离开这儿。可是这儿有她的父亲、弟弟，还有皇甫堤，这就够了。唯一遗憾的是暑假很快就要过去了，她的学业该怎么办呢？她有时想起舅舅，不知他会采取什么办法？但是在5000米深的海水下面，一个被引力波所封闭的火山洞窟中，地球人的科学技术想必是无能为力的。这些杜库里人，他们拥有比地球上先进得多的科技水平，但是为什么总是躲在这海底下面呢？

“桥本，”安妮·洛丽和庾新翊并肩坐在起居室的沙发上，她用手指转动着一枝玫瑰花，“听说，日本的女人很美，是吗？”

这间起居室的陈设十分华丽。一圈沙发，铺的是亮闪闪的墨绿暗花丝绒；一架大三角钢琴靠在右边；墙上是伦勃朗的油画，还有一幅超现实主义、色彩非常鲜艳的作品；在酒柜上，陈列着中国宋代的瓷器。

“唔。”庾新翊漫不经心地应道。他早上刚刚跟皇甫堤交谈过。皇甫堤建议，他一定要设法探悉“催命娃娃”的秘密。他模模糊糊记得，第一次见面时，安妮·洛丽就说过，“催命娃娃”之所以能够掀起巨大的浪涛，是因为它能和海水发生共振作用。但是，“催命娃娃”身体内部的那部仪器，庾新翊亲自拿在手中过，体积不过有一盒香烟那么大。假如它能够发出那么大的能量，除非里面有一枚核弹，但是他没有看到什么爆炸……不，能量的集聚和转换，一定是以某种人们还没有掌握的方式进行的。

“看你的姐姐多美！”洛丽由衷地赞叹道。她的脸红了，低声说：“你也是。”

“安妮，”庚新翊忽然抓住了洛丽的手，“你能不能告诉我，‘催命娃娃’为什么停止生产了呢？”

洛丽脸上露出十分惊讶的表情。

“看你净想些什么？”她噘起小嘴巴说，“实验完成了，就停止了呗！我哪里晓得那么多——你问杜库里人去……”

“哦，”庚新翊抱歉地笑着，“你不知道，我亲手拿过这个‘催命娃娃’，只觉得它表面罩着一团神秘的绿光，后来又射出强烈的绿色射线，我就天旋地转，不知怎么落在这儿了……”

“可是你一睁开眼睛就看见了我。”洛丽笑了，“你一定大吃一惊吧？”

“不，我觉得……”他很难搜索到合适的词句。姑娘用两只湛蓝的，犹如很深的湖泊似的眼睛盯视着他，他不由得低下了头。

“觉得幸福？”洛丽用很低、很低的声音，凑在他耳朵边问。

一阵目眩神迷，庚新翊闭上了眼睛。他感觉到姑娘的温暖、湿润的嘴唇贴上了自己的嘴唇，而姑娘的一双手搭在了自己的肩膀上。

“Hello！”一声响亮的招呼使这对沉浸在爱情中的青年像弹簧一样分开了。洛威尔教授走进起居室，说：“I'm sorry.（我很抱歉。）”

安妮·洛丽眼睛瞪得大大的，望着父亲。庚新翊却羞红满面。

“年轻人，”洛威尔教授站在他们面前说，“你终于在这海底伊甸园里尝到禁果的滋味了吗？”

庚新翊只是惶惑地笑了笑。

“但是，”洛威尔教授用那种不紧不慢的自信腔调说，“在得到我的祝福之前，我要知道你的一切。你的家庭，你到这儿来的动机，今后的一生你打算怎么安排……”

“我能够回答这些问题。”洛丽大声说。

“我要这位年轻人自己回答。”洛威尔专断地说，“我只有一个女儿，唯一的继承人。我首先得弄清楚，你愿不愿意、有没有可能做我的事业的助手和继承人？”

“什么事业？”庾新翊机械地问道。

“哦。”洛威尔沉思起来了，“可以说，开发海洋的事业吧。”

庾新翊的脑子里立刻闪过一团绿光，他清醒过来了。“是你的事业呢，还是杜库里人的事业？”他问道。

“可以说，是我和杜库里人的共同事业。不错，他们是从文明比较高的星球上来的，他们有比地球更加发达的科学技术。可是他们如今是在地球的海洋底下，他们需要和地球人合作。”

“目的呢？”庾新翊尖锐地问。

“科学，”洛威尔大模大样地说，“目的在于创造。我实话对你说吧，我们要实现物质和能量的高速度传送。怎么对你说好呢？你知道宇宙飞船吗？利用光子火箭，它可能达到光速的一半，甚至三分之二、四分之三的速度，但是，要以花费大量能量为代价。如果我们能够把整艘宇宙飞船，甚至包括它里面的宇航员，统统变为场，我们就能以光的速度发射这些场。到了目的地后，它们又会依照一定的组合方式恢复为宇宙飞船，包括宇航员。这样，传递物质和能量，我们都可以用光速。根据相对论……”

庾新翊听得目瞪口呆。这个实验在理论上也可以算得上是新奇的，而在实践上更加不可以想象。他面前好像出现一幅令人目眩神迷的画面，他得花很大力气才能集中自己的全部注意力，听着洛威尔教授的话。

“你不是接触过‘催命娃娃’吗？它为什么有这么高的能量？那是我

们这儿发射出去的，即使它要穿越5000米深的海水，传递几十、几百海里的距离，能量也决不会衰减。哦，你自己，是亲身体会过的了！”

“我可……真是一点儿也没有料到……”庚新翊结结巴巴地说。

洛威尔教授开心地笑起来。

“你看，这是多么了不起的成就！在地球上，哪个实验室能达到我们的水平？你不是学电子工程的吗？你会是我很好的助手，对吗？”

他把脸转向自己的女儿。安妮·洛丽甜蜜地笑了，说：“爸爸，桥本会跟你合作的，即使仅仅是，为了我。”最后几个字她说得非常轻，但是庚新翊听得十分清楚，他的脸又热辣辣地发烫了。

十六　绿光莹莹

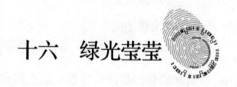

ZG227号核潜艇在游弋，离水面只有8米，它的潜望镜伸出了水面。在镜屏前，是南半球的冬日，温暖的阳光洒在跳跃着的浪花尖上。这儿的天空还不曾为密集的现代化工业所污染，因而是一片澄澈的湛蓝色。这儿的水鸟也比较多，视野里经常翻飞着海鸥、海燕，有时会掠过一只庄严而高贵的信天翁。

但是潜艇内部被深深的郁闷笼罩。半个月过去了，《新西兰邮报》女记者每天发出的专电，都是“尚无新的进展”。她气得连罗伯特也不大理睬了。孙艇长则在认真地跟邝天林谈潜艇返回基地的问题。“好运气号”和它的三名乘员，就像蒸发到空气中一样，完全消失了。罗伯特每天早、午、晚都蹲在电报室里，试图捕捉庚新翊发出的呼号，却完全徒然。想必是这艘漂亮的摩托艇，也遭遇到千百艘船只在百慕大三角才遭遇的命运。一想到一旦回到苏瓦，老金斯莱的暴跳如雷，罗伯特就心惊肉跳。

太阳斜斜地落在海面上，一片殷红。太阳的投影就像一把带血的长剑，猛烈地抖动着，似乎要把逐渐变成铅灰色的海水搅浑。几道乌黑的、长长的云朵把又大又红的太阳拦腰截断。这一切，组成壮丽而又凄怆的画面。

潜望镜转换着角度，投向了大块的积云正在集聚的东方，那儿隐约看得见云层缝隙透出的闪电。阴森森的层积云一鼓一鼓的，仿佛在膨胀，而且它的形状迅速变化着，它的色彩也在时刻变化，使这一场景带有一种奇谲的意味。

孙艇长忽然紧紧抓住了邝天林的手。“好像是……”他低声说。

邝天林把他的目光投向镜屏，立刻发出撕裂人心的喊声：“飞碟！”

在驾驶舱的那一头低声说着话的珍妮·怀特和罗伯特·金斯莱跑过来了。现在图像已经变得十分清晰：大块大块铅灰色积云的背景上，一个亮闪闪的纺锤一样的东西挂在那儿，一动也不动，一团淡淡的绿光罩住了它。但是透过这层绿光，依然可以看清它的轮廓——它差不多就跟两个盘子倒扣在一起一样。

“准备下潜！”孙艇长明确地下令道。

“等一等。”珍妮·怀特说着，立刻跑开去发报：“八月三日下午六时零三分……”

人们不明白飞碟为什么长时间悬在半空，纹丝不动。它的位置大概相当高，因为有一阵工夫，那些疾驰的积云似乎遮蔽了它，但是后来它又出现了。它仿佛在观察什么，要不就是犹豫着下一步采取什么样的行动。高空的风速一定是很大的，可是这个奇特的飞行器一点儿也不颠簸，就像嵌镶在天幕上似的。孙艇长操纵着潜望镜的变焦距镜头，飞碟在镜屏上的图像已经显得十分大，却仍然不是很清晰。看不见它有活动的意思，也猜不透它里面是否有生物——因为一个窗子都没有！

过了5分钟、10分钟、15分钟，孙艇长敛声屏气地注视着镜屏。第18分钟的时候，飞碟好像晃了一下，那团淡淡的绿光突然变得晶莹夺目了，有如节日的焰火，向四面八方喷射着那细细的亮闪闪的辐射光。然后，它就像跌落下来一样，笔直地坠入海中。

“下潜！”孙艇长喊，他的声音都变了。

海水掀起了狂暴的浪涛，潜艇被重重地抛起来，又摔下去，钢结构的船体“吱吱嘎嘎”响着，海水以可怕的力量压迫着潜艇的艇身。在强烈的光柱里，海洋仿佛一个大漩涡，不由自主地把潜艇吸引进去……

当人造太阳陡然昏暗下来的时候，皇甫堤和庾新翎正在玫瑰花小径上散步。他们抬起头，只看见火山口闪起一团绿光，倏然坠下，一直落到那个杜库里人的实验室里面。整个过程大约只有10秒钟。人造太阳又明亮起来了，一切又恢复了原先的样子，好像刚才的10秒钟不过是一个幻影。

“杜库里人回来了。”皇甫堤低声向庾新翎说，“那些实验室的顶部，想必也像火山口一样，是没有盖子的，或者也用引力波封闭着，但是飞碟有一股力量，能够穿透引力波，自由出入。”

“飞碟！”庾新翎惊讶地说，“你真的看清楚了吗？”

皇甫堤摇摇头。

“你不认为所谓飞碟正是这些外星人的飞行器吗？”他沉思着说，“所有看见过飞碟的报道都说它几乎能以任意的速度飞行，又能任意改换方向——这正是一个圆盘形飞行器的优点。飞机就不能那样，只能向前飞行，当它要拐弯时，需要偏转很大的角度……”

“为什么不能把飞机造得……”

“跟飞碟一样？噢，不，这要花费非常多的能量哩。”

“可是，为什么有绿光……”庾新翎不知为什么蹙起了眉头。

“所有有关飞碟的报道都提到过那些绿色的闪光。另外，‘催命娃娃’也能发出绿光——这是我们亲眼看到的。而且那不仅仅是光，同时又是一种强烈的、能引起灼伤效应的辐射。在老金斯莱那次可怕的航行里，这种绿光似乎还有一种特别的效应，使人精神紊乱，就像那个轮机手皮尔特那样。我猜想这种辐射会不会对人脑的生物电流起着一种我们现在还不清楚的作用？这证明，‘催命娃娃’和飞碟，都具有一种瞬时释放出高能量的机制，而且它们之间又有某种联系……”

“可是，”庾新翎迟疑地说，“‘催命娃娃’不是停止生产了吗？洛丽告诉新翊说，那是一种能引起海水发生共振的仪器。”

“而飞碟却是杜库里人的乘具，它必然具有极高的能量，否则不会毫不困难地穿透封闭这火山口的引力波。你想，5000米深的海水都被堵住了，这引力波的力量该有多大！但是飞碟能够穿过去。这种乘具可以说是万能的，它既能飞翔在空中，又能在水中潜航。我想，我们落水以后，就是杜库里人乘飞碟把我们救起，送到这儿来的。”

皇甫堤的头脑非常清晰，庾新翎不由得完全信服他所说的话。

“可是，”她又问道，“为什么那么巧——恰好杜库里人在附近……”

“我想，”皇甫堤说得更缓慢了，“并不是碰巧。‘催命娃娃’是能够发出一定的信号和飞碟联络的。老金斯莱的例子也是这样。”

“哦。”庾新翎连连点头说。

“我多么想知道这一切秘密啊！”皇甫堤叹息着。突然，他停顿了一下，迅速地说：“如果我现在马上闯进去瞧瞧，会怎么样？”

“什么？”庾新翎显然吃惊了。

“我总得证实我的想法……是的，不会有危险的。”皇甫堤自信地说，“他们要杀死我们，可以说不费吹灰之力，但是他们并没有，那就一定有什么道理。再说，我也要接触接触那些杜库里人，对他们丝毫也不了解，才是最危险的呢！”

“可是……”庾新翎犹疑了一下，果断地说，“我和你一块儿去。”

“不，”皇甫堤温柔地说，“你立刻去找新翊和安妮·洛丽。万一我落在杜库里人手里，她可以……”

庾新翎还在犹豫，但是皇甫堤轻轻推着她：“去吧！洛丽已经救了我们一次，她不会不救第二次的——尤其是，如果新翊去求她……”

他拔腿就向蒙古包似的房子走去。

他悄无声息地拉开一扇门。这实验室可真是复杂极了！不知是什么仪器像蜜蜂一样“嗡嗡”地响着，而那些红的、绿的、蓝的、白的电眼则像星星一样忽明忽暗。实验室里纤尘不染，却没有一个杜库里人——他们哪儿去了？

皇甫堤想凑到仪表跟前看看，但是还在一米之外，他就受到了猝然的电击，一下子倒退了好几步。于是他明白了，这些实验仪器是受强力的电网保护着的。但是，杜库里人为什么能够经受这么强烈的电击呢？

他没有更多时间琢磨了。他又穿越一扇门，这里是电火花实验室。乍一看，能让人吓得魂飞魄散：电火花闪光中，一个杜库里人全身发出耀眼的光，似乎在狞笑着，但是转眼又消失了。然后，隔了几秒钟，又在另一头出现了这个狞笑着的杜库里人。不过，出现的杜库里人一点儿也没注意到皇甫堤的闯入，他们就像是一个幽魂，一个幻象，一个电火花中的精灵。皇甫堤几乎是跑着离开这间实验室的，他那非常健康的心脏无法抑止那种痉挛性的悸动。

这些外星人，竟然能够随意显形和隐身？或者这些强大的电火花能够随意“创造”或“消灭”活生生的外星人？

完全无法回答这些问题。皇甫堤感觉到脑子十分纷乱，急匆匆地进入另一个房间。这儿四面墙壁上都是仪表桌和电视屏幕，电视屏幕上跳动着莫名其妙的绿色、黄色和红色的曲线。皇甫堤急急忙忙穿越而过，猛地拉开了另外一扇门。

在他面前，是一个敞开的庭院，停着支撑在三只细长的金属腿上的那个圆盘形的飞行器。皇甫堤一点儿也不怀疑那就是所谓的“飞碟”。它曾经出现在全世界各大媒体的新闻报道中，多少惊慌失措的眼睛看着它，仿佛它是一个妖魔，一个鬼魂，或者诸如此类的恐怖目标。其实它只是一个具有强大功率、依靠强有力的能源运转的飞行器，同时又是一个潜水器。但是，此刻它静静地立着。在它的“肚子”上，似乎有一道暗门，但是没有舷梯。皇甫堤寻思着，是否爬进去看看。他试图向它迈出一步，但猛然想起了那种无处不在的电网。他稍稍犹豫了一下，突然间觉得两只胳膊被一双铁钳似的手擒住。

他已经落在杜库里人手里了。

但是他无法回头。杜库里人力气是这么得大，他连挣扎一下都办不到。这些杜库里人手上的吸盘像磁铁一样紧紧绞缠着皇甫堤的双手，他感到肌肤火辣辣的疼痛，眼前金星乱冒。

一阵沉重的脚步声传来。“Hello！”啊，是那个大胖子洛威尔高亢的音调。突然间，擒住皇甫堤双臂的可怕力量放松了。转眼之间，洛威尔来到了面前，笑容可掬地说："宫岛先生，看来，你对杜库里人的技术产生兴趣了？"

皇甫堤没有回答。他刚刚从猛烈的暴力中恢复神智，还没能很好地掌握自己。他飞快地思考着当前的对策，但是洛威尔立刻不管他了，转而同那些杜库里人讲起那种他听不懂的、怪里怪气的语言。

皇甫堤现在可以喘一口气了。他听见杜库里人用金属铿铁一般的语言和洛威尔交谈着。这种语言，没有抑扬顿挫，没有高低调门，使你听不出他们到底是在议论什么。在谈心，还是在争论？皇甫堤用眼角悄悄瞟了一下，噢，四个杜库里人，全都是面孔呆板地站立着，一个一个地轮流说些什么事情。他们的白色面部没有一丝肌肉在抽动，他们深陷的眼睛也看不出什么感情的闪光，他们连手势都不打。要从那单调的声音里猜出他们在说些什么是很困难的。他们也许在讨论刚才飞碟升空时所探悉的信息？也许是讨论如何处置皇甫堤这个胆大妄为的闯入者？皇甫堤猛然记起洛威尔给他宣布过的"纪律"：不要进入杜库里人的实验室。现在他进入了，等待着他的将是什么样的命运呢？

那些话他一点儿也听不懂，但是他仍然认真地听着。他总算听出点儿什么了：

第一，那无疑是多音节词，虽然没有抑扬顿挫，但还是有必要的停顿。而且，皇甫堤明显听出，有的字音节很长，按照地球上语言的规律，必然是一种复合词。

第二，在长句子当中，有同一个词是经常在重复的，这个词，皇甫堤没法子念出来，但是他认为那是相当于英语的that或俄语的kotopbiй，也就是把长句子联系起来的纽带。由此看来，这种外星人的语言规律，大概跟拉丁语系或斯拉夫语系差不多。

第三，虽然几个杜库里人说话平板单调，但是洛威尔的话是有分明的重读和语气的——洛威尔说话的时候，丝毫也不费劲儿，虽然他发不出那种金属摩擦似的声音，但是杜库里人完全听得懂。而且洛威尔说得那么熟练，一点儿也不像是说与地球文明毫不相干的另一种文明的语言，而好像是说他本民族，至少是他很熟悉的一种语言——当然，是经过变化的、变形了的语言……

否则，洛威尔怎么学会流利地说别的星球的语言呢？

然而洛丽却不会。父女俩是同时到这海底基地来的，小女孩应该有更好的语言天赋，却一句杜库里语也不会说。这样看来……

“爸爸！”一声尖锐的喊叫打断了皇甫堤的思索，也打断了洛威尔和杜库里人的交谈。安妮·洛丽气喘吁吁地跑进来。

“安妮，”洛威尔皱着眉头说，“我不是说过，你也不要到这儿来吗？”

“可是，”洛丽忽然妩媚地一笑，“这个宫岛……”

洛威尔朝身旁一个杜库里人说了一个短句。

那触电似的感觉又刺激着皇甫堤的双臂，他被推进刚打开的这间屋子。在他跨出门槛的时候，他还听见洛丽恼怒地问道：“爸爸，你要把他送到哪儿去？”

“你别管。”洛威尔粗暴地说。

十七　父与女

“那么，”洛威尔烦躁地说，也不看女儿一眼，“你是决心要跟这个中国人结婚了？”

“什么中国人？”安妮·洛丽抬起她那双睫毛长长的眼睛。

“你总不至于认为我连中国话和日本话都分不清吧？”洛威尔冷笑着说，使劲儿在烟灰缸里捺灭一个烟蒂。这场从一开始就不愉快的谈话，是在洛威尔的房间里进行的。押走皇甫堤以后，洛威尔向杜库里人做了些部署，便领着女儿回到自己的房间。他十分烦恼，隐隐约约感觉到在他这个独立的水下王国里，只有这个掌上明珠似的女儿是他唯一不能完全控制的力量。

洛丽瞪大了眼睛，瞧着自己的父亲。

“你称之为桥本次郎的那个青年人，跟那个叫桥本洋子的女子，是姐弟俩，对吗？”

洛丽用力点了点头。

“但是他们在一起从来不说日本话，只说中国话。”

“你懂中国话？”洛丽不服气地问。

“我有语言分析机，”洛威尔咬着嘴唇说，“我分析过他们的谈话。那两个青年男子倒是常说日本话的，但也不总是如此。他们不是日本人，正如你和我不是苏格兰人一样。另外，他们三人，都和劳伦兹说过中国话。”

“劳伦兹？”姑娘大吃一惊。

“这三个青年和劳伦兹是认识的。照我估计，姐弟俩很可能是劳伦兹的亲属——据说亲人之间都有某种心电感应，只是我们的仪器还不能探测到罢了。但是我，你的爸爸，却用自己的头脑感觉到了。”

“你？”

“是的。”洛威尔得意地说。他站起身，给自己倒了一杯白兰地，一仰脖子倒进喉咙里。“我甚至怀疑，这三个青年是来寻找劳伦兹的。”

洛丽“霍”地站起来。“爸爸，这也太过分了。”她怒容满面地说，“你分明知道这三个青年是翻了船，落在水里，杜库里人把他们救回来的。”

“是的，宝贝。”洛威尔定睛瞅着女儿说，“不过，这三个青年到南太平洋来干什么呢？”

“我测过桥本的脑电波……”

“如果一个人意志力很强，脑电波也是可以自我控制的。”他换了一个口气，“好吧，我们换一个话题：杜库里人为什么要去救这三个青年？”

洛丽咬着下唇，不说话。

“那是应我的宝贝女儿，我唯一的继承人的请求呀！”洛威尔咧开嘴笑起来，“我的女儿已经19岁了，她需要一个小伙子来爱她，于是……”

“爸爸！”洛丽喊道。

“哦，安妮。”洛威尔温柔地说。他走过来，抚摸着洛丽的金色云彩一样的头发：“自从你母亲死了以后，我们父女二人相依为命地生活了12年。我当然是希望你幸福的。甚至可以说，我的一切所作所为都是为了你……”

“啊，亲爱的爸爸……”洛丽喃喃地说，眼睫毛上挂着两滴晶莹的、晨露一样的泪珠。

“你知道，安妮，”洛威尔的声音里充满柔情，“你的爸爸是一个卓越的物理学家。可是，他也是一个处处受限制、受排挤、受迫害的持不同政见者。只有在南太平洋深深的海底，他才能建立一座世界上无与伦比的实验室，从事一项全世界都没有人尝试过的伟大研究。安妮，你也许知道，你爸爸的实验，获得10次诺贝尔奖的资格都够了，可是，又为什么要把自己深深埋在海底下呢？”

“那是你想保守秘密。”洛丽缓慢地说。

“这是许多原因之一。”

“还有呢？”

“在海底，我们可以不受到干扰——我的意思不只是人为的干扰。你能在地球表面的哪一处找到丝毫没受到污染的，又这么纯净的空气吗？还有电磁波，5000米深的海水会把地球表面的一切电磁波都吸收掉的。不过，”洛威尔又点燃一支雪茄，“我的实验的确是需要保持高度的机密。因此，任何进入这个海底基地的人，我都不容许他们刺探我的秘密。你也许还记得，那两个意大利青年是怎么死去的，那时你还小……”

“我记得。”洛丽低声说。

“不，你不记得。你根本不知道。我那时第一次做物质—场—物质的转化试验，就把这两个小伙子分解为各种场了，可是无法把他们再组合成人……”

“别再去想这件事了，爸爸。”洛丽温柔地说。

洛威尔摇摇头。

“你以为我难受，良心上受谴责？不，一个伟大的科学发明，总会有许多牺牲者。即使是现在，我这个实验已经可以说是百发百中了，也不可能一丁点儿没有失误。唉，但愿这次一切顺利吧！这个自称为宫岛正彦的青年，明天将会在月球上出现……”

“你准备把他发射到月球上？”洛丽急忙问道。

洛威尔点点头。

“可是，洋子……”洛丽失声喊起来，“你不知道，他们是一对！”

“那一对可比不上我女儿和她心爱的小伙子这一对。”洛威尔冷漠地说。“要让那个自称桥本次郎的小伙子永远留在你身边，只有把那另一个打发走。你还看不出来吗？三个人里面，他是一只头羊。弄不好，他会破坏掉我整个计划的。我过去在地球表面的时候，和这样的青年打交道打得够多的了。他们就像一头豹子，或者山猫，躲在灌木丛里，一双滚圆的眼珠总在窥伺着，时刻想扑过来。况且，他已经公开向我挑战了。”

“他不过是误入……”

“不，”洛威尔专横地说，“他已经发现飞碟的秘密，他也一定会猜到杜库里人的秘密——这些中国人，是一些聪明得让人不能不时刻提防的人。就是那个年老的劳伦兹吧，你以为他只会烧菜做饭？不，我探测过他的脑电波，他时刻想逃回陆地上去！不错，你的男朋友，长得英俊，很迷人，我一点儿也不后悔把他救活，让他和你结婚，但是，唯一的条件是他要永远留在这儿……”

“他答应了。”洛丽低声说。

“不，我的孩子。你还只有19岁，你不明白人生。人，是一切机器中最复杂的机器，没有一个方程式能够概括人脑子里的全部信息。我们可以做许多模拟试验，但是绝对不能说掌握得百分之百了。你即使跟一个人生活了一辈子，也永远不能说非常透彻地了解他。也许对于杜库里人，我才能这样说，因为他们每一个人……”

“啊？”洛丽惊异得张大了嘴巴。

“亲爱的，你一点儿都猜不出来吗？这些杜库里人，每一个都是我亲手制造的呀！”

“他们不是外星人？”洛丽喘着气说。

“怎么样？”洛威尔得意地说，“你和杜库里人生活了这么多年，也没有发觉他们其实只是机器人吧？但是，我敢说，那个精明的中国小伙子一定猜到一些东西了……”

“为什么……”

“为什么我要玩弄外星人、飞碟等等把戏，是吗？”洛威尔呵呵笑着说，“你看见过乌贼吗？当它要隐蔽自己的时候，就会施放出浓黑的墨汁。当我被驱逐出我的祖国的时候，我也曾经想过去投靠别的大国。但我断定由于我的科学研究，在这个世界上，不管我到了哪儿，都是得不到安宁的。野心勃勃的政治家、有势力的人们、贪婪的军火商……总是想把我的发明攫为己有。从海水中获得高能量，然后又能随心所欲地发射到任何一个地方，甚至遥远的星球，这不是足以称霸世界的武器吗？连人都能以场的形式发射，我们就无须伞兵部队，一夜之间就能够派出巨大的兵团去占领其他国家的领土！微生物也能够以电磁波的形式输送，哪一个国家能够抵抗这支细菌部队的进攻？啊……”

雪茄，不知什么时候熄灭了，而且在洛威尔的手指间被捻得粉碎。他把头垂在胸前，用深沉的低音说下去。

“这些发明，我只能深深埋藏在心底，只能一个人。所以对你，我亲爱的女儿，我也没有说。在人群中，我甚至害怕由于自己喝醉了酒或梦呓而泄露机密。只有把自己埋在这深深的海底之下，我才觉得是安全可靠的。我就这样，在南太平洋一个火山洞窟里建立了一个特殊的社会，我创造了地球上这一段十分独特的历史，我有自己的社会意识、道德规范、生活准则。这一切，都深深隐没在关于百慕大三角、飞碟、外星人、‘催命娃娃’的传说的烟幕之中。这样，我就获得了生活在科学、纯粹理性活动中的自由。你看，安妮，我自己创造了一切，实验室、仪器、生活资源，还有专用的厨师，甚至为我的女儿找到一个称心如意的丈夫——因为你，这个水下王国的公主，已经长大成人了。是时候了，我必须让你了解自己的父亲，然后你自己去判断：你爸爸的所作所为，是对呢，还是不对？而你自己，将要接着走什么样的路？”

这段长长的话说得深沉而带有凄怆的意味。安妮·洛丽被深深地感动了。她搂着爸爸的脖子，不停地说：“爸爸，哦，我的好爸爸……”

父女两个，沉浸在这海底生活12年来日日夜夜的回忆之中。

他们不知过了多少时间，因为这个海底洞窟中是没有日夜之分的。后来，响起了一阵蜂音。这是劳伦兹——庾家全在通知：晚饭已经准备好了。

洛威尔惊醒似的抬起头来。洛丽急忙扯住他的衣袖。

“爸爸，答应我一件事。”

“说吧，亲爱的。”洛威尔十分温柔地说。

“不要把宫岛正彦发射到月球去。”洛丽低声说，“我不能看着洋子悲伤的脸。桥本次郎也是的。”

“可是，万一……”

“在这5000米深的海底下，他向谁去泄露你的秘密呀？”

洛威尔沉默着，他的眉毛轻轻跳动。最后，他捏紧了拳头。“那么，我就一定要把这三个青年收服做我的助手。但是我要冒很大的风险——为了你，我只得冒了。不过，亲爱的，那个自称为桥本的青年，真值得你那么爱他吗？”

“噢，爸！你不知道……”洛丽幸福地笑着。

“不要光看他长得英俊，也不要看他怎样被你迷住——像你这样漂亮的姑娘，不被迷惑的小伙子恐怕是不会有的。要看透他的内心，知道吗？假如你还没有学会用眼睛窥测一个人的内心的话，那么，至少可以时时探测他的脑电波，看看他把你放在内心的哪一个位置上。为什么他不把他的真实姓名、国籍、到这儿来的目的告诉你？”

安妮·洛丽沉默了。

“去吧，孩子。”洛威尔柔声说，“在饭桌上，装出什么事也没有发生过的样子。记住，你是这个水下王国的公主。公主要有公主的派头和……骄傲。”

他扶着女儿的肩膀，慢慢向餐厅走去。

十八　意外的变故

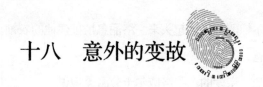

饭桌上充满忧郁的气氛。庚新翎没有来吃饭；庚新翊虽然来了，但脸色苍白，很迟钝地动着刀叉，毫不理会安妮·洛丽一直注视着他的充满爱意的目光。庚家全仍然不动声色，两眼只盯着盘子里的食物，再也没有抬起头过。

“噢，你去哪儿？”安妮·洛丽关切地说。她看见庚新翊放下刀叉，站了起来。

“去看看姐姐。”庚新翊的反应十分冷漠。

望着消逝在餐厅门口的庚新翊的背影，洛丽对他父亲说：“我也去看看。”

庚新翎扑在床上啜泣。她的弟弟手足无措地站在床边，不知道说什么话安慰姐姐才好。落在杜库里人手中，皇甫堤一定凶多吉少。

洛丽也进来了，犹豫了片刻，走到姐弟俩跟前，坚定地说：“别哭啊，洋子，我们一起来想想办法。”

她的一双碧蓝碧蓝的眼珠却瞅着庚新翊。庚新翊沉默着，过了一会儿，他轻轻抚摸着姐姐抽搐的肩膀，用汉语说：“不要在他们面前哭。哦，起来吧！”

“你说些什么？”洛丽好奇地问。

“我说，杜库里人怎么处置的我们的伙伴？”庚新翊粗暴地回答道。

“啊，”安妮·洛丽讨好地笑了笑，“我对我爸说了，不许动宫岛一根汗毛！”

“你爸爸！”庚新翎翻过身来，泪流满面地说，“杜库里人能听你爸爸的话？”

“噢，杜库里人！”安妮·洛丽摇摇头说。她想起饭前与爸爸的一番谈话，但是她还不能把这秘密泄露出去。

庚新翊注意地看着安妮·洛丽，一把抓住她的手：“你爸爸能做主放了他？”

洛丽迷人地笑了笑，说：“能。只要你们——”

“什么？”

“只要你们听从我爸的安排。”

“你爸爸要我们干什么呢？”

“留——在——这——儿。”洛丽一字一顿地说。

“留在这儿干什么？”庚新翊追问。

洛丽犹疑了一会儿，忽然红着脸，笑起来：“那天，不是都对你说了吗！”

“他们对你说过些什么呀？”庚新翎还带着眼泪，用汉语喊道。

“要……我做他的助手和……继承人。”庚新翊用很小的声音说，脸上一直红到脖子根。

庚新翎用很快的动作站起来，揩了揩眼泪，怀疑地问道：“继承人？”

“嗯，姐姐！”庚新翊说，“要我和安妮……”

庚新翎注视着弟弟那带着羞赧和不安的脸，思忖了一下。“你真的……爱她？”她小声问。

庚新翊默默地点了一下头。

“她呢？”

庚新翊望了望洛丽。虽然他们说的是汉语，但是聪明的姑娘还是猜到了。

“我们就一起生活吧。我马上叫爸爸放出宫岛……”她拔腿跑了。

姐弟俩面面相觑。

“就这样？”庚新翎痛苦地说，“我们在这5000米深的海底过一辈子？”

“我想过……”庚新翊吁了一口气，回答道。“至少我们和爸爸，还有皇甫……我和皇甫商量过，要逃出去，几乎是不可能的，我们穿不透引力波封闭的火山口。还有，20个杜库里人……”

“除非能偷到他们的飞碟，”庚新翎同意道。“但是看来，这也是不可能的。”

“也许，最明智的办法是老老实实待着…

“是这样。”庚新翎承认道。“我们只能等待机会……”

“也许得等上千年。”庚新翊颓丧地说。

两姐弟沉默了。他们在互相探索对方的心灵。自从到了这个海底基地，他们学会了只说几个字就能了解彼此的心意。共同的命运，以及和受尽痛苦的爸爸的重逢，把姐弟之情的纽带系得更紧了。他们相互察看着对方明净的前额，深邃而明亮的眼睛，带着红晕的双颊和期期欲语的嘴唇。姐弟俩是那么相像，好像是孪生的一样。

当然，洛丽是很可爱的姑娘，庚新翎想，弟弟和她在一起会幸福的，即使永远生活在海底。但是她爸爸，那个洛威尔教授是一个什么样的人呢？是一个愤世嫉俗，因而远离人世的科学家？还是隐伏在海底、时刻窥伺着地球表面的权力和财富的野心家？他是那种名为杜库里人的外星人的奴仆？还是相反，杜库里人是他手中的工具？皇甫堤曾经把这些怀疑都告诉过她。那么，洛威尔本人，甘心一辈子留在海底，与杜库里人和他们的实验室为伍吗？抑或早晚有一天，他手上拿着一种威力强大的武器，升出水面，成为整个地球的霸主？那么，几个年轻的中国人就面临十分严峻的抉择：做他的助手、帮凶，还是反对他，和他斗争？而在这样的时刻，安妮·洛丽和新翊的爱情会有什么样的结局呢？

庚新翊也想得很远、很远。他深深知道，安妮·洛丽，这个远离人间、在海底长大的姑娘，是美丽而纯洁的，就像浪花中诞生的女神。安妮对他的倾心是自然而真挚的。但是，安妮的爸爸，那个什么洛威尔教授，却是一个……

看来，他的确是一个优秀的物理学家，但是庚新翊仍然一点儿也不明白他为什么要隐伏在海洋深处和这些毫无表情的杜库里人为伍？一辈子？要是真的在这儿生活一辈子，人将会变成什么样呢？

姐弟俩就这样相互看着，用眼睛相互倾诉心底的思想。他们忘记了时间，忘记了周围的一切。

突然，他们感到一阵晃动。如果不是墙上的画框"哗啦啦"地往下掉，桌上的水杯在地板上摔得粉碎，他们也许不会警觉到。与此同时，一阵细碎而急遽的脚步声传来，门"砰"地被打开了。

"海震！"洛丽尖声叫着，冲了进来，但是一阵更猛烈的震动把她掀翻了。庚新翎姐弟也从椅子上栽到地上。

天旋地转，天花板在飞快地跳动，地面在颠簸。他们就像在一艘惊涛骇浪中的航船上。所有活动的东西，热水瓶、花盆和各种小摆设，全都飞起来，掷向四面八方，碎裂了。在地板上滚动着的安妮·洛丽，她的手刚一够着庚新翊，立刻牢牢抓住了他，她呻吟着，极力要靠近庚新翊。而庚新翊则竭力爬向蜷缩在屋子角落里、抓住床腿的庚新翎那儿去。

庚新翊的脑子混乱得要命。地震，他是晓得的；海震，就是海里发生的地震。由于震动的不仅是地壳，而且又传到海水里，这震动就更觉得可怕。可不！现在，隆隆的、闷雷般的声音正从外面传过来，这一定是火山外面的海在吼叫——透过厚厚的火山壁，也感觉到它的惊心动魄的震颤。

忽然，整个房间陷入一片漆黑之中——电源被切断了。洛丽尖声叫起来，然后又喘息着。她像水蛭一般紧紧抱住庚新翊。庚新翊感觉到她急促的呼吸。地面的大幅度震荡已经转为不停的急促的战栗——就像一台电筛一样。黑暗中一只手碰着庚新翊的脸，最初他以为是安妮·洛丽的，但是他立刻听到了姐姐的声音："是我。新翊，我们得想法子出去——这房子不会塌吗？”

三个人的脸靠得非常近，即使在完完全全的黑暗中，彼此也看得见眼珠的闪光。

“门口在哪儿？”庚新翊喘着气问。

他们瞪大眼睛，没有发现门口在哪儿。

但是，天花板忽然又亮了。

庚新翊一手拉着姐姐，一手抓住安妮·洛丽，冲到了门口。地板仍然像航船的甲板一样晃动，但是他们逐渐适应了。他们听到了外面的喧闹声。不，不仅是那仍然在响的闷雷般的海吼，而且夹杂着嘈杂的人声。在过道里，他们和肥硕的洛威尔教授撞了个满怀。

“不要出去！”教授脸色都变了，“火山壁正一块块往下掉！”

“不会砸在房子上吗？”洛丽急忙问。

“房子里总算好一点儿。”洛威尔喘着气说。

“洛威尔教授，”庚新翊问道，“这次海震有多大？”

“刚才的纪录是：里氏8.9级。”洛威尔答应道，抬腿向实验室跑去。

“爸爸！”洛丽厉声喊道，“你要去干什么？”

洛威尔已经消失在过道的尽头。

这时背后传来一个苍老的声音：“洛丽，你爸爸要去抢救……”这是劳伦兹——庚家全的声音。

“抢救什么？”

“我们这火山正在两个板块的边缘地带，板块发生了错动……”

“为什么会……”洛丽脸色苍白地问。

“不知道。”庚家全变得活泼多了，他平常总是低垂的眼睑扬了起来，“可能由于教授释放了海水中巨大的能量吧，就如同《一千零一夜》

中从苏里曼的铜瓶中释放出魔鬼一样，有点控制不住了……”

“真的？”庚新翎声音微弱地说。

“这是刚才教授自己说的——他在喃喃自语：是否这一带能量集聚得太多了，引起平衡的破坏……反正火山壁已经产生裂口，海水正在涌进。”

“将要淹没这个洞窟？”庚新翊急忙问。

“这就要看洛威尔教授的本事了！”庚家全沉静地说。

“杜库里人呢？”

“他们都在外头呢，来，到这边来。”

庚家全把三个年轻人引到一个大房间跟前，那里有一扇落地大窗户，透过它可以看到亮如白昼的火山洞窟。他们看到一幅奇异的景象：那些杜库里人，身上都迸发出刺目的绿光，不顾头顶正往下砸的石块，排成一圈，面向着火山壁。大块大块的石头正往下掉，奇怪的是它们都砸不到杜库里人身上，仿佛有一种魔法，或者一股神秘的力量，使这些石块在杜库里人头上一米之外即化为蒸气。因此，整个场地烟雾腾腾的。

“他们在干什么？”庚新翊问道。

“他们在释放能量——把渗进来的海水蒸发掉。”庚家全指点着说。

“引力波呢？为什么不用引力波封闭裂缝？”庚新翎不安地问道。

“可能爸爸正在采取措施吧。”安妮·洛丽说，她“忽”地掉转身子，“我去看看……”

“我和你一起去。”庚新翊说着，拉着姑娘的手就跑。

“啊，新翎，”庚家全看着他们走远，感情深沉地说，“今天大概不会有人顾得上监视我们了，我们父女俩……”

“爸爸！”庚新翎扑到爸爸身上，头埋在他的胸前，眼睛一下子涌出了泪水。

庚家全紧紧搂着女儿。多长时间以来，他在睡梦里总幻想着有这么一天，他那粗糙的大手能够再次抚摸女儿柔软的头发。现在，这个幸福的时刻真的到来了。大地还在战栗，大海还在火山外吼叫，但是什么都不能阻止庚家全深深感受着这种蕴积多年的父爱。啊，女儿长成一个多么婀娜多姿的大姑娘了——她十分像年轻时的邝如萌，却比她更加健康、矫捷、意志坚强。庚家全轻轻抚摸着女儿的肩胛，感觉到女儿就像一株暴风中的芦苇那样剧烈地晃动。

他双手小心地捧着女儿的头，望着被眼泪渗湿、又被激情燃烧得满面绯红的姑娘，深情地说："不要激动，新翎。我们的时间不多了。"这个老海员的声音，嘶哑而且战栗，"10年了，我深深思念着你们的妈妈和你们姐弟俩。我做梦也想不到在这儿看到你们。你们的妈妈在地下等着我，我死了也心甘情愿。但是你和新翊一定要逃出去，回到人间，回到祖国。听着，新翎，现在是最好的机会，所有杜库里人都在阻挡海水的渗入，洛威尔又忙着他的事情，你们可以，乘飞碟……"

"爸爸！"庚新翎喊道，"我们一起走，找到皇甫堤……"

"他们有两架飞碟，"庚家全冷静地说，"你们姐弟俩，先乘上一架；我再去找皇甫堤，乘上第二架——要知道，只有飞碟，才能穿透火山口的引力波，升上海面……"

"还有那个安妮·洛丽怎么办？——新翊爱上了她……"

庚家全沉吟了一会儿："如果她愿意，把她也带走——不过她未必肯离开她的爸爸。"

"要她选择？"

"哦。"庚家全严肃地说，"这就增加了我们的危险性。这事情……这样吧，还是你和新翊先走，洛丽和皇甫堤都交给我。留在这儿同样是危险的，海震还在继续。刚才洛威尔说，有可能发生更大的海震，这个水下洞窟早晚会坍塌，一旦洛威尔教授掌握的能量贮备都用完了的话……”

“还有杜库里人呢？”

“唉，孩子，你难道还看不出来，杜库里人也是依靠洛威尔教授的能量，才能活动的，它们其实只是……”

“机器人！”一个洪亮的声音插进来说。庚新翎抬头一看，正是皇甫堤，虽然衣服撕破了，脸上、手上都带着伤痕，却是神采奕奕的。

“皇甫！”庚新翎激动地叫起来，也顾不得当着爸爸的面，便扑到皇甫堤身上，两臂围着他的脖子，眼泪如泉水涌出。

“快！”皇甫堤温柔地拉开庚新翎的手，在她前额上轻轻印了一个吻，说，“是新翊和安妮·洛丽把我解救出来的。新翊去开动飞碟了，我们赶快去！”他一手拉着庚家全，一手拉着庚新翎，向门外奔去。

十九　飞碟浮出水面

海震发生的时候，ZG227号核潜艇离洛威尔的水下洞窟不过一海里。它随着飞碟下潜的时候，飞碟瞬间消失了踪迹。潜艇里的人透过电视屏幕，只看到探海灯所照之处是山峦起伏的海底。这是一个水下火山群，但是显然已经熄灭了许多个世纪了。年复一年的海浪的冲击，已经把一个个火山口磨得浑圆溜光，只有黑黢黢的玄武岩表明，这里曾是熔岩迸溅的火山活动带。但是让潜艇上的人们感到奇怪的是，其中一个火山口，笼罩着一团莹莹的绿光。

“唔，这个火山就要喷发了吗？”邝天林怀疑地问道。

孙艇长没有吱声。他谨慎地操纵着潜艇，跟火山口保持着一定的距离，又用望远镜头使火山口在屏幕上呈现出最清晰的影像。在屏幕上，火山口就像一锅正在沸腾的开水，不断地冒出泡沫，翻腾着浊浪，勾勒出奇形怪状的线条；而那绿幽幽的光芒仿佛一团明亮的云，在海水中浮动。

罗伯特和珍妮·怀特也目不转睛地瞧着这景象。罗伯特悄声说：“珍妮，这儿一定有什么名堂。”

“你敢钻进火山口去看看吗？”珍妮挑战似的说。

“如果你跟我一起，我就去。”

“好，我们去领两套深水潜水装备。”

“不行。”孙艇长在听了他们的要求时，斩钉截铁地说，“我不容许冒这个险。”

“总是那么对着它看，就能弄清楚它的秘密吗？”珍妮嘲讽地问。

“至少要观察一段时间。”孙艇长不紧不慢地说。

“要不，”罗伯特热心地说，“发一枚鱼雷，轰它一下，就这么一下，对着这团绿光……”

“你以为，这团绿光是什么呢？”邝天林皱着眉问。

罗伯特一脸不在乎的神气。

“无非是飞碟、‘催命娃娃’或什么三只眼的外星人的洞窟……”

“那么，我们就等于去捅一个马蜂窝。”孙艇长庄重地说。

“如果，”珍妮尖锐地问，“我们不敢去捅这个马蜂窝，我们为什么在海底巡航呢？”

这问题提得如此有道理，两个中国人都默默无言了。

“我们再观察它两个小时。”孙艇长最后说，“然后再决定下一步怎么办。”

罗伯特不在乎地耸了耸肩，吹了声口哨，珍妮·怀特紧紧地咬了咬嘴唇。

黑夜来临了。当然，在潜艇内部是感觉不出来的。在这几千米深的海底，永远是漫长的黑夜。但是时钟告诉人们，晚饭的时刻到了。他们按照中国人的习惯准备了晚饭，只给罗伯特和珍妮准备了刀叉。晚饭吃到一半，忽然，潜艇被重重一抛，所有杯盘碗筷全都扫到舱板上。罗伯特狠狠地咬伤了自己的舌头；珍妮则撞到屋角的电冰箱门上；邝天林在地板上翻了个跟头，被椅子狠狠砸了一下；只有孙艇长，这个老海员一栽到舱板上的时候，立刻抓住了沉重的餐桌的一条腿。

然后，是地动山摇似的震动。ZG227号好像在大海中颠簸的一片树叶，一块木片，或者一颗核桃。对于狂怒的大海来说，3000吨的潜艇完全失去了驾驭自己的能力。幸亏潜艇的自动装置还起作用，保护着它不至于在这个山岭林立的海底碰上哪个山头而粉身碎骨。几个人还在餐厅里翻滚，但是他们终于都学到了孙艇长的办法，每人抓住了一根桌子腿。这一段时间真是令人感觉到长得无穷无尽。事实上，当海震转为剧烈的、过筛子似的水平运动的时候，海浪仍然在旋转和翻腾，直到潜艇里的人把刚刚晚饭吃进去的东西全都呕吐光才罢。

当震动减弱、人们能够趔趔趄趄地站起身来的时候，每个人的模样都是非常狼狈的：头发蓬松，衣衫不整，好多地方还扯破了。邝天林靠着桌子腿，喘息着：“这是外星人对我们的警告吧？”

罗伯特垂头丧气，一声不吭。他内心也认为一定是他主张给火山口发一枚鱼雷，让外星人听见了（他们大概是无所不知的），才掀起了这场巨浪来施加报复。只有珍妮·怀特，还是倔强地说：“不管怎样，我还是要去探探这个火山口——哪怕外星人掀起更凶狠的波浪。”

孙艇长只是摆摆手。他叫大家看电视屏幕。他正在调整着潜艇的航向——刚才的海震把他们抛出去至少一海里远，屏幕上火山口的绿光变得模糊了。潜艇仍然在颠簸着，但是又在小心翼翼地接近那个火山口。似乎有一股混浊的气流在绿光之上荡漾。也许是刚才的海震把海底的泥沙全都搅起来了吧，视界很不清楚。孙艇长在仍然剧烈摇晃着的潜艇里，仔细调整着望远镜头的焦距、屏幕的亮度和清晰度。他的眉头皱成了疙瘩。

“还是让我出去探一探？”珍妮·怀特靠近孙艇长，小声说。

两个人面对面看了一眼。这两人的对比是很鲜明的。孙艇长矮矮的，粗壮得像一棵榆树，也朴实得像一棵榆树。珍妮·怀特即使是披头散发，衣衫不整，也仍然是艳丽的，散发出生活和青春的气息。女记者酷爱冒险，追求新鲜的、甚至是神秘的事物。但是她的强烈要求和冲动，在面对着孙艇长时，就像碰到一堵厚厚的墙一样，给反弹了回去。

“再等一会儿。”孙艇长终于说，“经过刚才那场海震，视界变得很不清楚——你以为你到了火山口就什么都能搞明白？再说，海震还会持续下去，目前不过是一个间歇，我们得随时准备离开这个危险区域。”

孙艇长话音刚落，潜艇又战栗起来了。珍妮·怀特一把抱住孙艇长，伸出一只手，指着电视屏幕，哆哆嗦嗦地喊道：“你看！”

潜艇不停地左右倾倒，人都站不住脚，但是几只眼睛还是牢牢盯在屏幕上，只看见火山口的绿光蓦地加强了，转眼间变成一个炫目的绿色太阳，比世界上所有闪电加在一起还要明亮。这团绿光从火山口直喷出来，急促上升，而火山内部，则传出了闷雷般的爆炸声。

“上升！”孙艇长呻吟似的下达着指令。潜艇被重重抛起来，几个人都昏迷过去了。

海洋掀起黑压压的浪头，就像一头狂暴的野兽张开它的全部獠牙一样。海的吼叫也是惊心动魄的，仿佛宇宙间的一切噪音全部集中在这一瞬间迸发出来。夜色昏黑，天上大块大块的乌云疾驰。浪花激溅起来的海火到处炸开，宛如节日的焰火。然而，这是死亡的节日。大海准备吞噬一切，包括这艘小小的、被风浪巨人玩弄于股掌之上的潜艇——它已经升到水面上来了，却仍然在波峰和波谷间挣扎。它的整个钢铁躯体"嘎嘎"作响，似乎快要散架了。它那伸出于驾驶塔之上的潜望镜已经折断。当它在波浪间翻滚的时候，它就像是一头受伤的野兽。

驾驶舱里，一切活动的东西全都被砸个精光，连那结实的餐桌也散了架。四个昏昏沉沉的人被抛来掷去，没有砸破脑袋，也没有折断胳膊，真是奇迹中的奇迹！第一个醒过来的是孙艇长，虽然很难挪动脚步，但他还是设法爬到仍在不断翻滚着的伙伴身边，查看他们是否受伤了。这时风浪已经减弱，其他三人也一个个醒了过来，他们哼哼着，抚摸着被撞击和抛掷弄得疼痛不已的身体。

忽然，蜂鸣器响起来。孙艇长吃力地爬过去，打开电视电话。值班水手报告说："发现了飞碟！"

这个彪形大汉水手喘着气——他也一定受尽颠簸之苦，却又带着压抑不住的恐惧，说："飞碟就在我们潜艇头上，一动也不动，似乎在观察或等待什么。它只发出淡淡的绿光，模样儿就像一个普通的飞行器。"

"飞碟！"这两个字在孙艇长、邝天林、罗伯特、珍妮·怀特四个人当中掀起了异乎寻常的震动。每当发生神秘的事情、灾难或奇迹的时候，飞碟总在他们附近。是不是那些外星人总在密切注视这艘小小的潜艇，不但掀起海震，企图让大海吞噬这艘潜艇，而且还要斩尽杀绝，企图把潜艇上的人们全部俘获呢？

晨光曦微。海浪越来越弱了。日界线上，正在迎接新的一天的黎明。潜艇里的人终于打开舱盖，走上甲板，呼吸着似乎已经半个世纪没有呼吸到的新鲜的、带咸味的空气。他们感到疲倦，周身酸痛，而且十分饥饿。天上笼罩着密密的浓云，只有那个可疑的飞碟，仍然一动不动地悬在头顶。

罗伯特示威似的扬了扬拳头。奇怪的是，飞碟好像受到召唤似的，慢慢降低了。有一半水手互相挤着、践踏着、推搡着又跑进舱内，另一半则怀着忐忑不安的心情注视着越降越低的飞碟。真的，它不过是一架飞行器，就像一架直升机一样，只是形状不同：它是圆盘形的，直径大约有6米或7米……

孙艇长、邝天林、珍妮和罗伯特几个人和水手们一起，在飒飒的晨风中站在打开的舱面上，他们的心怦怦直跳，似乎预感到将要发生什么不平常的事情。

飞碟降落得很慢，那绿色的光芒也逐渐收敛。最后，它几乎是擦着潜艇的艇舷，轻轻降落在水面上。进入舱里的水手又都拥上了甲板。在蓝湛湛的海水中，这个有着许多传说、许多神秘故事的飞碟，显得十分平凡。它就像两个大盘子合在一起，发出淡淡的绿光，不知是用什么金属制作的。但是没有门，没有窗户，也令人感觉不到里面有生物活动的信息。

它就那么静静漂浮了一会儿——这会儿工夫，在每个人心上都显得格外地长。每个人的呼吸都抑制着，仿佛这是一个泡沫似的梦境，稍一惊动，这个梦就要破碎。人们等着，也许三只眼的外星人就要出现了。

突然飞碟里面有什么东西在响动，紧接着就是“哗啦啦”的溅水声。一个人影从海水里蹿了出来，头露出了水面，啊，那竟是……皇甫堤笑盈盈的脸！

珍妮·怀特惊呼了一声，仿佛水里出现的不是她十分熟悉的朋友皇甫堤，而是三只眼的外星人，或者是比外星人更可怕的妖怪。罗伯特轻轻吹了一声口哨，以此来欢迎那个漆黑的夜晚在苏瓦的一处岬角分手的朋友。

孙艇长虽然不认识皇甫堤，但是立刻猜到了眼前发生的一切。

“这可真是……”邝天林喃喃自语。飞碟，神秘的飞碟，曾经轰动世界，又吸引他们万里迢迢来到南太平洋的飞碟，里面竟然钻出一个中国人！显然，他是从飞碟肚子里钻入海中的，可不！第二个脑袋在碧波粼粼的海水中涌现了。

“新翎！”邝天林迸出肺腑里的力气喊道，他激动得差点儿窒息了。

皇甫堤拉着庾新翎的手，一起游向船舷。绳梯在跳跃，几十双手伸向他们。这时海水里又浮出了两颗脑袋，是庾新翊，还有一个一头金发、漂亮得叫人不敢直视的白人少女。

人们把四个年轻人接到甲板上，邝天林望着水里，希望看到第五个人，却没有。飞碟，似乎完成了它的历史使命，一刻都不愿多停留了，慢慢地、一点点儿地沉没下去。

“你们的父亲呢？”他问庾新翎。

庾新翎的眼里一下子涌出了眼泪。

皇甫堤异常严肃地用手指着大海，沉重地说：“为了让我们活着回到地面，回到祖国，他被永远埋葬在大海里了。”

二十　最后的时刻

他们换上了干净的衣服。在ZG227号敞开的甲板上，迎着南太平洋凉飕飕的、潮湿的海风，皇甫堤向潜艇上的人们慢慢地讲述那奇异的水下王国在最后时刻所发生的故事。

庚新翊和安妮·洛丽向实验室冲去的时候，他们听见了一扇紧闭着的门后发出了响声。庚新翊停了一秒钟，这一秒钟之内他听到大门后面有人用力地连击了三下。

一定是皇甫堤！他被关在这儿。庚新翊拉住了洛丽："怎样才能打开这扇门？"

安妮·洛丽也不知道。这儿的门既没有锁，又没有插销，不知是怎样开关的。庚新翊尝试用力撞击，但是那扇不知是用什么材料制造的门纹丝不动。后来还是洛丽细心，发现门旁有一个几乎看不出来的凹陷，她把手指头伸进去，轻轻一按，门就无声地打开了。

皇甫堤手脚都被捆在一张椅子上。椅子已经翻倒在地，皇甫堤在地上挣扎。庚新翊和安妮·洛丽七手八脚把绳子解开了。

"发生了什么事？"皇甫堤急忙问。

只用短短几句话，庚新翊就把海震、杜库里人、洛威尔教授和他们现在的处境都讲清楚了。皇甫堤思考了几秒钟。"我们马上离开。"他坚决地说。

"怎样离开呢？"庚新翊茫然地问。

"乘飞碟。"皇甫堤简短地回答。

这些对话用的都是汉语。皇甫堤立刻去找庚家全父女，他叫庚新翊到飞碟那儿等他们。但是当庚新翊刚要走的时候，洛丽把他拽住了问："不去找爸爸？"

"噢！"庚新翊不知该怎么回答。但是安妮·洛丽十分聪明，猜到了这几个中国人想逃走，她只简单问了一句话："我怎么办？"

庚新翊眨了一下眼睛说："你跟我们一块儿走——如果你愿意的话。"

"我爸爸呢？"

“叫他也走吧——你没看见这洞窟正在坍塌吗？”

安妮·洛丽露出真正痛苦的神色：“爸爸不肯的。他对我说过，他死也要死在这儿。海底，是他的实验基地，他的事业，也是他的坟场。”

“为什么？”庚新翊奇怪地问道。“他何必一辈子跟那些什么杜库里人在一起？他应当回到自己的祖国……”

“我们没有祖国。”安妮·洛丽凄然说，“爸爸说，他是一名因持不同政见而被驱逐出自己祖国的人。在我七岁那年，他就来到了南太平洋，建立起这个海底的实验基地……”

庚新翊愣了一下。

“他可以到我们国家去。”他说得很快，“我们欢迎这样卓越的科学家。不过，安妮，没有时间了，得赶快。那些杜库里人……”

“杜库里人是听我爸爸的命令的。”

庚新翊一直不知道杜库里人其实只是洛威尔教授制造的阳子电脑机器人。但是他没有时间详细琢磨这个问题，因为他必须尽快到飞碟跟前去。

“听着，安妮。”他尽可能温柔地说，“如果你真正爱我，就跟我一起走。”

“可是，爸爸……我不能扔下他。”

“那，那怎么办？”庚新翊气呼呼地说，“你自己说吧。”

“我们不是说过，在这儿生活一辈子吗？”安妮·洛丽天真地问。

“但是这儿越来越危险。你没看见海水正在侵入，海震已经改变了海底地形……”他看见皇甫堤和爸爸、姐姐跑过来，急忙甩开安妮·洛丽的手，“安妮，那么，再见了，我得走！我有祖国……”

安妮·洛丽扑上去，两手圈住庚新翊的脖子，在他脸上、眼睛、额角、鼻梁、嘴唇，印下无数疯狂的吻。同时，安妮·洛丽的泉水喷涌一样的眼泪把他的脸全浸湿了。皇甫堤和庚新翎已经跑去飞碟停泊场，只有庚家全站在旁边，不住地摇头，轻轻喊道："唉，孩子，孩子啊……"

这轻轻的呼唤有如雷击一样使庚新翊清醒过来。他小心却坚决地掰开像锁头一样紧箍着他脖子的安妮·洛丽的双手。这时，洛威尔在过道的那一端出现了。

"安妮，"洛威尔威严地命令道，"我的女儿，你回来，让他们走！"

安妮·洛丽流着泪跑到洛威尔跟前，喊道："爸爸，我们也一起走吧！"

"国王和公主，死也要死在自己的国土上。"洛威尔冷峻地说，望了庚家全父子一眼，目光里突然迸发出火辣辣的仇恨。

洛丽也吓得尖声喊起来："爸爸，你要干什么？"

洛丽就像一头被追赶到包围圈里的小鹿，心神不定地看看情人，又看看父亲。洛威尔一言不发，转身就走。庚家全从贴身口袋里掏出一个封面磨得很破的小本子，递给儿子，轻声而又坚决地说："无论如何，你得跟姐姐一起，马上到飞碟上去——他去找杜库里人了。"

庚家全布满皱纹的脸上露出了一副凛然不可侵犯的神色。他也不等儿子说什么，立刻腿脚矫健地赶过去。庚新翊跟在他后面，安妮·洛丽又跟在庚新翊后面，他们脚跟接脚跟地闯进了洛威尔曾经宽大、豪华的办公室——不过此刻已是一片紊乱的、破败的景象，只有墙上的仪表板还有几个讯号灯在闪烁。洛威尔走到跟前，抬起了手，但是他的手被一只粗糙而有力的大手捉住了，是庚家全。

洛威尔狞笑着，伸出右手去推开庚家全，但是第二只手又教庚家全的手阻隔在半空。庚家全厉声说："洛威尔教授！洞窟支持不了多久了。我陪你，埋葬在这儿，放孩子们一条生路吧！"

庚家全就立在洛威尔和仪表桌之间，个头不高，但神情坚毅，有着破釜沉舟的气概。

洛威尔跺着脚喊道："滚开！"

这个看似笨重的大个子出手很快，当胸一拳，把庚家全打得晃晃悠悠，倒退了两步。洛威尔又向仪表板伸出了手。庚新翊扑了上来。

两个人的眼睛瞪视着，洛威尔忽然冷笑了一声。他轻轻一拨，庚新翊倒退了一步。洛丽又扑上来了："爸爸！不要叫杜库里人！"

洛威尔打个咯噔，他像看陌生人似的瞪视着自己的女儿。这时候，庚家全又上来扭住了他的手，同时声嘶力竭地叫道："新翊，还不快跑！"

但是庚新翊不肯离开，他从后面一把抱住洛威尔，安妮·洛丽又从后面抱住了他，四个人绞扭成一团。洛威尔喘着粗气，企图脱身出来，但是庚家全和庚新翊紧紧缠住他不撒手。门外传来脚步声，庚新翎和皇甫堤折回来了。

"你们闪开！"皇甫堤厉声喊道，仿如晴天打响了霹雳。庚家全手一松，洛威尔冲出去两尺远，皇甫堤立刻扑过去。他铁钳一般的大手紧紧擒住了洛威尔的咽喉。洛威尔却出乎意料地灵巧，脚底下一扫，两个人都翻倒了，在地板上扭打起来。

安妮·洛丽"哇"的一声哭了出来。她要扑上去，却被庚新翊拽住了。她疯狂地挣扎着。这时皇甫堤已经翻到上面，用他那结实健壮的身体紧紧压住洛威尔胖大的身躯，同时喊道："你们全上飞碟！"

"不！"庚家全使用全身力气喊道。他不知哪儿来的那么大的劲儿，一下子把皇甫堤撞个趔趄，洛威尔立刻跳起来了。安妮·洛丽飞快地挣脱开庚新翊，扑过来，搂住洛威尔的脖子，顿脚道："爸爸，我们也走吧！"

洛威尔长长叹了一口气，把她推开了。他又要冲向仪表板，但是庚家全已经稳稳当当在那儿挡着。转眼间，两个人又扭打在一起。

皇甫堤急得团团转，望望这个，望望那个，最后，向庚新翎说："你们姐弟俩，拼命也要把洛丽拽上飞碟……一分钟都不能再拖延了。”

“你呢？”庾新翎惊恐地喊道。

“哎呀，快！”皇甫堤跺脚道，“还争论什么？”

姐弟俩紧紧拽住洛丽的两只手，不管她怎么挣扎，像蛇一样扭曲，又哭又闹，但是他们硬是拽着她离开了房间。这时候，庾家全和洛威尔都筋疲力尽，苦苦相持着，喘着粗气。皇甫堤立刻不失时机地把茶几上的桌布扯下来，摁住洛威尔，把他绑在椅子上。洛威尔也不再挣扎，只是疲乏地摇摇头，闭上了眼睛。

两个中国人用最快的速度向飞碟停泊场冲去。飞碟立在那儿——支在它的三条细细的长腿上。庾新翎姐弟正推着哭哭啼啼的安妮·洛丽爬向飞碟肚子上的一道暗门。庾家全和皇甫堤在底下推让了一会儿。

通道口出现了白色形体的杜库里人，一个，两个，三个。他们额头上的眼睛迸发出勾魂摄魄的莹莹绿光。庾家全尽最大力气，把皇甫堤往上一推，正好够着庾新翎伸出的手，也不管皇甫堤同意不同意，他被吊了上去。杜库里人已经包围了飞碟。庾家全厉声喊：“起动！皇甫，我把新翎交给你了，你要一辈子……待她好……”

杜库里人捉住了庾家全，他们那强大的、电击似的力量使他的脸都扭歪了。飞碟里传出庾新翎撕裂人心的喊声：“爸爸！”

她要往下跳，但是皇甫堤紧紧抱住了她。庾新翊眼泪汪汪地喊：“爸爸，啊，爸爸！……”

第三个杜库里人把长着吸盘的大手伸进了飞碟肚子，攀住了暗门的边沿。皇甫堤使劲儿把脚往那只手上踩，却仿佛踏在钢铁上一样。他回过头，猛然把操纵杆一扳，接着飞碟随即跃上半空。那个杜库里人一翻身，重重跌在地上，飞碟就向火山口冲了出去。与此同时，他们听到了火山内部沉雷似的爆炸声。

二十一　诀别

ZG227号核潜艇，在刚刚升上东方海平线的太阳射出的第一束光线的照耀下，全体人员肃立着，摘下头上的帽子，向埋在深海中的庾家全告别。他们也向洛威尔教授和他的实验室告别——这个实验室，曾经是地球上最先进的科学基地，它完成了“物质—场—物质”的转换和发射的工程。这是真正划时代的重大突破。

庾新翊掏出父亲最后时刻交给他的小本子。被汗水、海水和10年间不断地摩挲弄得十分破旧的小本子里面，画满了“正”字，这是父亲在那个水下基地度日如年地受着思乡之情煎熬的时候，一笔一笔画下来的呀！只在最后一页，夹了一张发黄的、褪色的照片，照片上就是庾家全和邝如萌夫妇，带着两个孩子。照片中的庾新翊大概只有5岁，姐姐是7岁。父亲特别喜爱这张照片，每次出海都带在身边。但是，现在，他跟照片永远、永远地分手了。

潜艇在这片海域停留了一天一夜。等到风浪平息以后，它又潜航到海底。它没有找到沉没了的飞碟。那个冒绿光的火山口也不见了，海底面貌已经大为改观。洛威尔教授建筑在水下火山洞窟中的实验室，一点儿痕迹都没有留下。是海震导致的海水入侵破坏了这个实验室呢，还是洛威尔教授不愿让自己的秘密泄露于人间，自行引爆了这个水下基地，那就不得而知了。

安妮·洛丽在潜艇上一整天都没有吃饭。她把自己关在舱房里，拒绝任何人进去。她不再流泪了，但是神情中有一种叫人看了心头发怵的东西。她那本来非常红润的两颊变成一片死灰色，那双总是波光流闪的湛蓝的眼睛失去了光泽，红唇变成了淡紫色。当潜艇在水下潜航、凭吊这个了不起的水下实验室的废墟时，庚新翊去叫她，想让她在电视屏幕上看看她在其中生活了12年的地方。她走出来了。电视屏幕跟前的人们都默默给这个海底王国的公主让路。她仍然十分美丽，也十分高贵，但那是一种叫人看了心碎的美，一种使人觉得阴森森的冷峻的高贵。她的眼睛既没有眼泪，也没有火焰。她默默地看着，然后默默地走回自己的舱房，丝毫不理会跟在后面的庚新翊。

“可怜的姑娘！”孙艇长说，望着她消失在驾驶舱门口的背影，“她的心跟她爸爸一起埋葬在这海底了。”

“是的，她7岁就到了海底。”皇甫堤叹息着说，“12年来她只亲近过一个人，就是她的爸爸……”

“洛威尔真是一个持不同政见者、被他自己的祖国驱逐出来的科学家吗？”邝天林问。

“洛丽是这么告诉新翊的。”庚新翎闷闷不乐地说。洛丽的神情，以及庚新翊一整天像没头苍蝇似的仓皇不安，使她感觉到一种不祥的气息。对于这一切，她觉得自己完全无能为力。

“我没见过这位洛威尔教授，”孙艇长不紧不慢地说，“但是我抱着怀疑的态度。建设这么一个海底实验室，单凭学识是不够的，还需要大笔的资金。一个被本国政府放逐的人，又不依靠别的大国，从哪儿筹划到这笔资金和设备？”

皇甫堤愕然。这问题他也曾经想到过，但是他没有往深里想。这两天来接二连三的变故使他不能冷静地思考任何问题。此刻他马上想起在海底实验室所看到的一系列疑点，他觉得孙艇长的怀疑是很有道理的。

“一位天才的科学家，”皇甫堤想道，“却自己把自己埋葬了。不管洛威尔是一个隐遁人寰的学者，还是一个负有一定使命潜伏海底伺机而动的野心家，总之，他力图在海底创造一个与世隔绝的社会的企图是彻底失败了……”

洛丽和庚新翊的情况也很使他不安。潜艇启程向南行驶的时候，夜色已经四合。皇甫堤和庚新翊两人坐在敞开的甲板上，相对默然。皇甫堤很想说些劝慰的话，却感觉到语言是那样苍白无力。经过这惨痛的变故，庚新翊好像忽然长大成人了，变得深沉含蓄，少言寡语，而且周身裹着一层深深的郁闷。

……夜半的时候，值班水手慌慌张张地到驾驶室来报告：安妮·洛丽跳海了。听到这个消息，孙艇长立刻下令停航，庚新翊、皇甫堤和差不多整个潜艇的水手都跳到海里，在冰冷的海水中搜索。一个半小时后，姑娘被捞起来了，但已经停止了呼吸。

她至死还是那么美丽，这海下的姑娘！她金色的头发滴着水，一双湛蓝清澈的眼睛睁得很大，两颊显得比石膏还白。她不像是已经死去，而像是熟睡了，做着梦，又回到她那埋在深深的海底的“家”。遗体搁在大餐桌上，庚新翊扑上去，不出声地抽泣着。看着这情景，ZG227号潜艇上全体人员都热泪盈眶。

在安妮·洛丽的卧室内，人们找到了一封信，是写给庚新翊的：

桥本——就让我还是这样称呼你吧！

我不知道你的国籍，你的身世，你来南太平洋的动机，也不知道你的真正名字。然而，当我从电视屏幕里看到你的面容时（你不知道吧，“催命娃娃”不但能够接收我们水下基地发射的极高能量，而且能够拍摄远处的图像输送回我们的水下基地），我就觉得自己疯狂地爱上了你。这是你和你的同伴得救的原因。从我记事以来，爸爸是从来没有拂逆过我的意愿。当时爸爸顺从了我，但是他的内心一定十分痛苦，因为他不愿意有更多的人来到这个秘密的水下实验室。事实证明，他是对的。

人们说，爱是盲目的。对于像我这样一个远离人世的19岁少女，更是如此。我一心一意构筑我的幸福梦境。我以为在爸爸经营起来的水下王国里，我会找到自己的天堂。唉！说这些又有什么用呢？一切都随着那可怕的海震结束了，我的梦，我亲爱的爸爸，我永恒的天国……

我仍然深深爱着你，桥本，比你所能想象的，要深沉，要炽烈，要坚韧。我也相信你的爱。不过我们之间仍然有着一道宽阔的壕沟。这是地球人和外星人的壕沟——不是吗？刚刚看到我的时候，你是否会认为我是来自哪个星球的？我们处在两种不同的文明中，我们有不同的生活信念。对于你来说，祖国、人类、世界，都是神圣的字眼。而我呢，只有我的父亲和他的事业，才能占据我的心灵——有什么办法呢？从7岁起，我就是这样生活和成长的。

这样，就注定了我们之间，必然是悲剧的命运。这一切，爸爸是隐隐约约告诫过我的，但是我被爱情蒙蔽了眼睛。我以为在杜库里人守卫严密的水下王国里，也许我能够改变上帝的旨意。啊，我真是太狂妄了，正因为这样，我就应该受到惩罚吧！我相信，那可怕的、毁灭一切的海震，正是对我大胆的、狂妄的挑战的回答。我还能做些什么呢？

桥本，我不能跟随你到中国去。我已经答应过爸爸，我要跟他在海底下生活一辈子。这誓言我一定要遵守，我不能想象我会为了你或其他人而违背我许下的诺言，即使我仍然深深爱着你。就是此刻，你英俊的面容一刻也没有离开过我的脑海，但是我知道，你是伊甸园的禁果，我是不配享有它的。为什么把亚当和夏娃逐出伊甸园呢？我也可以同样问一句，为什么把我和我心爱的人逐出南太平洋底的一个火山洞窟呢？

现在那儿，只有我爸爸和你爸爸的坟墓。在那永恒而黑暗的5000米深的大洋底下，没有浪涛的吼叫，没有人类的打扰，他们可以安详地躺着，直到地球的末日。但是我，我永远不会安宁了，除非我把我不配享有的禁果归还给上帝。

于是，我决定回到海里，回到我爸爸的身边。

桥本，你会难过，会哭吗？你的眼泪将是晶莹的珍珠，在我的祭坛上，永生永世闪烁着炫目的光彩。不要太为我难过，我是在海底长大成人的，海，就是我的“家”，我只不过是回到“家”里去。你看见过深海的鱼吗？在5000米、6000米，甚至7000米深的海底，它们自由自在地遨游。可是，你要是把它们捞出海面，它们一秒钟都活不下去。我就是这样的鱼儿。

别了，桥本，让我吻你1000次。你将要回到自己的祖国，回到你原来生活的地方。对于我，你是另一世界的“鱼儿”。在我窒息死去的地方，你会生活得自由自在。你前程远大，会建立辉煌的事业，你会赢得比我更漂亮、更忠诚、更炽热的少女的爱。当我的灵魂高高升腾于海上的时候，我将时刻为你祈祷与祝福。

还记得那支歌吗？“But for bonnie Annie Laurie, I'd lay me dywn and dee.（为了美好的安妮·洛丽，我愿溘然长逝。）”爸爸就是根据这支歌给我取了安妮·洛丽这个名字。但是，生活啊，却完全不是这么一回事！“溘然长逝”的是我——安妮·洛丽，而你，桥本，你正在越过辽阔的海洋，驶向你自己的祖国和亲人。唉，永别了，桥本，如果有一天，你还有机会来到南太平洋这一带，请你为一对永远埋葬在海底的父女祈祷吧！

至死爱着你的

Annie Laurie

庚新翊泣不成声，庚新翎默默陪着弟弟掉眼泪，皇甫堤狠狠地咬着自己的嘴唇，邝天林不停地叹气。孙艇长则像一株老榆树一样，沉默地肃立着，两眼射出沉郁的光。

“这是人间最伟大的爱情。”罗伯特低声对珍妮·怀特说。他们俩，远远躲在角落里，不忍心看那悲惨的场面。

珍妮·怀特瞥了他一眼：“爱情？用这个字眼来形容这一切，够用吗？”她有点儿愤怒地说，“你们男人，永远不能理解，柔弱的少女会有多么强大的一个心灵。”

“我是说……”罗伯特手足无措了。

“这个心灵，”珍妮·怀特用一个哲学家的口吻说，“叫作Universe，无所不包的宇宙。”

ZG227号送罗伯特和珍妮·怀特回到苏瓦和奥克兰以后，驶返中国。沈笑眉热烈地欢迎了远征归来的人们。听完了洛威尔父女的故事，这个爱饶舌的姑娘长久地沉默了。然后她说：“也许洛威尔父女真的是外星人呢？……他们在地球表面、人类中间是无法生活的。虽然他们外表很像我们，但是，他们毕竟有着不同的文化渊源和价值观念……”

皇甫堤也无法反驳这番话。他曾经不止一次地猜测洛威尔的国籍，但又有什么必要呢？哪怕洛威尔父女真的来自另一个星球，对于这几个中国青年探险家来说，他们不过曾经是南太平洋某一个水下王国的国王和公主。而现在，则永远埋葬在呼啸的大海之中了。

没有把父亲搭救回来，庚新翎姐弟总感到这是内心深处一件沉重的负荷；而对美丽的安妮·洛丽的思念，则成为庚新翊心上永生难以愈合的一处深深创伤。但是，他毕竟还很年轻，在未来漫长的人生道路上，安知会不会有更奇谲的遭遇等待着他呢？

1980年7月

史前世界

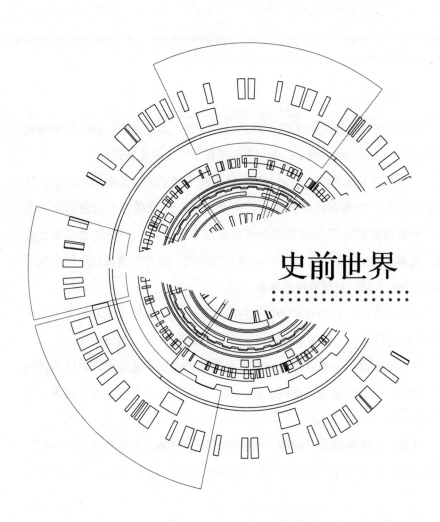

一

星期六下午。融雪的天气，满街黑白斑驳，湿漉漉的。排水管里嘀嘀嗒嗒的声音总也不断。但是，天气十分暖和，毕竟春天来到了。

方立炎从工读学校走出来，望着被雪水洗净了的、蓝澄澄的天空，愣怔了一会儿，才慢吞吞地向家走。两个星期纪律严格的生活使他很不习惯，他觉得离开这熙来攘往的街道有好几个世纪了。一切都显得那么熟稔，又那么陌生。啊，呼吸一口这雪后的空气，眯着眼睛看灿烂的阳光下匆忙走动的人群，也是难得的享受了。

他跨过街口，正好有一辆浅灰色的“小上海”在他身边戛然停下。车门无声地打开了，一个少女的脑袋探出来，喊道：“喂，上来！”

方立炎倒退了一步。他仔细看了看，这个少女不是民警。他以为她叫的是别人，就调转过身子继续走路，却冷不防少女从汽车内跳了出来，拦住了他的去路。

这是一个肤色微黑、健康、活泼的姑娘，顶多二十岁的光景，一对眼珠非常黑，滴溜溜转得十分灵活。她似笑非笑，轻声问道：“你不认得我了？”

方立炎望了望她，又倒退了一步——噢，他想起来了。

那还是去年冬天他没上工读学校的时候，一天午后，他和一个“搭档”一同乘坐十九路公共汽车。一上车，那个“搭档”就盯上了一个带着鼓鼓囊囊的、黑色人造革挎包的姑娘。这姑娘和她的女伴靠着风箱形接缝处说话。他只听见那另一个女孩子说："霜霜，你真行，要是我，包里搁那么多钱，我就绝不敢出门。"

这个姑娘"嘘"了一声，然后机警地四面张望一下，更加紧紧地夹住了自己的挎包。

车很挤，但是方立炎看见自己的"搭档"毫不费力地挤到两个女孩子身边。转眼间，他又向车门挤。当他经过方立炎身边的时候，方立炎感到一个十分厚实的牛皮纸信封落在了自己的手里。他正要随着那个"搭档"向外挤，却猛然间听到那多嘴的姑娘又絮絮叨叨地向霜霜说："你奶奶住了这么几天医院，费用就要两百多块吗？"

霜霜点点头，不吱声。

方立炎的脚仿佛钉在那儿，走不动了。这些钱，是一个老奶奶的医疗费！他脑子里飞快地转着各种念头，手不知不觉地松开了，那个牛皮纸包落到他的脚面上。这时正好公共汽车靠了站，他的"搭档"夹在三四个小伙子当中，横冲直撞地下了车。方立炎立刻弯下身子，捡起那个牛皮纸信封，举到头顶，问道："谁丢的？"

他的声音微微有些哆嗦，不过没有人注意到。

霜霜马上叫起来："哎呀，我的！奶奶的住院费！"

满车的人都赞赏地看着方立炎。毫无疑问，他们认为刚下车的那一伙人是扒手。霜霜更是用热情的目光看着这个长得十分帅、却满脸通红的青年，殷殷地问他姓名住址。方立炎一个劲儿地摇头——他这一辈子还没有被人用那样的眼光看过哪！他的童年时代，是在"可以教育好的子女"和"狗崽子"这顶混合的、古怪的帽子底下度过的，耳光、拳头和鞭笞是家常便饭，这几年又在流氓头子的威胁下过日子。一个纯真的、热情的女孩子的目光，在方立炎内心世界激起了波涛，冲击着他开始长茧的心扉。车到下一站后，他点点头，匆匆忙忙下车了。他听见一个老年人在车上说：“多好的小伙子——做了好事还不留名！”

这件小事在方立炎心上刻下的印痕一定是不浅的。那天晚上，他就被那个“搭档”和同伙揍了一顿，但是从此，他决心要做一个正派的、诚实的、要求上进的青年了。只是霜霜的形象，他几次回想起来，却感到并不那么真切。那天在公共汽车上他一直低着头，不敢正视姑娘。就是现在，他也觉得畏缩。但是十分泼辣的姑娘不管这些，一把拽住方立炎就往车里塞。

“爸爸，”她向车厢里坐着的一个中年男人说，“上回帮我捡回钱包的……”

噢，居然变成“帮我捡回钱包的”！方立炎不自然地咧了咧嘴。一只温暖有力的大手伸了过来和他握了一下。车子又起动了。他身子一歪，倒在霜霜身上。姑娘一点儿也不在意，把方立炎摁在座位上，亲切地问道：“你要上哪儿去？”

“回……家。”他机械地回答道。

“你在哪个大学念书呢？”

大学！方立炎苦笑了一下。他要是顺顺当当地好好念书，可不，早该上大学了，可是现在……他感觉到霜霜父亲用一双锐利的目光正在打量着自己。于是，耳边传来了一个浑厚的男中音：“小伙子，下午你没事情吧，可愿意跟我们去旅行一次？”

“上哪儿？”他终于抬起头来，看着霜霜爸爸的脸。这是一个黧黑、瘦削、样子十分诚恳的人。

“这可是一次非常有趣的旅行！”霜霜高兴地说着，像小女孩一样拍着手。不知怎么搞的，方立炎紧张的心情一下子消除了。他这才注意到前座有一个穿着一套笔挺的新军装却没戴领章的小伙子，他一本正经地坐着，并不朝后看。方立炎能够从驾驶座上方的小镜子中看到一个笔直的鼻梁和一张紧紧闭着的薄唇。

“蔡续！”霜霜有点生气地喊了一声，这小伙子忙不迭地转过身来。“你不想认识认识，这位是……”

“方立炎。”他清楚地、缓慢地说。他也很惊奇于自己怎么能够这样镇定。

“唔。”蔡续点点头，还带点儿傲慢。

“就这样，”霜霜宽慰地说，“我们四个人，去史前世界做一次探险。”

“什么……世界？”方立炎怀疑地问。他并不知道史前世界是什么东西，但是，霜霜爸爸显然领会错了意思。

“你不相信吗，小伙子？”他呵呵笑着。“你以为我们在讲童话，或者幻想故事？这可不是迪士尼乐园！我们到北山峪自然保护区去……没听说过这地方？”

霜霜快活地接下去说：“这是我爸爸建立的，也是他最新的科研成果哩。你不知道？他可是鼎鼎大名的古生物和古人类学家周济起教授！”

“别听她嚼舌头。”霜霜父亲跟女儿无拘无束惯了，轻轻拍了拍姑娘的手，“我不是研究古生物呀，古人类呀什么的，我只是一个电子工程师。”

“那你为什么要搞什么史前时代保护区呢？”霜霜不服气地问。

“我们这个时代的科学，哪能截然分开呀！”周济起微微笑着说。“我把最新的电子技术用在古生物学的研究上，有什么不好？”

方立炎听得一头雾水，但是他不愿意暴露自己的无知。现在，他只好跟着父女两人去那个陌生的什么世界去探险啦。看来，那个嘴唇薄薄的、傲慢的小伙子也是一起的。

二

汽车开出郊区，到了一栋大楼前面，停住了。

周济起领着三个年轻人走进里面。有一个戴眼镜的人迎接了他们，领他们走进一座大厅。大厅里，沿墙根摆了一溜儿仪表桌，墙上是一幅接一幅的电视屏幕。

"这是曲工程师。"霜霜附在方立炎耳边说。不知怎的，她对方立炎显出一种不寻常的好感，却又常常用挑战的目光瞟着蔡续。蔡续这个人，长得倒也英俊、秀气，可是眉梢额角总有那么一股子叫人看了不舒服的神气。方立炎立刻敏感地感觉到他不只是被拖来参加一次奇妙的史前世界探险，而且，他将要卷进一次微妙的感情纠葛中。这时，只听见蔡续用那种懒洋洋的腔调说："想来，咱们是在电视里游览史前世界了？"

"你在电视里欣赏吧！"霜霜揶揄地说，"我和小方，要进时间反演器去。"

"什么……器？"方立炎到底憋不住了，问了一句。

"时——间——反——演——器。"霜霜一字一顿说。

"就是说，让时间倒流，我们回到过去的时代。"

“让时间倒流？”方立炎大吃一惊。如果真能让时间倒流，他愿意付出任何代价！这样，他就可以无忧无虑地戴着红领巾，背着书包重新上小学；这样，他就可以在人们面前堂堂正正地抬起头，不再背那沉重的不光彩的包袱；这样，他就可以好好地学习历史，包括史前时代的历史，而不至于在这个热情、聪明的少女面前张大嘴巴发愣了。但是看来，蔡续肚子里的“墨水儿”也比他多不了多少，方立炎听到他已经扔掉那种懒洋洋的、不在乎的声调，好奇地问：“用什么方法，能让时间倒流？”

霜霜卖关子地一笑，瞥了她爸爸一眼。这位大科学家正跟曲工程师在那边讨论什么呢！她清了清嗓子，演讲似的讲开了：“你们知道光速吗？光的速度是每秒三十万公里。这速度可真快！一眨眼工夫，它就能绕地球七圈半。比如说，有一个人正在这儿翻跟头吧，他双手撑着地面，两脚竖起来，一扳身子，翻过去了。这几个动作的形象都以光的速度向四面八方传播。可是如果我们正好坐了一架飞机，也以光的速度飞行，那怎么办呢？我们就会看到这个杂技演员动也不动，他总在那儿拿大顶……”

“可是，”蔡续怀疑地问，“如果一下子就离得老远老远，我们还怎么能够看见呢？”

“唔，”霜霜有把握地说，“所以需要有一个加强光讯号的设备，使光波无论射多远，都不会减弱。这样，我们和光波一道前进，无论走多远，都能看到光波出发时的景象。但是我爸爸的发明，还要更进一步，我们能够超越光速，这样，便可以看到昨天、前天、大前天……以致很多年前的景象。”

方立炎只有张开大嘴，表示惊讶的份儿。可是蔡续还在追问：“超越光速怎么能办到呢？”

“等一会儿你就知道了。”霜霜眨着眼睛说。她又瞟了方立炎一眼，刚要说什么，但是那边周济起向他们打招呼了。

几个人从大厅的边门走进去，穿过一条长长的甬道，甬道两壁也有许多闪烁着讯号的仪表，给人一种奇异的幻境般的感觉。霜霜扯着方立炎的衣袖说："注意，我们正在向过去的时代迈步！"

可是，方立炎什么感觉也没有。他原来以为，要是真的时间倒流，他大概又会变成一个小孩子吧？……甬道尽头，他们出了一扇门，就是一个很大的草坪，那儿停着几架大蜻蜓似的直升机。曲工程师招呼他们上了其中的一架，然后自己坐在驾驶座上，向着雾茫茫的远方天际飞去。

三

"大角鹿！"霜霜惊喜地喊道。他们已经飞了相当长的时间了。在峰峦起伏的群山中，藏着一块曲折幽深的谷地，在巨大的伞形植物的覆盖下，一条白练般的溪流蜿蜒而过，几头鹿正低头喝水，它们的角大而沉重。一头雄鹿冷不丁抬起了头，看见了这架奇怪的飞行机器，转瞬之间，这群鹿逃进了山谷深处。

从直升机上望下去，这个地方显得生意盎然，植物繁茂。林间空地，到处是带棘刺的灌木丛和长势茁壮的野草。太阳灿烂地照耀着，连直升机上的人也感受到了炽热，他们脱了棉衣，又脱了毛衣。方立炎想，季节如此迅速地变化，也许就是那个什么时间反演器的作用吧？无论如何，他们已经回到过去几十万年，甚至是几百万年了。

“我们还会看到什么呢？”方立炎问，他的手心全是汗。

霜霜一点儿也顾不上回答，一双黑漆漆的大眼睛一直搜索着地面。直升机飞得很低，几乎是擦着高大的树梢而过。

突然间，在前面一个山垭里，升起了一股淡淡的烟。

烟，这意味着什么？霜霜直嚷嚷：“我们快要看见猿人了吧？”曲工程师内心虽然也很激动，但脸上不动声色，一双手仍然稳稳地操纵着仪表。就连周济起都骚动起来了。直升机像蜻蜓一样盘旋着，绕过一个山岗，又绕过一个山岗，终于，在一片开阔的坡地上，他们看见一群猿人围坐在火堆旁边。

还真的是猿人！就跟周口店复原的猿人一模一样，额角低低的，眉棱骨向外突出，宽阔的两颊，低矮的鼻子，向前突起的嘴，周身披着毛，只有脸上毛少一些。有的猿人在烤着野兽的大腿，有两三个猿人在磨石片刮削器，还有一个用骨针缝着兽皮，几个小猿人就在旁边爬来爬去，他们骨碌碌转的眼睛瞅着直升机，却没有惊慌的意思。

直升机差不多就悬在那儿，一动不动，观察着原始人类的这幅生活画面。方立炎想，这就是史前世界？我们的祖先就是这么生活的？他们的确是人，会用火，会制造石器，缝兽皮，可是跟现代人的差别有多大呢？他们离开现代至少有五十万年，甚至是一百万年。他们怎么会一直生活到今天呢？为什么从来没有听人说过这个什么保护区呢？方立炎正胡思乱想着，猛然看见这伙猿人纷纷跳起来，立刻抄起搁在身旁的武器：粗木棒、石刀、石斧——原来有一群野猪冲过来了。

这是一场血淋淋的战斗。野猪瞪着发红的、疯狂的眼珠子直朝火堆冲过来，猿人们机灵地躲开了，他们只截住最后一只落伍的野猪，用粗木棒使劲儿打它的脑袋。野猪摇晃着，在挣扎中，它冲倒了一个猿人。其他猿人扑上去，刀斧齐下，才把野猪砍倒，被扑倒的猿人就从血泊中站了起来。

“换个别的地方吧，”霜霜黯然说，“这太可怕了。”

“原始人类的生活就是这么残酷和血淋淋的。”周济起严肃地说，“没有经历这种种艰苦的、生死存亡的斗争，猿人就不会发展成现代人。当然，现代人的生活也并不轻松点儿，只是不采取这么赤裸裸的原始斗争方式罢了。”

“那也不一定。”方立炎突然说。

“当然！”周济起意味深长地说，“有些现代人比古猿人或野兽更野蛮，不是这样吗？”

直升机又向前飞去。现在底下是一片密林，好像是高大的杉树。周济起指点着说：“这就是银杏，现在我国还保存了少量的……”

在一处林中空地上，一只剑齿虎和一头犀牛在斗争，又吸引了直升机上人们的注意。犀牛个儿大，力气猛，凶狠异常，但是剑齿虎十分灵活，纵跳自如，它的上颚伸出的、长长的、弯剑般的牙齿，是一件利器。它围着犀牛转圈，而犀牛也不敢懈怠，始终把头部对准它。转着转着，它突然折过身子，而犀牛则慢了一步，被剑齿虎扑到后臀上，那刀尖一样的利齿就插了进去。犀牛颠簸着，背着伏在它背上的剑齿虎狂奔进入密林之中。

“又是一场血淋淋的斗争。”霜霜感慨地说。

“你怎么变成一个多愁善感的姑娘了？”蔡续忽然笑了笑说，“这不过犹如看戏一样……我们倒是难得有机会看到这样精彩的生死搏斗呢。”

“如果把你从这儿扔下去，你就不会说那样的话了。”霜霜带点儿恼怒说。

“我要是不知道这架直升机安全可靠，又怎么会跟着你们来？”蔡续矜持地回答道。

“我们还接着看不？”周济起征求着年轻人的意见，“太阳快下山了。”

真的，尽管他们到了史前世界，可是时间过得跟现代一样快，已经是后半晌了，太阳已经不再那么耀眼，而且带有一些胭红的颜色。天上的云彩也有点儿发红了。天气却还是那么热，直升机上的人把窗子都打开了。这时候，他们已经离开了森林地带，飞到了一片开阔的水面——这是一个不大的湖，湖水非常蓝，蓝得就像一块海蓝宝石。但是忽然间，平静的水面绽开了，冒起一个蛇一样的扭扭曲曲的头颅。

霜霜惊叫起来。

周济起拍拍她的手，说：“别怕，这是恐龙！我们来到中生代了。”

恐龙的整个身子浮起来了，它蹒跚地蹬着水，慢慢爬上了湖岸。这可真是个大家伙！它就像一座小山一样，那细长的脑袋一伸，竟然伸到离直升机只有几尺远的地方。曲工程师一扳操纵杆，直升机蓦地蹿上去了，蹿到恐龙够不着的地方。但是，突然间前面一个黑影一闪，周济起自己也不由得喊起来：“当心，翼手龙！”

一只十分丑陋的怪物从山凹升起，掠过直升机的前方。它就像一只鸟，一只硕大无朋的鸟，只是它没有尾巴，两只爪子顺着躯体伸向后方。这头翼手龙一定和直升机大小不相上下，因为它掠过去的时候，扇起一阵风，直升机上的人都感觉到了。直升机试图更高地拉起，但是翼手龙转过身子来了。这头来势汹汹的、长翅膀的怪兽的目标无疑就是那个和它一样在空中飞翔的机器。当直升机垂直向上的时候，尾翼正好撞到翼手龙的翅膀。狠狠地一击！直升机的尾翼一沉，整个飞机侧了侧身子，就把后座的霜霜和蔡续甩了出去。

周济起、曲工程师和方立炎都被惊得面无人色。曲工程师结结巴巴地问：“停机吗？”

周济起没有回答，他紧张地注视着，翼手龙已经看不见了。刚才的一击，也使它翻了个跟头，立刻飞走了。周济起随即揿亮了驾驶台上的一个绿色按钮，急促而准确地说：

“注意，八十四号地区……”

方立炎把他的手一抓，大声叫起来。原来，霜霜和蔡续已经一个跟头掉到湖里，这时正探上头来。可是在他们不远的地方，忽地冒起一个狰狞的雷龙头。在直升机上看得很清楚，蔡续和霜霜两人正拼命地向岸边游去，起初那头雷龙并没有发现他们，后来发现了，便马上跟了过来……

“哎呀！”方立炎喊着，他又抓住曲工程师：“你连手枪都没有？”他环顾了一下，看见驾驶台旁有一根曲轴，他抄在手里，一纵身，如离弦的箭一样跃出直升机，向湖心跳去。

这时候，蔡续游得相当快，已经到了岸边。可是霜霜还在水里挣扎，雷龙却一步步接近了。方立炎跳下去的地方，正好就在雷龙左前方。冷不丁看见天上又落下一个人来，雷龙怔了一下，但是它仍然慢慢举起那吓人的爪子。方立炎奋不顾身地一跃而起，那曲轴就狠狠砸在雷龙的前爪上……

四

已经脱险、站在岸上的蔡续惊讶得睁大了眼睛：这就像一种电影手法一样，正在飞速运动的人物陡地停止了运动，画面凝结住了。这头雷龙就是这样，它完全僵住了，立在水中，举着前爪，一动也不动，整个儿就像一尊石像。与此同时，方立炎已经抱起吓昏过去的霜霜，吃力地向岸边游去。

直升机盘旋着，慢慢地停在海滩上，周济起和曲工程师走出机舱。

方立炎游到了浅水处，跪倒了。他吃力地想要站起身子，可是怀中的霜霜是那样沉重。他试了两次，都没能够抱着姑娘站起来，反而一起跌倒了。蔡续奔跑过来，把他们俩扶起来。筋疲力尽的方立炎还在大口喘着气，霜霜就睁开了眼睛。

“奇迹出现了！我们得救了。”蔡续欣喜地说。

霜霜偏过头去，看到了方立炎，她立刻记起了方才那惊险的瞬间。方立炎的额头被擦破了一块，也许是直升机的舷窗，也许是雷龙的爪子，也许是他自己掷出的曲轴……总之，他的额角滴着血。

“过来！”霜霜有气无力地说。方立炎低下了头。霜霜从自己的上衣口袋里抽出一条湿漉漉的手绢，替他仔细地揩拭着血迹。

“周伯伯！”蔡续对跟曲工程师一起走过来的周济起说，他的声音里带着掩盖不住的惊讶，“你们看！”

那雷龙仍然立在水里，仍然举着爪子，而湖的对岸，那头长脖子的恐龙呢？它的头高高伸向天上，也是一动不动。

“是您施的法术吧？”蔡续连声问道。

周济起没有回答他，而是把霜霜和方立炎两人一手一个搀了起来，说：“快回飞机上去。衣裳湿，小心着了凉，我们得马上回去。”

太阳已经落山，夜色正在展开，直升机再度腾空而起。周济起又揿亮那个绿色按钮，说：“注意，复原！”

三个年轻人身上还是湿漉漉的，也没有衣裳换，只好先披上棉衣。

当直升机飞越山口的时候，霜霜回头望了一眼，又喊起来："雷龙复活了！"

可不，那曾经僵如石像的雷龙，爪子向半空抓挠了一阵，又抬起头来，对着正在离去的直升机，发出一阵惊心动魄的嗥叫。

"爸！"霜霜皱着眉头问，"你到底在耍什么花样？"

周济起嘴角隐隐含着笑意，反问道："难道我看着你们面临危险也不管？"

"可是……"方立炎讷讷地说，"那头雷龙……"

"它不是被你砸了一下吗？你的力气真大呀，如果是一个人的手腕，真会被你砸断呢！"

"我是着急了。"方立炎抱歉地说，仿佛他砸的不是一头可怕的怪兽，而是周济起的一件心爱的物品。

"爸爸，"霜霜目光炯炯，"小方一棍子就能打得那么大一头怪兽动弹不得了吗？你在玩些什么把戏？快坦白！"

"啊哈！"周济起依然笑眯眯的，"曲工程师，听到没有？我自己的女儿叫我坦白哩！咱们俩耍了什么阴谋，赶快和盘托出吧！"

"没什么，"曲工程师微笑着说，"你爸爸只是打了个电话，说八十四号地区——就是出现恐龙的地方……"

"打给谁？"霜霜急急忙忙地问。

"打给一部电脑。"周济起接过来说，"这才是我真正的科研成果。你还瞎扯什么古生物学家啦，古人类学家啦！其实我对古生物学一窍不通。"

"这个史前世界保护区不是你搞起来的？"霜霜睁大黑黑的、美丽的眼睛问。

"严格地说，不是的。"周济起收敛起笑容，认真地说，"安排整个保护区的是一部电脑。这部电脑倒是我设计和装配起来的。我把这部电脑叫作古生物复原机。”

“什么机？”霜霜急忙问。

“你们听说过法国古生物学家居维叶的故事吗？有一回，他的几个学生跟他开玩笑，在实验室里拿了个猛兽的头，手上装了牛蹄子，趴在他的窗户上。他看了，笑笑说：‘你虽然样子挺凶，可是看你的蹄子，就知道你是食草动物，我何必害怕你呢！’可见，生物的习性跟它的机体是统一的，人们可以根据生物体的一部分构造设想出整个生物的样子。有一回我参观周口店猿人陈列馆。一位古生物学家说，他们经常挖到一枚头骨，一枚牙齿，或者其他残缺不全的部分，需要根据这些骨骼碎片复原出整个古生物来。你们明白吗？比如，这个动物的头颅比较重，那么它的颈椎骨一定也比较坚固；那个动物是食草的（可以从它们的牙齿判断出来），那么它必然有善于奔跑的蹄，以逃避食肉动物。但是这种复原工作不仅要依靠理论，还要依靠经验，而且远不是总能得到正确的结果。”

周济起像娓娓谈心一样，在一盏不是很亮的灯光照耀下，向面前三个青年人说。直升机外面，已是一片苍茫的夜色。他们在往回飞的路上。

“我就想，如果这种复原工作让电脑来干怎么样？的确，只要有一定的数据，电脑本身就可以复原出任何一种已经灭绝的动物来。这样，一部电脑就可以代替一些有经验的科学家的劳动。不过我还想再前进一步，即电脑所复原的不是一具动物的模型，而是一个真正的、有血有肉、有生命的动物。”

“啊，原来这些恐龙呀，猿人呀，都是你的电脑制造出来的？”霜霜叫道。

“那么，不是什么时间反演器了？”方立炎问道。

“时间反演器？”周济起倒怔住了，盯住自己的女儿，“准是你瞎编出来的吧？”

“你光说带我去看看真正的史前世界，”霜霜委屈地说，“你又没有说这是怎么创造出来的，我只好猜……”

“可是，你怎么胡猜什么时间反演器？”

“那是我从一本书上看到的：如果我们乘坐比光速还快的飞机，我们就能够让时间倒流……”

周济起怔了一怔，然后哈哈大笑起来。

“光速是否能超过，还未能证实呢！比光速还快的飞机，那就更只是科幻小说的题材了。噢，你们俩还信她这套话……不，我这个史前世界是电脑创造的。当然，要牵涉到生命的合成问题。这可是一门复杂的科学呢！但是我所创造的生命，不只是一般的血肉之躯，它的脑生物电流还能受到支配，所以当我打电话给电脑的时候……”

“它就下令让那雷龙停止不动了！”霜霜喊道。

“它下令让那地区的动物一律停止活动。”周济起更正道，“那是电脑控制了它的脑生物电流，从而控制了它的整个躯体活动。可是，也真悬，如果它的爪子一碰到你……”

“它的爪子碰不到我的，有人会跟它拼命的！”霜霜说着，眼角瞟了一下方立炎，方立炎“唰”的脸红了。

“是啊，得感谢你，小伙子。”周济起诚恳地说，“你敢于跟那个庞然大物搏斗，古往今来恐怕是独一无二的……你们不觉得雷龙的样子挺可怕吗？人们只要一瞧见它的样子，就会吓得……”

他的声音戛然而止，瞧了瞧舷窗，说：“控制中心到了。我们准备下机吧。”

五

浅灰色的“小上海”风驰电掣般驶进市区。

“先上我们家吃了晚饭，再回去吧，小方？”霜霜亲切地说。

方立炎默默地摇了摇头。

“那么，我们送你回家。以后什么时候再联系？”霜霜又说。

方立炎又默默地摇了摇头。

“为什么？”霜霜真正惊讶了。

方立炎没有说话。他的目光迅速掠过了驾驶盘上方的镜子，那个笔直的鼻梁和紧紧闭着的薄唇在昏暗的灯光下仍然十分清楚。

“好吧！”霜霜叹了口气，“下星期六，我去找你——我会找到你的。我家里还有一个电脑，要找任何人，不过是几分钟之内的事。”

“别，别……”方立炎口吃了，涨红了脸。

周济起一双锐利的目光在他身上扫了过去：“小伙子，跟我们家霜霜争论是没有用的。如果她一定要找你，你怎么也躲不过的。下星期六午后你干脆乖乖地自动前来归案吧。谨记，我们的家是青云街二十四号。”

“可是，我……”方立炎说不下去了。

“我们下星期再谈吧。”霜霜止住了他，“总之，下星期我们一定得见面，就这样。”

霜霜把方立炎送下汽车。他们面对面互相凝视着。方立炎的眼睛说：

“我不能来，我有难言之隐。”霜霜的眼睛仿佛在说：“我知道，都知道。正因为这样，我才要找你好好谈谈。”

霜霜点点头，上了车。“小上海”一溜烟儿地跑了，剩下方立炎站在街上。雪差不多全化光了，初春的夜十分寒冷，但是他内心感到十分炽热。他到史前时代去了一趟，在那个几十万、几百万，以至几千万年前的古老世界里，他第一次感觉到历史的演进和生活的热辣辣的气息。人能变成猴子吗？……他下决心了，下星期见面时把一切都告诉霜霜。

海龟传奇

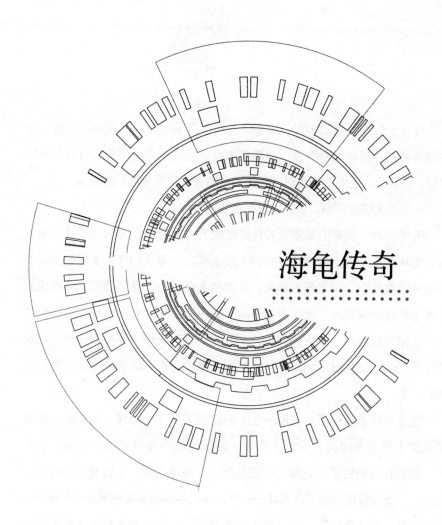

一

夜，十分黑，乌云把漫天的星斗遮得严严实实。但是夜并不宁静，在中国南海的一座珊瑚岛附近，激溅在礁盘边缘的、丈把高的浪涛有如阵阵惊雷，吼声震人心弦。海火时明时灭，在暗夜里闪烁着缤纷的花朵。

一只很大的绿蠵龟，悄悄接近礁盘边缘。

所谓礁盘，就是由珊瑚虫的骨骼组成的水下台地，离水面不过一米左右。要从深海里登上珊瑚岛，必须先爬上礁盘。海龟们终年生活在波浪滔滔的热带海洋上，每年春去夏来，都要爬上珊瑚岛，在那珊瑚碎屑组成的沙滩上产卵。圆圆的、大小有如乒乓球的龟卵被掩埋在洁白细碎的沙粒当中，太阳光的热力会使它们孵化，一只只小小的、甲壳还不十分坚硬但是活泼可爱的小海龟就会钻出卵壳，回到大海去，在万顷碧波中度过它们漫长的一生。

这是一只老海龟了。它的一生不知游历了多少个海域，不知在这些珊瑚岛爬上爬下多少次，它产下的卵、孵化出的小海龟恐怕也有成千上万了，因此它特别警觉。它刚一接近礁盘，立刻感觉到，事情有点不对头：前面，一个黑黢黢的影子在晃动——噢，一只落网的海龟在拼命挣扎呢！

这是一处“龟门”——海龟上岸的通道。狡猾的渔人是十分熟悉海龟从什么地方爬上礁盘的，于是在那儿安置了手指头粗细的棕绳结的网。无疑，一个粗心的海龟落了网。

海龟是哑巴，它们之间从来不交谈，但是那桨叶似的四肢拍打着海水，会传递出一定的信息。老海龟仅仅倾听了几秒钟，立刻就明白，它需要迂回过去。但是，谁知道别的“龟门”有没有另一张结实的网等着它呢？它迟疑了一会儿，在海浪中升起又降下，蓦然间，借着浪涛的冲力，它竟从落网的海龟头上翻了过去，一下子攀上了礁盘。

它顺利地爬上了沙滩，抖了抖身上的海水。正是午夜时分，沙滩是安静的。海龟抽搐了一下鼻子，把屏蔽海水的瓣膜打开了。海风正款款掠过岛上，带咸味的空气是那样清新和凉爽。它把头向四面八方舒展了一下，没有发现什么可疑的动静，于是它轻轻地，尽可能不发出声音，沿着倾斜的沙滩往上爬。沙滩宽度有十来米，它爬了约莫10分钟工夫，本能地觉得已经跨过涨潮线，来到了一株泡桐树前。它依稀记得去年是在这儿产卵的。于是它停了下来，用两根桨叶似的后肢使劲儿扒拉开沙砾。

唉，这头老谋深算的海龟，一点儿也没有觉察到，在草丛后有三双炯炯发光的眼睛正注视着它。

这是三双少年的眼睛：一双是女孩子的和两双是男孩子的。他们中的一个是岛上的渔家少年，另外两个是跟随父亲到岛上来考察的生物学家的孩子，都是十四五岁光景，热切追求知识的年华。他们早就憋着劲儿，要出来巡龟了。海龟一上岸，他们就隐蔽起来。但是他们还需要等待，因为海龟下蛋的过程很慢。下完蛋，它掉转身子，用前肢细心地抹平沙砾，再慢吞吞朝海里走。

三个少年箭似的冲出来，一下子扑到海龟背上。

这只足足有350公斤重的大龟竟驮起了那个女孩子，又向前挣扎了两步，但是它的两支左肢被两个彪悍的男孩子捉住了。其中一个男孩喊道：“玲玲，你快下来！”

女孩子一个翻滚，落在沙滩上。沙滩是松软的，没有摔疼。她立刻和哥哥一起抓住了海龟的左前肢。

“来！一，二，三！”

三个人一铆劲儿，终于把拼命挣扎的大海龟翻转过来，仰面朝天地躺在沙滩上。

孩子们撒了手。海龟的四肢扒拉着空气。

三个孩子重重地喘着气。这可不是开玩笑，去扳这么个大家伙！但是，它既然已经翻倒了，就再也无能为力了，可以暂且不理它，天亮以后，再来把它拉到“龟笼”里面。

二

这才真叫倒霉呢！

海龟没有挣扎，它干脆把脑袋和四肢都缩进甲腔里面。它知道，如果四肢伸在外面，它自己是翻转不过身子来的。它只有静静地等待着。

黎明，晨曦照亮了珊瑚岛的时候，少年们还在睡梦中。玲玲和平平的爸爸吕镜已经走出了房间。他是一个海洋生物学家，来这岛上已经一年了。每天早上，他都要出来察看夜间落网的海洋中各式各样的动物，挑出一些稀有品种，作为他的研究材料。

他在沙滩上首先碰到的就是这只仰面朝天的海龟。

“哈，准是几个小家伙昨天夜里的战果吧？”他愉快地想，搓着手。

他是一个面孔黧黑，举止敏捷，很有朝气的中年人。“挺大的一只海龟，不过，不是什么新品种，绿蠵龟。让他们放到龟笼去吧！”

所谓“龟笼”，并不是真有什么笼子，而是在礁盘上插上一圈密密的杆了，海水可以自由流出流进，海龟就豢养在里面，等待渔业公司的轮船来把它运走。

几个青年渔人开来一辆类似拖拉机的曳引机。它跟普通拖拉机唯一不同之处是它的轮子很大，底盘很高，这样是为了适应沙滩和礁盘上的两栖作业。将结实的缆索套在龟甲上，曳引机就往礁盘方面拉。

噢，这头老奸巨猾的海龟早就等着这一招了。

这大半夜它想得很多很多。无论如何，败在三个孩子手下，也许是它一生的奇耻大辱；也许是这个结结实实的教训使它变聪明些了；也许，经过一夜的“躺卧”，它的力气增长了。总之，就在它刚刚被曳到沙滩边上，它的头部刚一接触到海水的时候，小指般粗细的缆索突然绷断了，落在礁盘上的海龟轻易地翻转身子，游了出去。

如果不是这时候有几个小伙子在礁盘上摆弄一只小艇，那么，这只重新获得自由的海龟一定能够顺利地逃向深海。五名小伙子都是身强力壮的渔家青年，他们扑上去，经过一番猛烈的搏斗，重新擒住了这只海龟。

“你逃不了的，老家伙！”一个脸皮黝黑的小伙子说。

“我们还是把它放到龟笼里去吧！”第二个小伙子说。

这时候，第三个小伙子叫起来了：“等一等，这龟甲上刻了些什么花纹？”

可不！深褐色的、几乎有一张小圆桌面那么大的龟甲，在那靠近头部的第一块甲片上，有镌刻的痕迹。

第四个小伙子说（这句话可就有些迷信色彩了）：“怪不得这头海龟

力气那么大！”

但是海龟力气再大，在这五个彪悍的汉子手底下也挣扎不得，它又被拖到了沙滩上。

海洋生物学家吕镜走过来，一眼就看到了海龟背上镌刻的花纹，他呆住了。这分明是用一把尖锐的刀子在海龟的硬甲上刻出的英文字：

For Science

J.I.Urann, Jan, 18, 81

Adamstown Pitcairn 25° 4s 130° 6w

字迹有些磨损，但基本上是清楚的。

“这是什么洋文字？”小伙子们明白过来了，纷纷问道。

吕镜从兜里掏出小本子，把字迹认真抄下来，才说。

“噢，这可是一只宝贝海龟，它游了上万公里水路呢！”

“那上面写着……”

“为了科学。”吕镜翻译着。“南太平洋皮特克恩岛上一个叫乌兰恩的人，1981年1月18日刻的。”

“那些数字？”

“西经130度6分，南纬25度4分——皮特克恩岛是一个很小的小岛，刻字的人怕别人找不到它的方位，在指示我们呢！”

“啊！”小伙子们都惊呆了。

“能不能，”吕镜迟疑地说，“把这只海龟先单独圈起来，不要放入龟笼里？”

“你要干什么呢，老吕？”

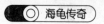

“我要研究一下……喏，‘为了科学’，这个乌兰恩不知是个什么样的人呢？是某个波利尼西亚科学家，还是一个……”

三

“他准是一个黑孩子！”玲玲喊道。

兄妹俩，还有他们的好朋友阿涌，都围在被绳索牢牢捆住四肢的大海龟周围，兴奋地谈论着，争议着大海龟的来历和它背上所铭刻的信息。

“一个少年生物爱好者。”她的哥哥平平同意道。

“是这样吧，吕伯伯？”阿涌问。

吕镜只是微微笑着，不说话。

“爸，你有什么好主意，快说！”玲玲攥住了她爸的手。

“你们说。”吕镜不慌不忙地说。

“给人家送回去。”平平突然说。

“给谁？那个乌兰恩吗？”玲玲瞪大眼睛问，“是他们家养的海龟？”

“是他做的科学研究——刻了字，想记录海龟洄游的路径呢！”平平也是个生物迷，他就做过这样的事：掏出房檐下燕窝里的燕子，在它们的脚上套上小铜圈，看看第二年飞回来的还是不是这些燕子。

“可是，”阿涌提出异议，“怎么送去？派专船开到那个什么岛上去吗？”

“呵呵，”吕镜笑了，“至少有15 000公里远哪！”

“海龟能游那么远？”玲玲问。

“有人研究过，”她的爸爸回答道，“这种大型绿蠵龟能够环游全世界。”

“噢！”三个孩子一起喊道。

“为什么它要游那么远？”

“它在追逐温暖的太阳。龟，是变温动物，陆地生长的龟，需要冬眠来躲过严冬；海龟，就来回在南半球和北半球间洄游——它永远过着夏天哩！”

“它不怕热？”玲玲又问。

“越热，藻类越丰盛，它们的食料也越多。”

“到南半球去，”平平寻思道，“它得游很长时间吧？”

“当然。海龟有的是时间——它只要半年内抵达南半球就可以。它不慌不忙。在它的几百岁的寿命中，它足足可以一直走到太阳上去呢！”

三个少年又惊叹了一声。

“那我们，”平平说，“也在龟背上刻上文字，放它回大海……”

“让它自己游回去。”玲玲快嘴快舌地说。

阿涌也说：“对，我们刻：中国，西沙群岛，日期，经纬度，再刻上吕伯伯名字。”

“不，”吕镜摇摇头，“海龟是你们逮着的，干吗要刻我的名字呀！刻：曾阿涌、吕平平、吕玲玲，并加上一句题词。”

“为了科学？”玲玲指点着海龟背。

“For friendship——为了友谊。”平平庄重地说。

“……and friendship。”他的爸爸更正道，“……和友谊。”

“什么‘和友谊’？”玲玲不解地问。

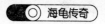

“为了科学和友谊。”平平回答道，“这是接着乌兰恩的题词。”

“好的——太好了！”阿涌喊道，“你们写在龟背上——对，第二片龟甲，紧挨着已经刻上字的一片，我去找一把刻刀来。”

他飞快地跑去了。

四

海龟又遨游在无边无际的大海中了。它对于背上刻了些什么字，一点儿也不在乎。在这蓝得发黑的深海里，海浪一个接着一个，昼夜呼啸。大海永远没有宁静的时候。但是海龟沉重的身体在波浪间穿行，轻盈得有如一头在草地上奔突的雪豹。

季风日夜在海浪间巡狩，它们携带着大气圈另一些区域的信息。热带的海洋上空，天空总是那么蓝，明净、透亮，带着一种纯洁的色泽。这儿没有现代化的污染，透过丝丝的白云洒下的阳光足以一直透进几时深的海水，使海水显得那样明亮。遨游在海水上层的海龟正感受着暖洋洋的阳光抚摸它裸露的头部和四肢，即使夜幕降临，海水仍然是温暖的，温暖得像是母亲的胸膛。是的，对于变温动物龟来说，如果不是沐浴在大海中，那么，夏日的太阳足以使它血液发烫，失去大量氧；而到了午夜，它又会冻僵在潮湿的凉风中。所以，大海就是海龟的母亲。

黑夜来临了。夜的海洋又是那么美！海火在这儿或那儿迸放，迅疾得有如闪电。每条海火都有如一个小小的生灵，它们轻轻应和着浪花的低啸。各种各样的鱼儿，金灿灿的鱼鳞反照着一天的星光。遇到晴日的月夜，大海显得妩媚了，波浪轻盈地跳着舞，每个波谷中都闪现着一轮清冷的月亮。

海龟依据着特定的航线前进。它既不是凭气味，也不是凭视觉去指引自己的行程。有人说，海洋动物长距离的洄游是依靠地球磁场来导航的。但是，这还没有得到证明。不管怎么说吧，对于这头曾在西沙群岛的某一个珊瑚岛上产了卵，背上又刻了新印记的海龟来说，它的航线似乎是十分明确的。它从一只圆圆的、乒乓球大小的龟卵孵化出来以后，已经经过了漫长的岁月。它看过无数次日出日落，经历过上百个春夏秋冬。每年，它总是依随一定的季节变换，做反复的跨越赤道的远程旅行。这当中，它要绕过很多岛屿——人烟稠密、受到大工业污染的岛屿，却很可能在那些刚刚露出水面的珊瑚礁上停留——对于太平洋上的这些珊瑚礁，它无疑是相当熟悉的，但是它仍然十分谨慎。不久前在中国南海的这段被俘经历还常常使它惊心动魄呢！

这个夏季，如果不算在西沙群岛的那场遇险，它是多么惬意啊！海龟的生活永远是夏季，它是太平洋中遨游的“候鸟”，总是追逐着阳光、温暖的海水、浅海中的藻类。它的一生就在这样无休无止的洄游中度过。

一场赤道带的风暴迫近了。

轻捷地奔逐的风带有一种不祥的啸叫声和扑鼻的臭氧味儿，海上的长浪越来越强劲了，甚至从深海翻上了一些胀破肚皮的小鱼。这些，都在预示着风暴的来临。海龟用自己宽大扁平的四肢更加有力地拍打着海水，它要赶在风暴之前逃脱出去。虽然是体重三百来公斤的大家伙，可是它泅游的速度十分快捷，它甚至可以“仰泳”，腹甲在水面上黄澄澄地发光。它也可以像海豚那样不断翻滚着身子。总之，在沙滩上只会笨拙地爬行的这只庞然大物，在水里却灵巧得不亚于旗鱼。风暴当前，它的速度更快了，像一支箭一样向南方冲去，激起的浪花映照着赤道带上太阳的虹一样的明亮色泽，在呼啸而过的海风中冲上半空，再缤纷地洒了下来。

忽然间，海龟的心脏几乎停止了跳动。它发觉，又有几根绳子落在它的四肢上。

这不是那些指头粗细的棕绳。不，绳子很细，筷子那么粗细，却是那种透明的、仿佛溶化在水里的尼龙绳网—— 一具现代化拖网渔轮所用的大网。尽管海龟疯狂地拍打着四肢，它却不可逃脱地和黄鱼、金枪鱼、乌贼、池鱼等一起被提出了水面。

“一头海龟！”一个人用日语喊道。

是的，这是一艘日本渔船。它赶在暴风雨到来之前撒下了这一网。捕获物卸在船舱里，渔船立刻起碇返航了。暴风正在逼近，谁也顾不上这头了不起的海龟哪！

瓢泼似的大雨，铺天盖地的大浪，怪叫的风，像是劈开沉沉天宇似的闪电，这一切构成了天地间最雄浑的交响曲。一队小小的渔船就这么挣扎着前进，终于赶到了最近的一个避风港。

灯光陡然亮了，船长将头伸进舱来。他是一个四十来岁、矮墩墩、结实得像一棵榆树的汉子。他看到浑身沾满了鱼鳞和被压碎的鱼内脏的海龟时，立刻下令把它吊起来。海龟被撂在甲板上，立刻扑上几个水手，把它结结实实捆上了。

“等一等！”船长喊道。就着影影绰绰的灯光，他看到了龟背上的刻纹。

“水管！……给它冲一冲！”

惊讶的水手们执行了这道命令。等到龟身上黏附的鱼鳞、鱼肉、鱼肠、鱼肚全都冲干净后，船长俯下身来，辨认了两片龟甲上镌刻的英文字。他愣住了。烟头烧尽，灼着他的手指，他也丝毫不觉得。

五

日本渔船“川之丸”顺利地抵达佐世保码头。这头有着不平凡经历的海龟，被送到当地动物园去。动物园的生物学家仔细看了两片龟甲上的英文字，立刻说：“噢，一只科学研究用的海龟。你们在哪儿把它捕获的？”

“在松索罗尔群岛附近的海面上。”船长回答道。

“松索罗尔……松索罗尔……我怎么一点儿也想不起来在哪里呢？”

“几个很小的珊瑚岛，在赤道带上，它的南面就是伊里安岛。”

“哦！”生物学家恍然大悟，“它离开了中国的西沙群岛，正向着皮特克恩游去。”

“这又大又笨的家伙，真能游那么远的路吗？”船长问道。

“它在水里绝不呆笨。你想想，你打了那么多年鱼，有几次能网着头大海龟的？”

“但是，”船长指点着龟背上的字迹，“它至少已经落网了三次。”

“是的，我们想，它还要落网第四次——我们也刻上字，把它放了吧！”

“嗯？”

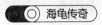

“是的，让它游回皮特克恩去，让那位乌兰恩看看，我们日本人，也和中国人一样，支持他的科学研究……”

“也刻上字？”

“是的，刻上——……and peace，和平，不也跟科学、友谊一样，是我们人类生存在地球上的一根支柱吗？”

“好，真好。”

“佐世保的‘川之丸’渔船船长……”

“还有动物园的……”

“不，有船长就够了。你去查查捕获这只海龟的地点和经纬度……”

“有必要吗？”

“有。至少让人家知道，它的洄游路线和它到过哪些海域，还有日期……”

“好。你写。我去找一把电刻刀。”

他们注视着海龟。它正在动物园带栅栏的水池里懒洋洋地划动着四肢。

“有趣。”船长说，“不知这回它是否能一直游回它第一个主人那儿……”

“也许它又不知会被什么人捕获。”生物学家淡淡地笑着，“不要紧，别人也会再刻上字，放走的。反正，海龟背甲一共13块，足够许多人刻字的！海龟又长寿，当我们这些人都从世界上消失后，它仍然会在海洋中遨游！”

六

第二年，雪花再度飘舞在北半球的时候，这只海龟终于又爬上了在明晃晃的夏季太阳照耀下，只有72名居民的皮特克恩岛。在过去的一年半时间里，它的足迹从西沙群岛到夏威夷，从日本海到南美洲，有13个不同民族的人在它的背甲上刻下了人的名字、日期、经纬度和各式各样的题词。这些题词连起来，是很长的一句话：

“为了科学——友谊——和平——人类的幸福——美好的生活——相亲相爱——繁荣——光辉的未来——人民的大团结——坚持正义——富裕的日子——消灭疾病和饥饿——消灭战争。”

刚好刻满13块背甲。

乌兰恩，一个波利尼西亚青年，立刻把海龟引到他们后花园拦起来的水池子里，抚摸着龟背上这一个个题词，说：“你可真是一个了不起的国际巡回大使呢，亲爱的。”

他深深地低垂着头，严肃的脸上流露出虔诚和敬意。

1982年1月

黑宝石

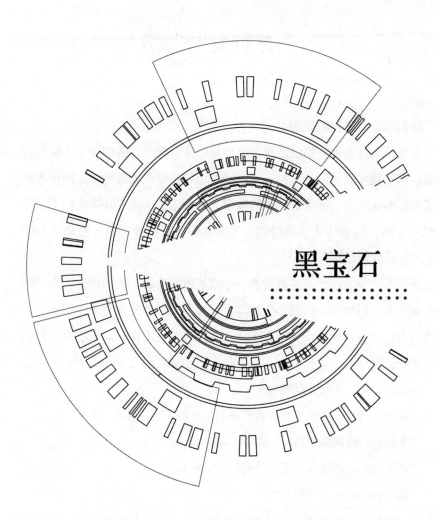

旅行去[1]

我们地质小组决定去旅行一次。

今年春天过去得特别快，现在已经是初夏时光了。杨柳披上了绿色的衣裳；燕子也早已从南方飞回来了。动物小组把蝴蝶和各种甲虫的标本贴满了他们的生物角。一下课，那阵嚷呀，就像生怕人家不晓得他们干了什么似的。咳，这有什么了不起的！等着瞧吧，我们要采集一整箱矿石回来，非得让他们看着眼红不可！

星期六的晚上，我们在教室的一个角落里嘀咕着（我们把这叫作“筹备会议”）。辅导员（地质学院的学生）没有来，却托人捎来一张条子，上面写着：“同学们，团支部分配我去做一件突击工作，明天的旅行你们自己去吧。”

还没念完呢，大伙儿就嚷嚷开了。

“这怎么行！她要是不去，我们连石子也捡不到一颗哩。”

“干脆我们改期得了！”

“下星期又得准备考试了，改到哪一天呀？”

“找不到矿石才丢脸呢！”

我（那阵子，我刚当选上地质小组的组长）使劲儿拍着巴掌，让大家

① 本文发表于1956年第4期《人民文学》。

静下来："同学们，别嚷嚷，难道我们是小孩子吗？"

"当然不是！"大伙儿齐声说，那声音把玻璃窗子震得"咯咯"响。

"那么，为什么离了辅导员我们哪儿也不能去……瞧，"我向那个角落努努嘴，压低声音说，"人家动物小组在笑话我们……"

"嗯？谁说不去呀？"林树倒反过来问我。他是我们学校里很出名的"小地质学家"——同学们常常不晓得从哪里找来一些石子，都跑去向他请教。

"我可没说不去。"

"我只不过建议……"

"我也不反对呀……"

大伙儿都这样说，我不由得笑出声来。于是，我们六个人，就像发生了什么有趣的事似的，一道大声笑起来了。

在清澈的小河旁边

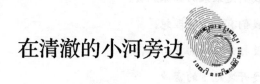

天空才蒙蒙亮，连鸟儿也刚刚醒呢，我们就出发了。

在路上，遇上了送报纸的王大叔，他笑嘻嘻地说："好神气的勘探队啊！"

这话倒不假。我们全带着背包，虽然有些只是用旧布拼凑着缝起来的，背包里装着干粮。全小组甚至还有一枚放大镜，一柄小锤子，两把小刀，一根绳子，一个罗盘，一本野外日记本，一本《矿物鉴定手册》，一块粗糙的没有上釉的瓷片（干什么用呢，回头你就晓得了）和两个军用水壶。大家把这些东西分开来带着。我们连走路也像真正的勘探队那样，六个人走成一条线，仿佛不是六个人在走路，而是一头十二条腿的动物在走路。

谁要是没在初夏的早晨穿过稀稀疏疏的树林子，谁就领略不到很难说出来的那么一种滋味！……刚出城，我们就走进了一个小树林，里面长满了笔挺的、整整齐齐的小松树，四面八方都是。浅灰色的天空被松树的枝丫分割破碎了。虽然已经是初夏，可是森林的早晨还是很冷的。树根下的青草长得很高了，珍珠似的露水在草叶上滚来滚去，玫瑰色的、娇嫩的野花也调皮地开放了，不知从哪儿传来“叽叽喳喳”的喜鹊喧闹的声音，还听到了啄木鸟单调的啄木声。潮湿的空气有点发甜，难怪有那么多的小甲虫在嗡嗡地飞着。

我们高兴地唱起了歌：

> 我们是未来的勘探队员，
> 我们有远大的理想，
> 要打开祖国的空山呀，
> 要开发地下的富源……

这是地质小组的“组歌”，我们的“歌唱家”——孟秀昆编的。有一次，在初二班级歌唱比赛中，她唱这首歌还得了第一名。只要提起这件事，我们就觉得心里乐呵呵的。

一面唱，一面走。不大一会儿，我们就觉得热起来了。

忽然，背后同学们的歌声停顿了。我扭过头去，看见陆明和小胖子李文兴在争一个东西。

“是我的！”

“到底是谁先看见它的？”

“我先逮住，你才跑来的！……”

原来，小胖子手上拿着一只螳螂。我从来不曾见过那么大的螳螂！大概比一根钢笔还要长一些吧，浑身绿滋滋的，大锯子还在一动一动地比画着。

我忙跑过去说：“哎呀，你们真是……放了它！”

小胖子还在嘟嘟囔囔地说：“我可是准备带回去送给动物小组的。”

“你不知道螳螂是益虫吗？”我一把夺过来，大锯子却被扯断了。

“不要紧，它会再长出一个来的。”一直不吱声的王若明说。他的圆脸孔上挂着的小眼镜在可笑地抖动着。

这一来，大家也不唱歌了。只听见脚步踏在枯树枝上的“喀嚓喀嚓”声。

走出林子了。迎面是一片略微有些起伏的草地。太阳已经在地平线上微微露了点儿头。它可真懒，这时候还不大乐意起床，可是它红红的额角把天上的薄云都映成了浅浅的玫瑰色。微风吹着，像是有一只看不见的大手轻轻抚摸着草地，只有几株骄傲的大树一动不动地兀立在草地中央。

“穿过草地再休息吧？”我问大家，还特别瞪了小胖子一眼。

“这还用说！”大伙儿夹七夹八地说开了。

陆明说：“红军长征经过的草地比这难走多了。”

小胖子唠叨起来了：“红军是红军，我们是学生。”

“咳，累啦？”陆明挖苦他，“你还说将来当勘探队员呢。”

我们都笑起来了。不由得你不笑！胖子想当勘探队员是真话，可是，他那么胖，正像小眼镜说的，“希望不大”。他现在一天到晚练长跑，连肥猪肉也不敢吃了。听说有一天还被他妈妈训了一通。

一条小河陡地出现在眼前了。多美的一条小河呀！又清澈，又浅，简直可以把河底的小石子一颗一颗地数清楚。河水轻快地流着，唱着悦耳的歌。

大家一窝蜂似的摘下背包，趴到河边上，把手伸到河水里去。

水还很冷，泡得手都发麻，可是谁也不愿意第一个把手拿出来。辅导员说，勘探队员要有坚强的意志和健康的身体。她自己也不过是一个小姑娘，天天早起去爬山，刮风下雨也照样爬。他们地质学院的学生全都是这样儿。

忽然间，王若明叫唤起来："哎呀！"原来他的眼镜不小心掉到水里去了。大伙儿全体出动，叫呀，嚷呀，忙乱了好一会儿，才把眼镜捞起来。陆明还捞起了一块黑色的石头。

"这是煤吗？"孟秀昆问。

"嗯。"小眼镜凑过去看看，神气地点点头。他的两只袖子和前襟还是湿漉漉的。

"可是，为什么有这些花纹呢？"

我也凑过去看了看，这完全不是什么花纹，而是叶子的痕迹。长圆形的五瓣叶子像五根手指头那样张开，仿佛人工雕刻出来的。

这位好手艺的匠人是谁呢？——我在想着。草原、小河、春天、太阳……都不见了。我的脑子里出现了这么一幅画面：

这是好多年以前的事了。在一个浓密的森林里，树木高大得出奇，枝丫却不是很多，只在顶上才像罗伞一样伸展开细长的、鱼鳞一样的叶子……阳光灼灼逼人，空气又热又潮湿，四周全是沼泽，野草长得像剑一样。森林里爬行着巨大的蜥蜴，天空中飞翔着各式各样的昆虫——有的蝴蝶比今天的老鹰还要大！那时候没有人，甚至连人的祖先——猿猴也没有……地球在生长着，变化着，默默地削平这一座山，填掉那一片海洋，要不然就裂开一道深深的缝……高大的植物死了，腐烂了，曾经显赫一时的大树也变成了烂泥（现在人们把它叫作泥炭）……以后，广大的沼泽变成干燥的高原了。而泥炭呢，被压在地下。正像老人们常说的："打入十八层地狱"——上面是厚厚的地层的重压，下面是地壳下火热的岩浆的烘烤……稀松的泥炭变得致密了，结实了，乌黑乌黑的，闪着亮光……几千万、几万万年过去了，煤层安静地躺在地下，像是在酣睡……然而，它不是绝对宁静的，地下的泉水经常在它的孔隙中泼剌剌地穿过，带走了它的碎片。在山谷里，在小河旁，在平原上，在茂密的草丛中，你都可以找到乌黑乌黑的、闪着亮光的煤——人们管它叫黑色的太阳。

是的，黑色的太阳！人们把煤挖出来，放在炉子中燃烧，煤不是正使出几亿年前太阳给它的力气来推动蒸汽机，发出电力，熔炼钢铁……吗？煤给人以温热、光明和力量。在化工厂中，煤还能够制成染料、香水、胶木、炸药，甚至药品！

这就是那块煤——它还保留着叶子的痕迹呢！……可是，它是从什么地方冲来的呢？

突然我的沉思被人打断了。孟秀昆拉着我的胳膊，一个劲儿地让我看：

"你瞧，这河岸多有意思……"

对面的河岸像一堵墙一样整整齐齐地立在那儿，简直让人怀疑它是不是人工砌起来的。它的一层层岩石都看得很清楚：最上面是黄色的泥土；第二层是灰白色的，大概是石灰岩之类；再下层又是黄色的；靠近水面的一层，有点像煤，黑黝黝的。只是在不远处，这些层次忽然中断了——一条长长的褐红色的石渣子斜斜地拦腰截断了它，层层岩石都错开了。仿佛岩层是什么动物的皮肤，被人狠狠地砍了一刀。

林树对我说：“这是断层，对吗？”

我只是默默地点了一下头。

断层，这是地壳重大变动的创伤。从地球深处涌出的强大力量，挤压着地层，把它挫断，简直像我们折断一根粉笔那样干脆、容易。地球上的岩层该有多少这样的创伤啊……

“为什么这里岩层的层次这么清楚呢？”孟秀昆也不知道在问谁。

小眼镜装出一本正经的样子说：“大概是一个什么巨人给它一层层铺上去的吧。”

笑声又在寂静的野地里漫开了。真的，有过这么一个巨人，它挖掘了河床，堆起了山岗，把矿产埋在地下，在原野上种上森林……这个巨人的名字叫作自然界。

自然界，自然界！在你怀抱里是多么温暖，多么新鲜，多么令人激动啊！我们还不过是戴着红领巾的孩子呢，然而，我们要勇敢地举起手，轻轻叩开你的大门……

老大爷和他的话

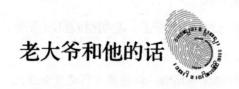

横跨小河的一座小桥塌了。河中心支撑小桥的木架子大概被什么东西猛烈地撞了一下，断了。桥的一头斜斜地伸到水里，另一头却被水冲得荡来荡去，只靠一根绳子系住，没让水冲跑。恐怕这是小河开冻时浮冰干的好事。

怎么办呢？我用疑问的眼光看着大伙儿。大伙儿也用疑问的眼光看着我。

陆明提议涉水过去。他还没说完呢，小胖子就嚷起来了：

“你试试看，河中间的水能淹到胸口上呢，不把你冻僵才怪！”

“我想，我们扛一些大树来把桥接起来，怎么样？”小眼镜皱着眉头说，这样看起来更像“小老头”了。

“大树在哪儿呢？”

“喏，我们刚才不是走过……”

大伙儿都“嘘”了一声。真瞎扯，那么老远，扛来天都黑了。

林树一句话也不说，摇摇摆摆地就踏上断了的桥。忽然，背后响起了一个粗哑的老头子的声音：“小鬼头，想喝水吗？”

不晓得什么时候走来了一位骑着驴子的老大爷，他的胡子雪白雪白的，脸挺和善，活像一位老寿星。我们一点儿也不客气，都向他围过去，七嘴八舌地嚷起来了。

“怎样才能渡过河呢，老大爷？”

“帮帮忙吧！”

“能不能绕到别的地方过去呀？”

“哎呀，让我回答谁的话好？”老大爷微微摇着头，笑眯眯地说。

“你们到哪儿去？”

我代表大家回答：“我们要去捡一些矿石。”

“矿石吗？河对岸没有这个，别过去了！”

我告诉他，我们的旅行路线是早就确定下来的。为了证明这点，我拿出了地图。在地图上面，有一条鲜明的红线，那是辅导员和我们一起商量多少次才画下来的。

可是老大爷连看都不愿意看。“这玩意儿我不晓得。要捡石子嘛，上头有的是！”

他指着小河的上游说：“瞧见了吗？这条小河是从那边山上……两个山排在一起，像笔架一样。这是笔架山。喏，从前，有一位秀才上京赶考。在路上，遇见了一只狐狸。晓得狐狸是什么吗？……年纪大的狐狸，能够变成精怪。这只狐狸就变作一个美女，把他给迷住了。秀才也不去赶考了，把书卷笔墨全都扔啦。笔架落在这儿，就长成了山。山脚下，有各种颜色的石子，什么样的都有！”

“也许还有金子吧？”小胖子尖起嗓子问。

“等一等，”看到大伙儿又要起哄了，老大爷赶忙接下去，“金子我不晓得。不过在山腰上有一个窟窿，叫云洞。河水就是从这个窟窿里淌出来的，说是里头有什么宝贝。有一回，前边村的小嘎子放羊回来，天已经有点黑了，他打窟窿旁边走过，看到里头有什么东西闪闪发光，就被吓坏了，赶紧跑了……”

大伙儿又嘘了一口气。陆明嚷起来了：“真窝囊，要是我，说什么也得钻进去！”

“你光会磨嘴！”小胖子叫嚷着。

“等一会儿你瞧着吧！”陆明也顶了他一句。

老大爷咧开嘴笑了：“那可不成呀，孩子。听说拿着手电筒进去，也打不亮。早先有人去过，摸了一阵子，又走出来了，什么也没捞着。你们，嘿……”

老大爷笑嘻嘻地摇摇头，走了。

我们的心却被这番话烧得像一锅滚烫的粥，直冒泡。矿石标本，这又有什么了不起呢？谁都能到野外捡几块回来。但如果把山洞里的那件宝贝（我们心里已经肯定它是宝贝了）找出来，那又是另外一回事了，大队委员会的墙报准得用特别大的字把这件事登出来："初二3班地质小组的惊人发现。"是的，一定得写"惊人"两个字。六个少先队员在山洞里找出一件宝贝，还能不惊人吗？

对于这件宝贝，大家也有争论。小胖子说，准是狐狸精藏在那儿的珍珠，要不然它不会发光的。可是我们其他人都不相信真有什么狐狸精能变人，而是认为可能是从前什么富翁在那里躲过盗贼，把宝贝埋在山里了。林树却说，那里根本没有什么宝贝，八成是会发光的矿物，他希望能够发现一个矿床。他说，这是地质小组的"正式"任务。

我们沿着小河往上游走。小胖子也不喊累了，但路比此前难走得多了。遍地都是矮小的灌木，杂乱的枝丫好像许多只小手，扯住行人的裤腿，仿佛不愿意让我们去找到宝贝似的。

太阳已经升得很高很高了。它也不再那么笑眯眯了，反而像是一只悬在浅蓝色天空上的大眼睛，严厉地瞅着我们。如果不算东边地平线上那一丝丝绸带子样的卷云的话，天上差不多没有什么云了。天空好像特别高、特别远，瞧着它就让你觉得惬意。尽管路很崎岖，可是在这样的阳光下走，是很带劲的！

有人轻轻地哼起了"组歌"，嘹亮的歌声又在野地里荡漾开来。

我们有远大的理想，
要打开祖国的宝山呀……
万水千山，
也挡不住我们前进的脚步……

老大爷的话很对。地下的石子逐渐多起来了，五颜六色，什么样的都有。白色的、发脆的是石灰岩，据说是由以前水生动物的骨骼和贝壳紧压胶结形成的。像玻璃那样闪闪发光的是石英，它们真不稀罕，在铺马路的石头——花岗岩中有的是！还有，玫瑰色的美丽长石，这在花岗岩中也很多。我们也捡到了一些绿黑色的小石子，大概是属于角闪石之类吧……只有小眼镜意外地捡到了一块水晶——完全透明的，像玻璃一样，只是当然不那么容易碎开。

每种矿物和岩石都要记载在日记本上，注明发现它的地点，替它编一个号码。这是从辅导员那里学来的一套规矩。矿物可并不是都能一眼看得出来的，其中有些还得经过细致的鉴定：首先，观察它表面的颜色和光泽，用放大镜仔细地左看右看，掂掂它的重量。然后，用小刀割它，确定它的硬度。如果可以割出一道伤痕的话，矿物的硬度就在“5”以下。相反，如果它能够在小刀上刻出伤痕来，它就在“6”以上。特别软的矿物和岩石甚至能够用指甲刻伤，它的硬度就只有“2”了。接着，用矿物在我们带来的那块瓷片上划出一道条痕，观察条痕的颜色——条痕的颜色往往跟矿物的颜色是不一样的。最后，把这些分析结果拿来跟《矿物鉴定手册》查对。

如果这些工作的结果还不能肯定是什么矿物的话，也可以试试用舌头舔它，看有没有味道。甚至可以用火烧它，因为有些矿物是能够燃烧的。

我们的背包越来越重了。

林树在小河旁捡起一块黑乎乎的小石块。

“知道这是什么吗？……石墨，最纯粹的石墨！”他夸耀似的挥挥手。

噢，我记起来了。石墨，也跟煤一样，它的成分是碳，只是更致密一些，更柔软一些。铅笔芯就是用石墨做的。

碳是多么变化多端的家伙啊！它不仅成为煤和泥炭贮藏在地下，而且石墨和美丽的金刚石的成分也全都是碳。别看碳是个脆弱的家伙，金刚石可是世界上最坚硬的东西：它能够轻易地切开玻璃，像切开马粪纸一样；它也能够在一切金属上划出痕迹；镶上金刚石的钻头能够穿透最坚硬的岩层……碳，也是一切生物体里最主要的成分；你把一头小猪、一根树枝、一朵小花烘焦了，生命消失了，留在火烬中的就是发脆的、一触即散的碳……

林树靠近我身旁轻轻地说："我想，云洞里也许有巨大的煤矿。记得吗？辅导员跟我们讲过的、深山猎人的故事，那个摔断了胳膊的猎人，不就是听了小河唱的歌找到煤的吗？……而且，刚才那块煤……"

我点点头，我知道这个故事。地下的煤层都是有许多孔隙和裂缝的，可是煤层下面却往往是不透水的黏土层，于是，地下的泉水就会从藏煤的地方冒出来，成为"歌唱着"的小溪。别听它老是在淅沥沥地响，它这是在说"上游有煤，上游有煤"哩。

可是，为什么洞里会发光呢？

云洞

近看起来，笔架山一点也不像笔架，倒像一条卧着的狗，屁股撅起来，头也仰着，警惕地注视着前方。山上有许多股小水流淌下来，注入这条小河。我们就沿着一股比较大的水流往山上爬。

山并不陡，只是碎石子很多，脚底下常常打滑，加上背包又重，爬起来很吃力。孟秀昆脸上已经摔出一块青色的痕迹了，小胖子直喘气，连生龙活虎的陆明也有点儿吃不消了。于是，我只好下令停下来，休息一会儿。

大伙儿拿出了午饭。午饭倒是挺丰富的：面包、肉、香肠……什么没有呀？肚子也饿得慌。可是，我什么都不想吃，只是躺在那儿。到底怎样才能征服这该死的云洞呢？

同学们在聊天：

“最好有一架直升机，大家都坐上，‘呜’一声就飞到山腰了！”小眼镜在发表他的理想。

“我长大了一定造那么一架，”这是陆明在说话，“我们勘探队就要变成航空勘探队啦！”

“我们把宝贝取出来……”是一个女孩子的声音，自然是孟秀昆。可是底下的话却听不见了。大地，我们的大地是多么美好啊！和煦的阳光把泥土晒得又柔软又温暖，而且香喷喷的。小溪在身旁轻轻地流，“滴答，滴答”，好像一个永远不会停的时钟。做一条小溪多好，多么艰险的路都阻挡不住它的前进……而上面，小溪的源头，那神秘的洞窟里有些什么呢？

不知从哪儿飘来一片薄云，把太阳小心地包裹起来，阳光变得更柔和了。那边，碧蓝的天空下有两只山鹫在滑翔着，翅膀一动也不动，像掠过水面一样掠过天空。做一只山鹫是多好啊……

我们又重新发起了对笔架山的进攻。“咔嚓，咔嚓”，这是脚步声。大伙儿都挺紧张，谁也不说话。心“扑通扑通”直跳，六个人全喘着粗气，汗都滴下来了。

哦，原来碎石子只在山脚下那一段比较多，到了山坡上就少了。这儿的草长得很高，甚至还长出野花来。最多的是一种黄色的、钟形的花，我们谁也叫不出它的名字，看样子挺娇弱，却生长得很茂盛。

现在，路更加陡了，常常要手脚并用。小眼镜开玩笑说，我们这是“从人到猿”。但是大伙儿对做猿猴不大感兴趣，全都是气喘吁吁的。小胖子更苦了，他老是停下来，而后面的人却催他快走。

我们来到一座峭壁跟前，站住了。

哎呀，我们已经爬这么高了！回头一望，广大的田野完全被收罗到眼底了。这边是草原，草原是多么辽阔啊！它像地毯一样，又宁静，又安详……那边是刚冒出绿苗的麦田，一直伸展到远方的地平线上，这是哪个农业生产合作社的田呢？将来收成一定很好……嗯，这就是那条弯弯曲曲的、银带子似的小河，它伴随着我们走了多么远的路啊！早晨我们走过的树林，看上去并不太远，连学校也好像能看到了呢。

一阵风吹过来，帽子差一点被刮跑。站在这儿，真想迎风唱一支歌，一支愉快的、雄壮的、节奏鲜明的歌！

可是，怎样攀上这峭壁呢？

我们相互看了一眼。我看出了同学们眼神中忧愁的表情。

“同学们，我们怎样才能爬上云洞呢？”我用响亮的声音问。

大家没吭气。

“你们怎么不吱声？陆明，你刚才说什么来着？”

“他说要钻进云洞里去。”小胖子证实说。

陆明好像被蜜蜂蜇了一下，把手一挥，说：“你们等着，我爬上去。”

“我也可以爬。”林树说。

“你们呢？”

小眼镜和孟秀昆抬起头望着山头发愣。

陆明说：“行了。我跟林树先上去，再用绳子把你们吊上去。”

小胖子还有点犹豫。林树告诉他，他如果不愿被人吊上去的话，就在下面等我们。小胖子又怕失去发现宝贝的荣誉，说什么也不肯站在这儿白等。

林树轻轻一跳，抓住了峭壁上长出来的一株小松树。一阵风吹过来，小树在摇晃，可是还扎实地挺立着，只是微微垂下了头。他一蹿就把脚蹬到峭壁的一个突出的疙瘩上。他的身体像壁虎一样紧紧地贴着峭壁，慢慢地向上升。有一阵子，我觉得他似乎有点摇晃。他紧紧地抓住了一块突出的岩石，喘着气。虽然看不见他的脸，但是我可以想象得出他是怎样紧张地寻找每一个可以立足的地方。瞧，就这样轻轻地踮起足尖，举起来，准确地塞进岩石缝里去，还得注意利用每一株小树；要尽量抑制心头的恐慌，平静一些，困难毕竟是可以克服的……

第二个是陆明，他一点也不比林树差，简直像京剧里的美猴王一样，身体一晃就爬上去了。

他俩把绳子吊下来拉小胖子上去。我们其他三个人，虽然在必要时也会扶一下绳子，却也是自己爬上去的。就连孟秀昆也表现出了真正的勘探队员的气概。

考验都通过了。现在来到比较平缓的地方，困难的道路落在后面了。

“冲呀！”陆明大喊着往前跑去。大伙儿全都忘掉了疲劳，谁也不愿落后，像占领制高点的战士一样勇猛地冲上去。

云洞，那神秘的、吸引着我们的云洞，那牵动着我们心灵的云洞，那鼓舞我们去克服困难的云洞！现在它安安静静地敞开在我们面前了。在它黑黝黝的内部，什么都看不见，可是我们却像是看到了那光彩夺目的、珍贵的宝石。

洞口不大，刚好够一个人钻进去，里面也不知道有多深。我们凑上前去，忽然好像有一股冷气从里面吹出来，一直钻进我们的领子里。孟秀昆吓得往后退了几步。

“来吧，孟秀昆，你打头里走，我们全都钻进去！”小眼镜向我们挤挤眼。

“别，别……”她的脸涨得通红。

瞧她这尴尬劲儿，我们不由得哈哈大笑起来。说也奇怪，这一笑就笑出了勇气，我准备钻洞了。

林树说：“等一等，辅导员说过的，到一个新地方，应该先研究一下情况再决定行动。”

真的，说不定这是一个蛇窟，或者是狐狸洞呢！

不，野兽通常会把它的洞口开得隐蔽一些、曲折一些，否则山上的风会往洞里直灌，把它冻死。这洞却斜斜地，像向着天空张开的嘴巴，因此不应是野兽洞。

洞的周围已经长出一些青绿色的嫩草了。旁边不远处还有两株枯老的杨树，虽然生命奄奄一息了，可它还是倔强地立在那儿，抵挡着“呼啦呼啦”地滚过山头的风。一只山雀在洞口旁边忙碌着，一直等到小眼镜伸手去捉它，它才大吃一惊地飞走了。

这就是我们所看到的云洞，也是一路上伴随着我们的小河的源头。可是，河水真是从洞里淌出来的吗？粗心大意的人，自然会认为是这样的。林树却不这样认为，他观察了半天，小心地撬开了一块堵住洞口下缘的石头，马上就看出来了，水其实是从洞口下面一个小缝里淌出来的。

“知道吗？这就说明这个洞内很可能有天然的煤矿！”他得意地说。

我知道得一点儿也不比他少：煤经常是在地下水层上面的。

这么说，这个洞的内部是干燥的。很好，我们钻进去就更容易一些了。

可是小眼镜忧虑地说：“噢，为什么不带一个手电筒来呢？”

陆明也拍了一下自己的头说：“连火柴都没带，生一个火把该多好！”

我们像石人一样待着。现在差不多是正午了，阳光晒得我们额头上冒出微微的汗气。

林树抬起头望望和煦的白花花的太阳，忽然叫起来了：“拿给我！放大镜！”

唉，怎么我就偏偏想不到这一招呢？放大镜能点着火的呀！

大伙儿分头去找树枝。我急忙从背包里掏出放大镜来。温暖的阳光透过这片玻璃，落在地面上，一个光亮夺目的小点抖动着，青草冒出烟来。我叫嚷着：“拿纸来！”林树急忙翻他的口袋。他别的东西不多，纸倒不少。现在，灼热的小光点已经移到纸上。瞧着，马上把它烤成了一个黑色的斑点。

小小的火苗蹿上来了。

“好哇！”大伙儿都乐了。树枝纷纷投到地上。

现在，我们有一个小小的火把了。火在还有点潮湿的树枝上颤巍巍地爬，像害羞似的发出浅红色的亮光。可是，这仍然是真正的火把——跟山洞探险家用的火把完全一样。

“谁在前头走？”我问大家。唉，多么希望他们说“请组长先走”啊！

不，这班小伙子哪有这么谦虚呢？我的问话刚出口，就听几个人同时喊：

“我先走！”

只有小胖子慢条斯理地说：“我反正是钻不进去的！”

陆明特别大声地嚷：“我个子最小，让我进去吧！”

我们为这件事开了一个“紧急会议”，决定用投票的办法解决。大家讨论了很久。直到后来，林树焦急地喊着：“不要耽误时间了！”我们才开始选举。陆明得了三票，林树是两票，我只有一票。我无可奈何地把火把交给了陆明。

最重要的一刻来临了。

我们的心怦怦直跳。谁能够冷静地站在一个充满了神话传说的山洞面前，而不想钻进去呀！

陆明轻巧的身体在洞口消失了，只有火把冒出的一阵烟留在洞外。林树紧紧跟在他后面。我正准备第三个爬进去，可是，洞里面传出了好像是从水缸里发出来的声音：“后面的人别前进了，已经到了尽头了！”

什么话，洞的尽头！……原来这个洞是那么窄，那么浅！我们还以为里面像迷宫一样复杂呢！

这会是什么矿坑呢？里面可能有什么宝贝呢？不，谁也不会把宝贝埋在这样的地方！我有些失望了。林树严肃地瞅着洞口，小胖子背着手走来走去，小眼镜和孟秀昆在低声说些什么。可以看出来，大伙儿的心情都很不宁静。

过了好一会儿，陆明爬出来了。火把已经熄灭。他的脸紧张得发白，烟把他呛得好半天说不出话来。

小胖子焦急地问他：“你说说，里面有什么宝贝？”

“有煤吗？”孟秀昆也关心地问。

但是，陆明只是一个劲儿地喝水。等他喝够水以后才挺费劲地说：“洞里很窄，简直不能把胳膊和脑袋同时伸进去。烟熏得什么都看不见。我伸手一摸，摸到一块骨头……”

“哎呀！”正在出神听着的孟秀昆惊叫了一声。

小眼镜把头一甩，挺神气地问她：“害怕了？”

“别嚷嚷，让他说下去！”

“我赶快扔掉了！也不知道是什么骨头……”

“你干吗不带出来呢？”林树问。

“带出来？你自己进去看看！我清清楚楚地听到自己的心‘扑扑’地乱跳，好像整座山压在我的身上，简直喘不过气来……当然我是不相信有鬼的，到那时候却不由得你不害怕。我赶忙向后退，可是胳膊被一块石头卡住了，费了好长时间才挣脱出来。”

他说着就举起了胳膊。棉衣的臂肘处挂破了，露出白色的棉絮来。

“等等，我想起来了，我知道为什么洞里会发光了。洞里不是有骨头吗？骨头里有磷质，磷和空气一化合就会发出青色的光，老百姓叫它鬼火……”林树拦住陆明说道。大家都同意这个看法。看起来这个洞里并没有什么发光的宝贝，于是我们都沉默了。

停了一刻，突然林树又问陆明：“你为什么不好好看看那块石头是什么呢？”

我也说：“说不定这就是宝贝呢！”

一提起宝贝来，大伙儿又兴奋了。林树一句话都不说，又掏出放大镜把火把点着了。

“干什么？”我扯住他。

“我进去！”他的样子很坚决，“把那块石头搬出来！”

“林树，”陆明插嘴说，“还是让我去，我对里面很熟，不用带火把进去会好一些。”

但是，林树扔下火把就往里爬了。

我们实际上只等了十五分钟。可是这十五分钟简直长得要命！你想，别人在黑漆漆的山洞里干一件大事情，自己却在这明媚的太阳光底下干着急，这可不好受哩。到底，这块稀罕的宝贝石头是什么呢？或者只是一块普通的、哪儿也能找到的花岗石？

林树出来了。他没有带着宝石，手上只拿着一把小刀，有一个手指头被割破了，血滴了下来。他脸色苍白，紧紧地咬着嘴唇，大概手指头痛得很。

“怎么样？”我们都围上去问。

“埋得……很深。要挖出来。我……我们轮流……”

一切明白了。我拿起小刀。可是小眼镜把我拉住了：“组长不应该亲自去！”

“可是，该谁去呢？”

“让我来，你照管他们吧。”

我看看小眼镜细长的胳膊和苍白的脸，真有点放心不下。可是，他看都不看我一眼。

十五分钟，半个钟头……过去了。

伟大的发现需要艰辛的探索啊！我们只要一块石头——也许是一点用处也没有的石头呢，可是也得费这么大的劲，还得流血！真不晓得人家爬上珠穆朗玛峰、在北极的浮冰上漂流是怎样克服困难的！

孟秀昆正在给林树包扎伤口。她甚至带来了绷带。女孩子心可真细，好像知道准有人要受伤似的。小胖子也紧张地瞧着洞口，莫非他也想钻进去试一试?

然而，可惜，没有他的机会了。小眼镜的脚从洞口伸出来了。快一些！可是，他吃力地往外一点一点地挪动着身体，费了好半天劲才完全钻出来。他的两只手捧着一块像小足球那样大的黑色石头。

这真是一块奇怪的石头。当我接过石头时，觉得异常沉重，好像捧着一个大铅球似的。小眼镜抱着它一步步往外爬，真是难为他了。

无疑，只有铁才会这么重。可是，难道这是铁吗？它的样子像一个炮弹头，头是尖的，逐渐向后面斜斜地扩大，底是略微有些波浪形的圆浑浑的。整块宝石表面非常光滑，像是一位精巧的匠人琢磨过的大理石一样。

它是黑色的。即使表面上还沾着泥土，也掩盖不住金属的光泽，很像一块包着玻璃外衣的煤。我用衣角细心地把泥污揩去。原来，它漆黑发亮的表面上还有一些花纹，很像冬天窗上结的霜花。这是自然界中任何矿物都没有的。

大伙儿呆住了。

“难道是……有什么人故意把它藏在这里的不成？”孟秀昆轻轻地说。仿佛我们都在酣睡，她怕吵醒我们似的。

“我看这也不像天然的矿物。”林树也说。

“可是，它到底是什么东西呢？”小胖子也开口了。

小眼镜忽然大声说，让我们都吃了一惊：“我们做一些分析怎么样？”

我同意了。于是我们开始用放大镜细细地观察它，用锤敲它，用小刀割它，拿它在瓷片上划条痕，甚至用舌头去舔它。分析工作进行得很慢很慢。大家争论着。一个人说，它有点甜味；另一个人却肯定说，什么味道都没有。连它的颜色也有争论，有的说是像煤一样黑，有的却认为有点发灰。

一张鉴定表终于开出来了：比重大约是“5”（也就是有同样体积的水五倍那么重）；硬度“5.5”（跟小刀硬度差不多）；颜色是深黑色；条痕颜色也是深黑色；没有味道；烧不着。

这是什么矿物呢？……等一等，还要进行一项重要的试验。我从背包中掏出罗盘来，把罗盘靠近宝石。

真怪！罗盘不再指着南北方向了，在乱转了一会儿之后，却指着这块古怪的石头。把它挪到另一个位置上，也是这样。

“这是——”我还来不及说完呢，大伙儿就抢着说：“磁铁矿！”

它和鉴定手册上磁铁矿石的特征是非常相似的。恐怕唯一不同之处就在外形。大家所熟悉的磁铁矿石，是好像石榴外壳那样的，哪有这样光滑的表面？而且，磁铁矿石怎么会这样光亮呢？像霜花一样的图案又怎样解释呢？

小胖子可不管这些，他完全被新发现的矿藏弄得乐呵呵的：“也许，里面还有许多吧？洞口为什么不开大一些呢？”

真好笑！这会儿他倒想钻洞了。我看着他胖得溜圆的身体，真有点可怜他。

磁铁矿！如果是真的，这是我们送给国家的、多么宝贵的礼物啊！制造保卫祖国的坦克、大炮、步枪、机关枪，需要钢铁；制造汽车、拖拉机、起重机、火车头、钢轨，也需要钢铁；盖房子，得在混凝土里支上钢筋；日常用的炉子、铁锅、锤子，又哪样少得了铁呀……

一个磁铁矿，这是最珍贵的宝藏，它比一颗夜明珠或一颗金刚石的价值大得太多了。

我想，再过五六年，不，也许在更短的时间内，这里将要建立起钢铁厂的巨大高炉，白色和黄色的烟雾在它顶上盘旋着。铁矿石一车一车地从地下采出来，送到高炉的大肚子里去。隔着炉门，可以听到火焰那样“呼呼”地响，而铁水，将带着白炽的光芒在地上预先挖好的沟槽中奔流……

一个惊叹号

背这块沉重的宝石费了我们不少的力气。大家轮流扛着，每个人的肩膀都压得酸痛。小胖子也不例外，虽然他的肩膀上有很厚的脂肪，比较有利一点。我们回到学校，天已经黑透了。可是大家还顾不上回家，马上到辅导员家去了。

我们扛着的这块大矿石，让辅导员吃了一惊。

“奇怪，我也不晓得这是什么。说是磁铁矿吧，又不像，哪有孤零零一块磁铁矿石埋在土里的？”辅导员很仔细地掂了掂它的重量，掏出放大镜来看了半天。她的眼睛抱歉地眨着，嘴唇微微噘起。半晌，她才又说：“你们就把它留在这儿吧，明天我找教授研究去！”

我们互相看了一眼，站在那儿，谁也不说话。

“你们先回家去吧，闹了一天，累坏了吧？”

还是谁也不动。只有孟秀昆轻轻地摇了摇头，意思是说：“不太累。”

辅导员瞪大眼睛看着我们。林树咬咬嘴唇说：“辅导员，我们想，把它……送到地质部去。”

“为什么？啊，等一等，你们是说……”

“我们想，可能发现了一个新的矿……要知道，这是我们这个地质小组发现的。”林树终于鼓起勇气说出来了。这是最主要的一点，“我们地质小组发现的”。

“嘿嘿，我明白了。”辅导员嘴角上挂着微微的笑容，“你们怕失去发现的荣誉。‘我们地质小组发现的’。看来，明天应当在云洞口刻上这几个字……可是谁也没有刻过：‘鞍钢是我们建设起来的’‘长江大桥是我们修起来的’。”

我们都难为情了。唉，发现一块矿石，有什么值得再三声明的呢？这不都是我们国家的财富吗？

辅导员接着温和地说：“如果这真是一个有价值的矿，国家是不会忘记你们的。回去吧，我一定向教授说明是你们找到的。”

我们还留下了那张地图，上面用醒目的红线画着这次旅行的路线，特别显著地标出了云洞的位置。我们用红铅笔在云洞旁打上了一个很大的惊叹号。

黑宝石是从哪里来的

这事情拖了好几个月。辅导员告诉我们，宝石已经转到地质部去了。

我们自然没有忘记这件事。尽管这次旅行中采集来的、各种各样美丽的矿石已经把教室打扮得好像博物馆一样，同学们看了只能“啧啧”地赞美，可是我们另外还想着："等着瞧吧，还有更好的！"谁也没有提起过这回事。只是有一次小胖子不小心露了口风，那是他看见动物小组的一只螳螂时，忍不住说："我们那回地质旅行逮住一只螳螂，比你这只可神气多哩，可惜叫它跑了。"

人家就问他了："你们地质小组干吗不采集矿石，却去逮螳螂呢？"

"谁说我们不找矿石？"小胖子激动得脸都红了。"我们还找到了一块挺稀奇的宝石呢！"

为这事，我们还让小胖子做过检讨。我们的宗旨是：问题没有完全弄清楚呢，先别吹牛。

后来，地质小组又增加了两个人：张桢和王士云。可是我们六个人对新组员还保留着这个秘密。忙什么，喏，等到公布的时候，他们自然会晓得，我们地质小组是有着光荣的传统的。

学期快结束了。同学们已经在订暑假计划。我们六人还老在想着那次不平常的旅行，都想再去笔架山一次。要是我们能够自己弄清黑色宝石的秘密，那该多好啊！

一个星期六的下午，辅导员来到学校。我正在打篮球，她把我叫出来了。看样子她激动得很，还不等我穿好衣服，就说："有一位客人要见见你们。"

我一愣，忙说："在哪儿？"

"不是现在，是明天上午九点钟，你把地质小组集合起来！"

"可是，是谁呢？"

"现在不告诉你。明天，别耽误了。"辅导员说完便一路小跑离开了。

简直说不出那天晚上我睡了多久。一个激动、兴奋、令人不安的晚上……我们完全不知道这位尊贵的客人是谁，他找我们干吗，可是我们晓得和黑宝石有关系。

明天，明天就打开这个秘密了。

可是，现在我们多么想知道，我们送给国家的究竟是什么东西啊！从来没有比这更令人苦恼的事情：你献给国家一件礼物，可是自己却连这件礼物是什么都不晓得……

辅导员跟一位中年男性走进了会客室。一眼就看得出来，这位中年人是一位科学家。他的身材不高，头发已经花白了，眼梢和两颊也出现了一些皱纹。他的嘴巴严肃地紧闭着，眼睛却很温和地看着我们。

辅导员介绍说，这是天文学家王滔。

啊！为什么是天文学家？要知道现在谈的是一块矿石——一块地下挖出来的宝石呀，难道弄错了不成？

可是连想都没有时间想了。我们仅仅来得及交换一个眼色，天文学家就说话了："谢谢你们，亲爱的小朋友们！你们恐怕还不晓得，这是你们的地质小组送给科学院多么好的礼物哩。"

两位新组员惊疑地看着我。我装作看不见的样子——这时候是不能够和他们说话的！

小眼镜捶了一下陆明的腰。陆明就怯生生地问："伯伯，这到底是什么呢？"

"别着急。听着，这是天上掉下来的宝贝。"

同学们再也沉不住气了，嗡嗡嗡地就嚷开了：

"为什么是天上掉下来的？"

"它怎么恰好掉到洞里去的？"

"谁从天上把它扔下来的呢？"

“我马上就要告诉你们整个的故事。”天文学家继续往下说，他的眼珠发着光，“很久很久以前，在广漠无垠的宇宙空间里，有一大群、一大群的石子、铁块、尘粒在飞奔……它们也像地球一样，无休无止地绕着太阳转……”

我们被这奇特的开头吸引住了。这位科学家为什么要提到“很久很久以前”的事情呢？为什么要提到地球外面的空间呢？

“这些石子和铁块有的只有一粒花生米那么大，有的却跟一整座山一样。当然，在宇宙中，这算是很小的。就是在地球上也算不了怎么一回事。甚至太阳，即使它有130万个地球那么大，在宇宙中也不过是一颗普通星星罢了。”

这一点我们都很清楚：满天星斗都是灼热、明亮、庞大的太阳，只因为离我们太远了，看上去才像是老在眨眼、仿佛受惊了的小兔子的眼睛似的星点。

“这些石头和铁块叫作流星体。它们在空间流浪，一年又一年地，已经不知道多少年了。

“可是，它们并不是永远在匆匆忙忙的旅途中的。在路上，有时候也会遇到地球或别的行星……那么，将会发生什么事情呢？

“请不要忘记，地球绕太阳转，每秒钟走30公里——这甚至比喷气式飞机快一百倍！可是你们瞧，我们一点都不觉得，那是因为地球的航行平稳得出奇，让它上面的居民连想都想不到地球在运动。

“可是流星体飞得还要快，大约每秒可以飞50公里。这速度是很可怕的，因为这样它就变得比子弹的威力还要大。如果在宇宙空间中放上一块一米厚的钢板，只需要一颗粉笔头那么大的流星体就能把它打穿！”

“嘿……”小胖子叫出声来了。

我心里不知怎么地，老在想：到月亮去的科学家们，在路上遇到这些该死的流星体会怎么办呢？

“有的流星体从后面追上地球，有的却从前面向地球迎头痛击，你们想想，会怎么样呢？”

“把地球打穿一个洞！”张桢马上接着说。她说话老是那么快，就像害怕人家堵住她的嘴巴一样。

“是吗？”王滔伯伯问我们，可以看出他极力想隐藏自己的微笑，这使得他的眼睛更加和善了。

孟秀昆却反过来问他：“要是流星体打中我的脑袋怎么办呢？”

“我也不知道该怎么办！”科学家摊开两只手，挺严肃地回答她。

大家怔了一怔，不由得大笑起来。

“可是你们什么时候听说过，或者看见报纸上登载过，流星体刚好砸在人的脑袋上呢？没有。历史上只有一次记载，说是有颗流星体正好掉在一个洗衣服的人的盆子里……告诉你们，要是流星体不是正好掉在你们脑袋上（如果是那样，那当然很倒霉），而是掉在你们身边，那么，你们就不是倒霉，而是幸运了。你们可以捡起来，送到科学院去，替国家、替科学事业立一次功……

“是不是流星体遇着地球的机会非常少、不容易砸着人呢？并不是！据科学家估计，每天落到地球上来的流星物质，差不多有十吨！”

我们更加好奇了，王士云甚至紧紧抓住了我的手。

“咳，这些石头和铁块都到哪去了呢？”

说话的人停下来了，像是故意为难我们似的。他慢吞吞地拿出香烟来，划了一根火柴，慢吞吞地点着了，又慢吞吞地塞到嘴里去，深深地吸了一口，再慢吞吞地喷出来。

在寂静中我听得见大家的心跳声。

天文学家终于又开始了：

“你们注意过天上的流星吗？有时候，在满天星斗的夜晚，突然有一道微弱的亮光掠过天空，小孩子就喊起来：‘哈，天上有一颗星星掉下来了！’有迷信思想的老年人就说：‘地上有一个人要死了。’其实，哪有这回事？如果真的是这样，在一次战争中往往死去成千成万人，那么天上的星星不就都掉光了吗？

“流星，就是流星体遇上地球时的现象。本来嘛，在宇宙空间中飞行的流星体，我们无论用多大的望远镜都看不见。可是它一旦遇上地球，情况就不同了。

“要知道，我们地球被一层很浓厚的大气层包着。我们大家全都生活在空气海洋的底部。大气层像一床棉被一样，紧紧裹着地球。可这又是多么厚的棉被啊，在一千公里外的高空，还有大气存在……

“不过大气层是越往地面越浓厚，越高越稀薄的。所以人一旦爬山爬得高了，很可能因为受不住高山上的稀薄的空气而发昏，甚至死亡。在二三百公里以上，大气层差不多稀薄到没有多少空气了。如果你能够坐火箭升到那么高，就会发觉，那里的天终年是黑沉沉的，无论白天黑夜，都可以看见黑天鹅绒般的天上挂着亮晶晶的星辰……

“流星体飞快地往地球上冲。在大气层中它受到猛烈的抵抗……

“等一等，先别发问。我们地球的大气层是不大欢迎客人的。你只需要看看汽车、飞机，甚至火车，都不得不采取流线型的设计就可以晓得：如果把它们造成一个长方形的箱子那样，整整齐齐地有几条边的话，它准得费很大劲来克服空气的阻力。我们跑得快时，也会觉得前面的空气以很大的力量在阻挡我们。流线型的汽车可以让迎面而来的空气很快地顺着两旁滑到后面去，大大地减少了空气的抵抗力……

“在这方面，空气跟水是一样的。所以在水中航行的船只不得不把船头造得尖尖的，以便容易把水劈开。最好的流线型是鱼类的身体，你们看过鱼在水里怎样游动吗？水几乎对它一点阻挡都没有……”

王滔伯伯又停下来，抽了口烟。

“猛烈地向地面冲击的流星体表面发热了。到达离地球表面200公里高空时，它已经热得非常厉害，以至于发出明亮的光来。这时候，我们就看到一道长长的亮光掠过了天空。

“大多数流星体在空气中消散了，连尸体都找不到！唉，想不到这位流浪在宇宙空间的客人一旦踏入地球的大门就马上粉身碎骨了。只有少数特别大的流星体，在地球大气层中来不及完全化为灰烬，才有可能一直冲到地球大气层较深的地方，或是离地面80公里的上空。到这时，它的惊人的速度已经被大气层减弱得差不多没有了。于是，它的灼热的表面冷却下来，流星体也就不发光了。

“剩下来的物质一直掉到地面，我们把它叫作陨星。”

噢，原来流星体能够落到地面上的只是少数！难怪每天虽然有十吨落到地球上，我们却总也看不见。

天文学家像是看出我们在想什么了，赶忙补充说：

“我们之所以不常看见陨星坠落，是因为地球表面大部分是海洋，陆地只占小部分。而陆地上又大部分是山岭、沙漠、没人住的旷野、人口稀疏的农村，人烟稠密的地方毕竟是很少的。实际上，每天落向海洋、深山、大草原的陨星也不算太少。

“陨星有三种，一种是铁质的，叫作陨铁；一种是石质的，叫作陨石；还有一种叫陨铁石，是铁、石混合起来的……”

“啊！”不知是谁大叫一声，让大伙儿愣了一下。我回头一看，原来是林树。“我们找到的宝石原来是一块陨铁！”

“对，对！”我们其他人都不断地点头。唉，早先我们怎么没想到这一点呢？

“是的，小朋友们。地质部把它送给了科学院。科学院这次派我到云洞来，就是考察这块少有的陨铁是怎样落下来的……”

“那么，”我按捺不住了，插上一句，“对不起……您去过云洞了？”

“去过了。根据你们的地图——少先队员的地图。画得百分之百的正确。看来，你们的地质小组学习得不错嘛……”

他看了看辅导员。辅导员的嘴角也挂着一丝看不出来的微笑。我知道她心里跟我们一样高兴。说到底，这是科学家的表扬！

“只是可惜……”

他又不往下说了，像是在搜索一个合适的字眼一样。他站起来走了几步路，眼睛看着窗外，那儿，红旗正在操场的旗杆上飘扬。

“你们为什么没想到在附近找出同样的宝石呢？我已经在笔架山和附近的谷地上找到了大大小小一共27块陨铁碎片！”

这回是辅导员发问了：“请问，为什么会有那么多陨铁落在这一带呢？”

“不，不是许多陨铁，而是一个大陨铁的许多碎片。这块大陨铁在高空中就碎裂了，分为许多小陨铁，像下雨一样倾落在笔架山一带。陨铁碎片沉重地打击到地面，一直到一二米深。其中有一颗，正好打在……你们知道，那里是煤层……”

我们全骚动起来了。果然是煤层——那么，我们没有弄错！

天文学家也注意到我们的不安了。他停下来，扬起眉毛瞅着我们。

林树大声说："我们猜想过那里有煤层！"

辅导员说："不用猜想，地质勘探队早就发现了。只因为煤层太薄，没有开采。"

王滔伯伯却笑着说："虽然这么说，将来给国家的报告上还是要这样记载，首先是地质勘探队发现了它，过了一些时候，六个少先队员又发现了它……

"现在我往下说吧……煤层没有岩石坚硬，它被陨铁打成一个洞，把陨铁深深埋在洞中。老百姓管这个洞叫云洞，还编造了许多美丽的传说。60年过去了，风吹、雨打、太阳晒，这个小洞慢慢扩大了，而埋在洞中的陨铁也慢慢露了出来。于是，当六个少先队员组成的地质小组来到这里的时候，发现了这位天上的客人。他们把它挖出来，尽少先队员的义务，献给了国家。

"至于其他的碎片，有些是被流水冲跑了，有些埋得不深，让人捡去了——人家也不晓得这是宝贵的陨铁。剩下的，都仍然埋在地下。好在经过陨铁打击的地面，总还有一些特征可以看出来。偏巧这块陨铁又是带磁性的，可以用磁针把它探出来……虽然还不完整，已经是很珍贵的收获了。我们详细考察过这个地区，发现这次陨铁降落是极其猛烈的。那附近有一些几十年前的老树，全部被劈去了半边。陨铁降落的时候甚至引起过猛烈的地震，附近村落有几个老头子都记得这回事，虽然他们怎么也不会想到，引起地震的陨铁就埋在神秘的云洞中……我们估计，这颗陨铁起码有2000吨！"

严肃的天文学家忽然像小孩子一样咧开嘴笑了：

"好哇，小地质学家们。你们原来想替国家找到一个矿，你瞧，却想不到找出了一颗陨铁……别着急，这也是一件宝贝。科学家拿到陨铁，可以研究它，向这位天上来的客人打听打听宇宙的秘密。要知道，人类曾有很长一段时期不能离开地球，去访问别的星星，而只能靠望远镜去观测遥远的世界。而陨星却正是从这个陌生的、奇异的世界来的客人。你们说，这位客人不是很珍贵的吗？”

“为了感谢你们对祖国的热爱，对科学事业的帮助和支持，”王滔伯伯的声音变得严肃了，我们也不由自主地挺直了身子，“科学院托我送给你们一件奖品。我已经跟你们校长谈过，明天，在全校同学的大会上发给你们……”

王滔伯伯煞住了话。教室里寂静无声。同学们激动得脸都通红了。我蓦地想到在笔架山上忙碌的那一天，我们怎样越过树林和草原，怎样听老爷爷的话去找小河的源头，怎样攀上峭壁来到云洞口。那个时刻的紧张心情像是又回来了……唉，我们只为国家做了一点点事情，却得到那么重大的……我的心扑通扑通地跳着。我站起来，想代表大家说几句话，可是舌头不听使唤，挤了半天，却只好摆一摆手，又坐下了。

同学们愉快地大声笑起来。

天文学家静默了一会儿，等大家安静下来了，又继续说：“现在我告诉你们，表面有着好像霜花花纹的，就是陨铁。这花纹本来需要用硝酸洗了才能看得出来，不晓得这一块陨铁为什么那么清楚，也可能是因为云洞的泥土中有着含硝的矿物吧。你们也不妨记住这一点：陨铁的形状总是像炮弹头的，那是它在大气层中跟空气阻力作斗争的结果……”

奇异功能夏令营

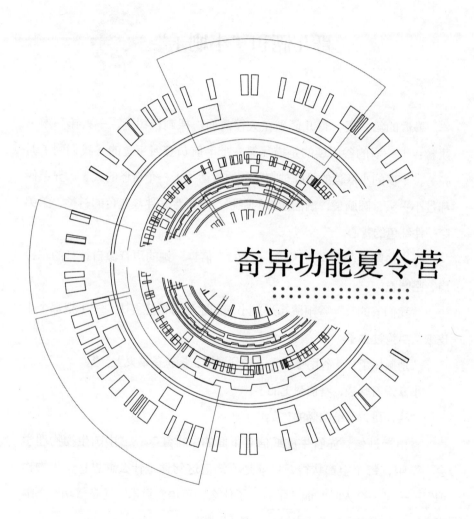

哥儿俩和“小刷子”

暑假的第一天，哥儿俩坐在大楼前面一棵刺槐树下，一人捧一本书读着：十一岁的谷雨读的是描写第一批宇航员登月事迹的《我们到了月亮》，十岁的小寒读的是陈伯吹爷爷的童话《十一个奇怪的人》。兄弟俩都是小平头，圆脑袋，滴溜溜转的眼睛。哥哥穿一件浅蓝色的衬衫，弟弟穿一件红色的背心。

邮递员阿姨骑着车过来了：“303，信！”她的声音像自行车的车铃声，咯嘣脆。

“我们家的！”谷雨跳起来。小寒却比他哥哥还要快，一手把那个牛皮纸信封抢过去了。

“别撕坏了！”谷雨嚷道，“送到屋里，搁爸爸书桌上。”

小寒歪着脑袋，看信封上的字。

“咦，哥，写给咱俩的！”

谷雨接过信，先看牛皮纸信封下面的一排红字：“中国生物物理学会。”哦，每个字都认得，可就是不知道这句话是什么意思！“生物物理”——是一个人吗？他“学会”了什么？英语？算术？还是气功？下围棋？这八个红字没有说，它没有“宾语”哩！

信的的确确是给哥儿俩的：“朱谷雨、朱小寒同学收。”

谷雨刚要动手撕开信封，眼珠子一转，就对弟弟说：“咱俩认认这封信写些什么，好不好？”

“我来。”小寒一把将信抢去了。他把信封往胳肢窝底下一夹，立刻像瓷雕木塑似的不动了。

“我——们——”谷雨虽然离开他弟弟两步远，还是先念了出来。信装在信封里，信封又夹在小寒的胳肢窝里，可是谷雨硬是在自己的脑子里“感觉”到了这封信。信是打字机打的，比往常那些科学家叔叔阿姨来试验“腋下认字”时写的那些刁难古怪的字好认多了。

“这是个什么字？”小寒犯了难，“一个走之旁，那边又有一个‘文’字……”

“邀字，邀请嘛！”谷雨缩了缩鼻子说。

小寒急得喊出来了：“我认出来了。哈哈，奇异功能！”

“我们邀请你们参加奇异功能……”谷雨慢慢地、一个字一个字地说。

“这是什么字？”小寒又嚷道，“页字？后面是个人字，再后面是个草头……”

“等等，”谷雨敛声屏气了一会儿，“傻小子，这是信纸折了，你只认出了半个字。那三个字不是‘夏令营’吗？”

“好哇！”小寒把信封朝天上一扔，蹦了起来，“哥哥，邀请咱俩参加奇异功能夏令营，对不对？”

“你疯什么？瞧，弄脏了！”谷雨从地上捡起信，自己夹在胳肢窝里，静默了一会儿。

“七月二十日开始，到北津市报到。”他庄重地说，“好吧，咱们打个电话给爸爸，看怎么办。”

这兄弟俩“腋下认字”的本领是今年春天才发现的。起先，是胳肢窝底下夹一张小纸片，过一会儿，脑门儿上一亮，闪现出纸片上的字迹、图画、颜色。后来，科学家们不断测试，发觉这哥儿俩只要有一个胳肢窝下夹张纸片，另一个站在一米开外也能感觉出来。多玄哪！科学家也解释不出来，所以叫作“奇异功能”。好，现在人家要请他们参加夏令营了。这夏令营不知怎么个玩法？哦，有意思。

三天以后，哥儿俩坐上了开向北津市的火车。爸爸、妈妈、老师、同学们都来送行。哥儿俩长这么大，头一次坐火车，什么都觉得新鲜。火车头像一头黑色的野兽，不知为什么，“呼哧呼哧”直喘气。可是它突然间吼一声，“咔嚓咔嚓”地响，车窗外的站台，连同站台上的爸爸、妈妈、老师、同学就向后退去了，越来越远，越远……

哥儿俩规规矩矩坐着——头一次出门嘛，爸爸妈妈再三叮咛：不要淘气！他们又托付了列车员阿姨——一个挺讨人喜欢的年轻阿姨，每过一会儿工夫就跑过来瞅瞅，问小哥儿俩要不要喝水，吃东西，看画报？

他们座位对过，有一个“小刷子”——一个梳两根齐平耳根的小短辫儿的小姑娘，身穿一件花格子连衣裙，小翘鼻子，模样儿挺甜。和她并排坐着的是一个黑黝黝的中年男人，起先谷雨和小寒以为是她的爸爸，后来听见她“何叔叔、何叔叔”地叫，才知道不过是她爸爸的朋友。

小姑娘在看连环画，过了一会儿，不看了，直瞪瞪地瞅着哥儿俩，忽然，神秘地一笑。

谷雨和小寒挺尴尬，他们低头看看，又相互望了望，一点儿也不知道小姑娘笑什么。

还是小姑娘大方，她开口了：

“你们哥儿俩，叫朱谷雨和朱小寒，对吗？”

哥儿俩惊讶得张大了嘴。

“你们是去参加奇异功能夏令营的，对吗？”

神极了！虽然小姑娘“对吗，对吗”的腔调有点儿可笑，但是谷雨和小寒都顾不上挑眼儿了。他们干脆说不出话来。

“我也是去参加夏令营的。”小姑娘神气地说，“认识一下吧，我叫夏雪莉。”

“可是，可是……”小寒憋红了脸，也说不出一句囫囵的话。还是谷雨很快镇定下来，问道：“你是怎样知道我们俩的名字的？”

“我？”小姑娘忽然神秘地笑起来，“我猜到的。”她的狡黠的目光注视着谷雨身上背的书包，那珍贵的邀请信就放在书包里面。谷雨有点疑惑：莫非这小姑娘真能“感觉”到放在书包里的信封上的字？

“你看到那封信了？”小寒冷不丁问道。

“我感觉到了——不就在那书包里吗？信封是毛笔写的，清楚着呢！”

看来，小姑娘的本事比哥儿俩还要高明。你想想吧，一个从来没见过面的陌生人，他书包里有些什么东西，居然被她“感觉”到，这“感觉”也就够厉害的哩。

看见小姑娘目不转睛地盯着他们，小哥儿俩忽然害羞起来。

那位黑黝黝的何叔叔这时候说：“好啦，一块儿做伴，到夏令营，这有多好！”

说得三个孩子都笑了。

在山峦重叠的幽谷中

在北津火车站，一个胖乎乎、戴眼镜的年轻阿姨迎接了孩子们，她对何叔叔说："同志，你就放心办自己的事去吧！孩子到了我们这儿，就是到了家。"

这话不假。虽然这位阿姨年纪比他们大不到十岁，却像妈妈一样亲切和细心。她一件件点好三个小伙伴的行李，把他们送到吉普车上，向司机交代了几句，就挥挥手说："再见，小朋友们，现在就送你们到夏令营去。"

"您不跟我们去吗？"雪莉快嘴快舌地问。

"我还要等着接别的车，今天下午两点，西安的火车就要到了，那上面也有两位朋友。"

"那我们就等等，跟他们一起走吧。"又是雪莉提议道。

"不，"年轻的阿姨笑了笑，"你们坐火车也累了，到了夏令营可以好好休息休息。"

吉普车慢吞吞地开过了十分拥挤的，又有很多红灯的北津市的街道，可是一出城郊，它就飞奔起来了。三个孩子望着葱葱郁郁的菜地和一闪而过的红色、白色、灰色和绿色的大楼，眼睛都快要忙不过来了。他们看见什么都感到新鲜。

"刚才车站上那位阿姨真好。"谷雨说，"我们也忘了问问，她叫什么名字。”

“她呀！”雪莉眨眨眼，说，“她叫孟玉芹，今年二十一岁，是北津大学的学生。”

连那个司机也不由得回了一下头。谷雨连忙问：“你又感觉到了什么吗？”

“她上衣口袋里有一个学生证。”雪莉快活地说。

小寒对这位本领很大的小姑娘产生了新的敬意，他滴溜溜的眼睛转呀转的。有腋下认字本领的小寒在同学中是很有名的，可是和这个小姐姐一比，简直就像穿开裆裤孩子的游戏一样。

汽车沿着修整得很好的公路，弯弯曲曲地前进。他们正在进入山区。山是青翠的，在七月的阳光下闪着明亮和温暖的绿色。一条小溪在远处流过，波光粼粼。

“啊呀！”小寒惊呼着。原来公路前方有一座小山，他以为汽车快要撞上了，却不料车头一转，紧挨着小山转了过去，一个十分美丽的山间湖泊出现在他的面前。湖水是那么蓝，像一匹锦缎，亮晶晶的。小寒高兴得从座位上跳起来，一下子碰到了车顶，脑袋生痛生痛，哥哥还在说他：“你怎么毛手毛脚的，爸爸妈妈怎么吩咐来着？”

他们离开小湖，折入一条小路，转眼来到一个山谷中，有几顶帐篷支在十分平缓的山坡上。

十来个小朋友跑出来欢迎他们，还有两个十分年轻的叔叔，他们分头把三个小伙伴的行李拿到帐篷里。一个体格健壮、运员似的叔叔说：“正好，再有半个小时就开饭了，先休息休息。你们叫什么名字？”

他从口袋里掏出一本名单来，每报一个名字，他就在上头勾一勾，然后吩咐一个长得非常秀气文静、看样子有十三四岁的小姑娘说：“佟晓翔，编入你那个组。”

那个叫佟晓翔的小姑娘立刻带他们走了。快嘴快舌的雪莉又很快地说：“晓翔，你可是从滨海市来的，在滨海市五中上学？”

“噢，你看到刚才那位叔叔的名单了？”小寒嚷道。

“不是看见，”雪莉得意地说，“我是感觉到的。”

“你真不简单哪。”晓翔浅浅笑着，细声说。

“你呢，晓翔姐姐，”小寒歪着脑袋问，“你能够感觉到什么？”

“我？”晓翔摇摇头，仍然在笑。她把他们带到一个帐篷里，那里面整整齐齐地铺了十张铝制的行军床，上面有干净的被褥和蚊帐。她指给谷雨和小寒说：

“你们哥儿俩住在这儿。雪莉和我住旁边那个帐篷。有什么事情，你们大声一嚷我就能听见。”

小寒十分高兴，就在分配给他的床铺上打了个滚儿。“嘘，”谷雨拦住他说，“看，一身土，把床铺弄脏了！”

“你准是想，”晓翔忽然对小寒说，“这床本来就是让人睡觉的，哪能不弄脏呢！对吧？”

小寒怔了怔，说：“你怎么知道？”

“猜的。”晓翔抿了嘴笑，又对雪莉说：“你在想，我就不信猜得那么准？”

雪莉瞪大了眼睛。

“绝不是猜的。”谷雨忽然说，“你能够感觉到我们心里想些什么吧？”

“并不总是很准。”晓翔坦白地说，“比方你，我就说不大准。”

“你是怎么感觉到的呢？”雪莉好奇地问。

“我也说不大清楚。”晓翔沉思地说，“我使劲儿集中注意力，脑子里就蓦地跳出这个念头：这个人呀，他是这么想的……”

“这倒好，”谷雨高兴地说，“在你面前谁也不敢撒谎了。”

“晓翔，你可真棒！”雪莉心悦诚服地说。

“每个人总有自己的专长的。”晓翔诚恳地回答。

“这些小朋友，都有奇异功能吗？”谷雨把嘴巴朝着帐篷外面问。那儿，小朋友都在休息，有的看书，有的讲故事，有的下棋，还有的女孩子在跳橡皮筋。

“噢！”晓翔又笑起来，她笑的时候十分美。“他们都各有各的本事。比如那个男孩子，对，穿蓝短裤的，他一摸书就能一字不差地读出来；那一个，穿花格子裙的，她闻一闻谁的衣服，哪怕你离二里地，躲在树林子里，她也能找到。”

“这不跟狗一样吗？”小寒兴高采烈地说。

谷雨瞪了他一眼。

“快别这么说。”晓翔说，“她自己，就怕人家说这个！最初死也不肯来，是胡老师——就是刚才跟你们谈话的那位老师，他是营主任——费好大劲儿才动员她来的。”

“这个夏令营，为的就是让我们聚在一起表演个人的奇异功能吗？”雪莉问道。

开饭的哨子声响了，晓翔站起来，庄重地说：“听说，有十几个科学家，带着仪器来进行科学研究。走，吃饭去！”

营火晚会

黄昏，原定参加夏令营的三十多名具有奇异功能的孩子都到齐了。科学家也相继来到。

吃晚饭的时候，那个有着运动员般体格的胡主任宣布说：“今晚夏令营开幕，我们举行营火晚会，就在山坡下的谷地里。柴火，赵老师带着第二组的同学今天下午准备好了。七点二十分，三个组分别集合；七点半，大家准时进入会场，各按标定的位置就座。”

这番话把孩子们说得闹哄哄的，十分高兴。

夏天，天黑得晚，七点半了，山谷里还很亮。篝火点着了，淡淡的，发出粉红色的光，在易燃的蒿草上爬行，碰上干枯的泡桐，“砰”的一声蹿起来了。孩子们欢乐地笑着，叫着，有的在绿草坡上打滚儿。

升旗仪式过后，胡主任就请一个两鬓微白的中年科学家讲话。他介绍说，这是生物物理学家邓卓教授。

“噢，我说什么来的！”这位教授讲话倒是蛮风趣的，“别看你们年纪小，可是你们每人都有一身本事。这个夏令营，真可算是各路小英雄的大会师。你们当中，有的耳朵能够听字，有的腋下能够认字，有的脚板底能够认字，还有的远远就能感觉到别人口袋里装着什么东西……”

小寒朝雪莉做了个鬼脸儿，雪莉朝他扬了扬拳头。

“还有的，长着一双夜视眼，晚上看东西就像白天一样清楚；另外，还有的能够隔着一堵墙，看见墙后面的东西——啊，不，也许用‘看见’这词不恰当，应当说是‘感觉’。我们至今还分析不出来这是一种什么功能，只好笼统叫作‘奇异功能’。当然，你们的奇异功能，只有极少数小朋友才具有。但是，这也很可能说明，在我们人类身体内部还有许多潜在能力没有发挥，有些潜在能力我们甚至还没有认识到。比如说，一个人平常也许只能跳两米远，可是，如果后面有一头狼追赶着，他说不定一步能跳过四米宽的壕沟。如果人类能够发挥自已全部的潜在能力呢……”

邓卓教授的眼珠子被篝火红色的亮光映照着，显得神采奕奕。

“对于奇异功能，我们科学工作者当中还是有不少争论的。有的人认为是一种电磁感应现象。比如说，鸽子为什么能够认路？这是因为鸽子身上有能够感受磁场的器官，它可以准确地感受到地球的磁力线，所以飞行中不会迷失方向。人身上是不是也有感受磁力，或者感受电磁波的器官呢？在有些孩子身上，这种器官特别发达。有的人认为，这是一种脑生物电流。还有人认为，这是一种场的作用，引力场或什么统一场。哦，总之，我们闹不清楚，这次就是请你们大家来各显神通的，我们给你们进行测定。我看，这样吧，大家有什么本事，每人先表演一番，好吗？”

篝火越烧越旺了，天色已经昏黑，头上呈现出一个灿烂的星空。火光把黑黢黢的人影投射到四周的树木上、山崖间，巨大的影子在四面八方跳动。

“李小晖！”胡主任喊道。他的声音在静夜里传得很远，“你先来，带的什么书？”

“《安徒生童话选集》。”后排站起一个圆脸蛋、葱鼻子、一对招风耳的男孩子，篝火的红光映照着他的脸。谷雨认出来了，他就是今天下午晓翔指给他们看的那个穿蓝短裤的小男孩，不过现在换上长裤了。

大伙儿以为他要走到篝火跟前去，前排的往两边挪了挪。

“开始吧！”胡主任挥挥手。李小晖坐下来，在黑暗中，一本书摊开在他膝盖上，他的两只手在上面摸索，然后清楚地念出声来——

“许多年以前，有一位皇帝，他非常喜欢好看的新衣服。为了要穿得漂亮，他不惜把他所有的钱都花掉。他既不关心他的军队，也不喜欢去看戏，也不喜欢乘着马车去游公园——除非是为了去炫耀一下他的新衣服。他每天的一点钟都要换一套衣服。正如人们一提到皇帝时不免要说‘他在会议室里’一样，人们提到他的时候总是说：‘皇上在更衣室里’……”

“《皇帝的新衣》——我读过！”小寒捅了捅哥哥的胳膊肘，又问：“他是背下来的吗？”

“你没有看见，他用手摸着读的吗？”谷雨回答说。

这时候，在篝火的另一面有两位女科学家站起来说：“来，小朋友，拿这本书去念一下。”

李小晖走过来，接过书。这是一本精装的厚厚的书。他看也不看一眼，回到自己的地方，摊开书，摸索着念下去：

“研究地球的构造和历史的地质学家和观察人类的体质和社会特征的人类学家，向我们提供了早期人类生活的种种遗迹。科学的起源就必须到早期人的这种种遗迹中去寻我……”

“什么？”邓卓教授诧异地问。

李小晖有些茫然不知所指。

“把最后一句话重复一次。”女科学家平静地说。

男孩子机械地读着：

“科学的起源就必须到早期人的这种种遗迹中去寻我……”

“寻我？”邓卓教授喊起来，“把书拿过来！”

就着篝火的红光，他察看了这一页书，好大一会儿，声音洪亮地笑起来：“刘明华，真的，你的书有一个字错了！哦……了不得，李小晖，你的手指头比眼睛还厉害哩。”

“是触觉？”女科学家刘明华接过书，边察看着那个排印错误的字，边说，“要不要用仪器测试？”

“明天吧。”胡主任说，“现在，该谁了？”他的眼光鹰一般犀利，并反射着篝火的红光。最后，落到一个细长个儿的女孩子身上。“韩云岚，你看看，我们那个帐篷里有什么东西？”

这个女孩子迟疑地站起来，扭转身子，向着黑黢黢的半山坡的帐篷眺望。在场所有的人的目光都注视着那个地方，然而眼睛最好的人也只是看见几个模糊的白点儿。

“迎门左面那张床上，”韩云岚慢慢地、小声地说，她的声音在静夜里却听得很清楚，只有篝火轻微的“哔哔剥剥”声和它掺杂在一起，“有一件雨衣，床头的椅子上，放着一个小箱子……是的，一个药箱，咖啡色，皮制的，上面还有一个红十字。第二张床头，有一本打开的书，我没看见书名，书的封面……对，浅绿色的。再过去，还有一个大箱子……哦，不，一定是什么仪器，有一排按钮呢！”

“噢……”小寒吸了一口气，问他哥，“她真能看见？”

“别吵，”谷雨轻轻说，“也许不是看见，是感觉到的。”

现在韩云岚说得越来越清楚，越来越有信心了：“右面，是一个白色的柜子，好像电冰箱，也有按钮，一，二，三……六个。对，是六个。第二张床上有一个书包，书包里，装着照相机、两本书和一个笔记本……”

“真神了！”邓卓教授大声说。“喂，你们说，怎么样？”

“一点儿也不差！”科学家们纷纷说。

"这不比红外线探测仪还厉害吗？"邓卓教授乐呵呵说，"喂，刘明华，你这个仿生学[①]家，能否受到点儿启发，造出一架功能赶得上这个小姑娘的仪器？"

"我还没有开始研究！"刘明华愉快地说。

远足到湖上

噢，这么多的奇异功能！在夏令营最初的几天里，每天都看到了许许多多让谷雨和小寒目瞪口呆的奇迹。雪莉还是跟小哥儿俩在一起，但是她对于无论多玄的事情都不表示惊讶，挺沉得住气。她说，她要好好练练，要赶上韩云岚。

"这可不是练得出来的。"谷雨嘟囔道。

"那么，是天才？"雪莉噘着嘴问。

"你自己的奇异功能是练出来的吗？"谷雨反问她。

"当然。"雪莉说，"去年，我刚学会用耳朵认字。后来，有一个科学家来我们学校了，他让我不要把纸放在耳朵上，放得远一些。我最先认不出来。他说，你集中注意力。后来，我认出来了。他又拿得更远一些。就这样，他帮我练出来的。"

当谷雨兄弟俩和雪莉表演的时候，科学家们都开动了仪器测试。他们

---

① 仿生学是一门科学，通过研究生物的感官，用人工复制出具有同样功能的仪器。

在本子上不断地记录着什么。雪莉说，本子上净是一些数字和曲线。这些科学家都很兴奋，很激动，也常常争吵。有一次，孩子们在帐篷里休息，他们组有一个叫黄光辉的小姑娘忽然说，科学家们在半山坡那棵大榆树下正吵得凶呢！其实，这时候一点儿声音也听不见。当然，黄光辉也是“感觉”到的——这个女孩子，耳朵、腋下都不能认字，但是对声音特别敏感。试测的那天，有一个科学家跑到三里地开外，说了一句什么话，她也听到了。

“这才是真正的顺风耳呢！”邓卓教授高兴地称赞道。

在普遍测试过一遍以后，夏令营安排了一次远足，就是翻过山头，到他们来的时候经过的那个湖泊。他们带齐了野餐的用具和食品，出发了。

活跃在大自然的怀抱里，这些孩子多么高兴啊！他们大多来自城市，有些还从来不曾爬过山呢！虽然是夏日，但是在山区，空气是凉爽而清新的，漫山遍野的松树、刺槐、山毛榉和栎树，一派蓊蓊郁郁的景象。北方的天空是十分蓝的，蓝得清澈、深沉、明亮，似乎阳光洒遍整个天空，而透明的空气里浸透了那种温暖的气息。

孩子们气喘吁吁地爬上山顶，马上看到了一块海蓝宝石似的嵌镶在群山怀抱里的湖。这是一处尚未受到工业污染的水域，还保留着大自然纯朴的美，庄严而沉静。最顽皮的孩子，站在山岗上俯视这个晶莹的蓝色的湖，也立刻肃静下来了。

“啊，大青湖！”邓卓教授喘着气，爬上山岗，感叹着说。

“喂，孩子们！”胡主任忽然响亮地说，“你们都集中注意力，认认这湖里有什么？”

他把目光投在细高个儿的韩云岚身上，但是韩云岚默不作声。

“她的奇异功能不能透过水——看来，真的只是红外线。”邓卓教授思忖道。

这时候，小寒喊起来了："我知道，有鱼，很多很多的鱼！"

大伙儿都笑起来。女科学家刘明华问："什么样子的鱼儿呢？有多大的个儿？"

小寒立刻不吱声了。

只听见晓翔用平静的声音说："陆志浩已经看见了，可是他不想展露本领。"

"是吗？"胡主任问。接着他在人丛背后把一个十分腼腆的男孩子拉出来。

"是鲢鱼、草鱼和青鱼。"陆志浩小声说，低着头，用脚踢着山坡上的青草，"大多数都是一尺来长。靠右面岸，有几级石磴，还有一处网眼很小的尼龙网围着，里面养的是小鱼苗……哦，对了，湖底有几块大石头，其中一块是石碑，上面刻着……"

大家都屏气敛息地听着。

"对，'先考张公君房之墓'——可我不知道'先考'是什么意思？"

"你是看到的吗？"邓卓教授迫不及待地问。

陆志浩摇摇头。

"我猜到的，好像头脑里在放电影。"他低声说。

"他准不是依靠红外线。"邓卓忽然转身对那伙科学家说。"红外线是不能透过水的。"

没有人跟他争论，陆志浩的奇异功能把大家都征服了。"如果让他去打捞沉船……"刘明华慢慢说。

"在深海里会不会衰减？"邓卓像问自己，又像问大家。"喂，小同学，你说，这湖有多深？”

“10.27米。”他迅速回答。

“了不得！”邓卓教授像孩子一样嚷起来，“孩子，你的目测或者‘感觉’，就有那么准吗？”

“不是。”陆志浩红了脸，“湖边有一把标尺，上面写得清清楚楚。”

“我也看到这标尺了。黑色的格子，红色的字。”韩云岚忽然说。

“好吧，我们马上验证。下山吧！”

他们沿着一条蜿蜒的、狭窄的山路往下走。大家都是小心翼翼的。小寒栽了一个跟头，把膝盖擦破了，但是他勇敢地拒绝了谷雨和晓翔的搀扶，很快地又跑到前面。啊，他多么想变成一只老鹰，展开翅膀，一下子飞到湖上去啊。走着走着，他听见后面嚷嚷起来了：

“你应该把自己感觉到的东西，告诉科学家们。”这是晓翔柔和的声音。

“可我……还不大准。”一个声音羞涩地说。小寒回头一望，是一个胖胖的小姑娘。

“你感觉到了什么啦？”刘明华认真地问。

“好像是……一种金属，有好大一片呢。”那个胖姑娘迟疑地说。

“噢，于燕玲，在哪儿？”邓卓教授立定脚跟问道。

“在对过山坡上。”于燕玲伸出胖胖的手指指向正前方，那儿的树丛特别茂密。

“为什么你认为是某种金属呢？”邓卓又问。

“因为我感觉到有点儿带电。”于燕玲越说越自信了。

“瞧，”邓卓教授说，“我早说过，有些孩子是感受得到电流的——

这也是一种奇异功能哩！我们是不是过去看看？”

“不到湖边去？”小寒着急地喊道。

“去，去湖边。”邓卓教授笑起来，“今天是旅行野餐嘛。不过可以派几个人和我去那边看看。我看，”他把脸转向胡主任，“韩云岚、陆志浩、夏雪莉，还有于燕玲，怎么样？夏雪莉带队。”

“好的。”夏雪莉高兴得脸都红了，立刻嚷起来，“出发！”

“我也去。”胡主任简单地说。

山坡上的古墓

这个六人小分队离开了下山的路径，迤逦从山坡上绕过去。

这条路很难走，不但坑坑洼洼，铺满了大大小小的石块和沙粒，两旁还长满了带刺的灌木。穿裙子的夏雪莉和于燕玲的腿被荆棘划得一道一道的，但是她们并没有叫苦。夏雪莉想着，自己是带队的，总该显得大人气一些，成熟一些，沉着一些。于燕玲是个敦敦实实的女孩子，一向不爱多嘴多舌。陆志浩像小姑娘一样腼腆，而韩云岚则完全是一个成熟庄重的大姑娘了。因此，这支队伍是沉默的，只听见“咔嚓咔嚓”的脚步声。唯一时不时打破沉默的是邓卓教授，他显得活泼、多话，仿佛和孩子们在一起，青春又回到了他逐渐衰老了的躯体一样。

“我感觉到了！”韩云岚向她身后的夏雪莉说，虽然声音不高，可是前前后后的人都听见了，“那儿有一个很大很大的箱子，埋在地下十几米深，箱子里面有……”

“一副骨头。”邓卓教授插嘴说。

“真的？”雪莉喊起来。“我也感觉到了……我可从来没有感觉到这么远的东西！”

“那是，”邓卓教授笑着说，“你在夏令营这几天里提高了奇异功能的能力吧？”

“也许……”雪莉惶惑地说。

但是，陆志浩和于燕玲没有感觉到。

“看来，陆志浩对水里的东西感觉最敏锐。”邓卓教授对胡主任说，“我们虽然还不知道这是一种什么样的功能，但是，我们知道每个孩子身上这种功能是不一样的。例如，于燕玲只对金属敏感，是吗？”

于燕玲点点头。

“但是，她的感觉距离比较远。韩云岚和夏雪莉是到了五百米的范围内才感觉到的，是吗？”他像是问自己，其实他是在整理着自己的思路。他们已经逐渐靠近目标了。

这是一处开敞的阳坡，正面迎着广阔的湖面，站在这儿，好像站在一个千军万马面前的司令台。蜿蜒的山势在这儿隆起了两个低低的山脊，恰像一张圈椅的扶手一样；而在“圈椅”的椅面上，地势比较平坦，杂草丛生。两边山脊成列成行的马尾松，虬蟠屈节，在这块小小的平台上形成了罗伞似的树荫。虽然地面上什么痕迹都不存在了，但是所有人都毫不怀疑这是一座古墓。而韩云岚所说的很大很大的箱子其实是一副古代的棺椁。但是那是一座什么年代的古墓呢？没有考古学知识的孩子即使感觉到了，也是判断不出来的。至于这座古墓里为什么有许多金属，那孩子们更是不得而知了。

六个人都在注视着地面，韩云岚平静地说着，仿佛一个解说员在一个展览厅里娓娓道来：“木箱子很大，从这头到那头，”韩云岚比画着，“至少有七米长吧，有三米宽，是的，木板也很厚，里面又套着一个小一些的木箱。小木箱里头才是一副人的骨骼，周围有许多杂七杂八的东西。有一卷绸缎，发黑了；还有一个十分精致的盒子，里面放着十二颗珠子，每颗都有乒乓球那么大。一大堆金器，有的像一个环，有的是一条链子……”

金器——这不就是于燕玲所感觉到的金属吗？古代有钱人的墓葬里，是会有许多金银珠宝给死者殉葬的。而于燕玲在老远就能感觉到，那么黄金的分量就一定不会少。胡主任在惋惜：他为什么不把仪器带来呢？

“能看到绸缎面上的花纹吗？”邓卓教授期待地问。

“我认出一丁点儿。”雪莉抢着说，“好像有一个和尚的尚字，还有一个字典的典字……其他许多字都不认得。”

韩云岚补充说：“包在里面的一层绸缎上有一幅画，画的是几个穿古装的人，还有些云彩。”

“尚书？尧典？”邓卓教授并不对着什么人问，他似乎在自言自语，“噢，一定是古代的帛书、帛画。我多想现在就把它们挖掘出来啊！不过，当然要先报告文物管理部门，最好请他们赶快挖掘，好验证我们这些小朋友的奇异功能……”

胡主住不出声地笑了笑，说：“文物部门要是知道我们的小朋友能感觉到地下的古墓葬，他们会飞似的跑来的，这比什么仪器都好使。还有，地质勘探、寻找地下的矿脉，我们的小朋友不是也可以感觉出来吗？现在还不知道这种遥感能力能够达到多深的地层？我倒想知道，如果这些小朋友坐在飞机上，是否也会感觉到地下埋藏着的东西呢？”

邓卓教授激烈地反驳着胡主任："不，这一切都得纳入我们的科研计划中进行。探索古文物，探矿，如果只是把这些拥有奇异功能的小朋友当仪器使用，是多么愚蠢啊！在所有地上和地下的宝藏中，蕴藏在人身上的潜在的能力应当说是最大的宝藏。不是吗？这是我们人类本身无穷无尽的财富。你们说，是不是？"

他环视着小朋友们。这几个孩子都十分敏感，他们意识到邓卓教授的思想，却把握不住他言论的实质。对于这些十二三岁的孩子来说，这些话似乎是太深奥了。这些孩子，他们的奇异功能几乎是与生俱来的，只是偶然的机会才被发现。

那么，是不是还有更多人，还有更多种类的奇异功能，还像深深埋在地下的矿藏一样，未被发掘出来呢？还有千千万万并不具有如此显著的奇异功能，但是在心灵上和智力上都很发达的普通青少年，是否仍然得不到培养的机会呢？邓卓教授这一瞬间，想的正是这一点。

"社会在急速地向前发展，"他又说，口气温和多了，"人类本身不也应该向前发展吗？有人认为，我们有了现代科学技术，例如，有了雷达，这就是顺风耳；有了望远镜，这就是千里眼；有了声呐，这就是水下探测器；有了飞机，这就是腾云驾雾；有了电脑，这就是那种神仙般的智慧……是的，这都是现代科学的恩惠。但是绝不能用这些新技术装备来代替我们人类本身的潜在能力，正如不能用机器人完全代替人类一样。何况有些人体拥有特异功能，比先进的科学仪器的本领还要高出一头。比如说，这个古墓，这个棺椁里的东西，现在的仪器哪一种能这么快地探测到？"

四个孩子静静立着，听着老教授的话，他们十分激动。阳光很和煦，朗照着幽静的群山，这群山怀抱中蓝澄澄的湖。小伙伴们已经到达湖边，有的脱了衣裳游泳，有的准备柴火烧汤做饭，有的采集标本和捕捉蝴蝶。这是一群多么出色的少年！他们的奇异功能代表了人类要加以发扬的潜在能力，代表了人类自身发展的前途。在开拓宇宙的伟大事业中，我们同时也要把人类提到新的、历史上任何时候都不曾有过的高度。

有些杂乱的脚步声传来。从山下弯弯曲曲通上来的小路上，女科学家刘明华带着几个孩子爬上来了，其中有谷雨、小寒和晓翔。

“你们怎么啦？”刘明华说。因为爬山，她的鼻尖上渗出点点汗珠，“该下去参加野餐了！在这儿，有什么重大的发现？”

“我们有了一个了不得的发现！”雪莉兴奋地说。

几个孩子七嘴八舌地讲了地下的古墓，古墓里的珍藏，小寒听得发呆了，他嚷道：“这些金银珠宝，值很多很多的钱吧？”

“噢，孩子！”邓卓教授抚摸着小寒的脑袋说，“你们比世界上所有金银宝贝都珍贵！”

科幻文学群星榜

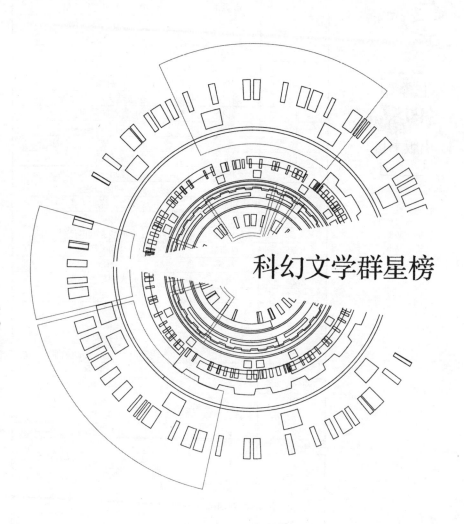

Sci-Fi

科幻文学群星榜

出版书目

序号	作者	书名
1	郑文光	侏罗纪
2	萧建亨	梦
3	刘兴诗	美洲来的哥伦布
4	童恩正	在时间的铅幕后面
5	张静	K 星寻父探险记
6	程嘉梓	古星图之谜
7	金涛	月光岛
8	王晋康	生死之约
9	刘慈欣	纤维
10	潘家铮	子虚峡大坝兴亡记
11	韩松	青春的跌宕
12	星河	白令桥横
13	凌晨	猫
14	何夕	异域
15	杨鹏	校园三剑客
16	杨平	神经冒险
17	刘维佳	使命：拯救人类
18	潘海天	永恒之城
19	拉拉	永不消逝的电波
20	赵海虹	月涌大江流
21	江波	自由战士
22	宝树	人人都爱查尔斯
23	罗隆翔	朕是猫
24	陈楸帆	动物观察者
25	张冉	灰城
26	梁清散	面包我的幸福
27	七月	撬动世界的人于此长眠
28	杨晚晴	天上的风
29	飞氘	讲故事的机器人
30	程婧波	第七种可能
31	万象峰年	点亮时间的人
32	长铗	674 号公路
33	迟卉	蛹唱
34	顾适	为了生命的诗与远方
35	陈茜	量产超人
36	刘洋	单孔衍射
37	双翅目	智能的面具
38	石黑曜	仿生屋
39	阿缺	收割童年
40	王诺诺	故乡明
41	孙望路	重燃
42	滕野	回归原点